中国侠客列伝

井波律子

JN179894

講談社学術文庫

はじめに

日本において、侠客、任侠、男伊達等々と称される人々が出現したのは、十七世紀にはじまる江戸時代前期であり、旗本奴《はたもとやっこ》に対抗して、市井のもめ事を解決する義侠心あふれる町奴《まちやっこ》がその起源だとされる。以来、この市井の侠客の系譜は連綿とつづき、今なお小説や映画の世界で、股旅物、渡世物等々として繰り返しとりあげられている。時代の経過とともに、そのイメージは刻々と変化してきたとはいえ、これらの侠客像の原点は、何よりも信義を重んじ個人的利害を度外視して、時には命がけで弱きを助け強きを挫くことにある。さらにまた、いわゆる侠客とはまったく存在形態を異にするけれども、危機的な状況において、こうした侠の精神を存分に発揮したという意味で、昨今、人気を博している幕末の志士なども一種の「侠者」といえよう。

いずれにせよ、日本において侠なる人々が表立って登場するのは、近世江戸時代以降だが、中国における侠の歴史の幕開けは、はるか古代にさかのぼることができる。

中国史上、あくまでも信義を守り、果敢に行動する「侠の精神」を体現した人々、すなわち「侠者」が出現するのは、諸国が分立した分裂の季節、春秋《しゅんじゅう》時代（前七七〇―前四〇三）以降である。

一方、春秋時代も後期に入ると、道家《どうか》老荘《ろうそう》思想の祖老子《ろうし》（生没年不詳）、儒家《じゅか》思想・儒教《じゅきょう》の祖孔子《こうし》（前五五一—前四七九）、墨家《ぼくか》思想の祖墨子《ぼくし》（前四八〇？—前三九〇？）など、あやめもわかぬ乱世において、人はどう生きるべきか、社会はどうあるべきかを模索する思想家が続々とあらわれた。従来、こうした思想家と俠者の共通性に着目し、前者が後者に及ぼした影響関係を指摘する向きも多い。

たしかに、とりわけ孔子には、「人にして信《しん》無くば、其《そ》の可《か》なることを知らざる也《なり》（人間でありながら信頼されないなら、人間としての可能性を見いだせなくなる）」（『論語』「為政《いせい》篇」）、「義を見て為《な》さざるは勇《ゆう》無き也（自分が着手するのが義務であると思われることに直面しながら、すすんでやらないのは勇気がない人間だ）」（同上）等々と、信や義を何より重視する発言がしばしば見られる。また、「三軍《さんぐん》の帥《すい》も奪う可《べ》き也。匹夫《ひっぷ》も志を奪う可からず（大軍の総大将を奪い取ることはできても、一人の人間の志を奪うことはできない）」（同「子罕《しかん》篇」）や、高弟の子貢《しこう》に「士」の条件を聞かれたさいの答えの一つ「言《げん》必ず信、行《おこない》必ず果《か》（言ったことは必ず守る。行動は必ず果断であることだ）」（同「子路篇」）など、個人の不屈の意志や行動力を称揚することも多い。これらは、まぎれもなく俠者の生きかた、ありかたを根本的に規定する理念にほかならない。

また、墨子は血縁関係を超え人間全般にそそがれる「兼愛《けんあい》」を重視し、大国が小国をむやみに圧迫・攻撃することに反対して、「非攻《ひこう》」論を唱え、「弱きを助け強きを挫く」を実践、弟子を組織し小国の防衛にあたった。こうして見ると、当時、儒家ともっともはげしく対立した墨家にも侠者の精神に通じるものがあるのは確かである。

　これらを考えあわせると、信義を重んじ、わが身をかえりみず果断に行動する侠者的存在は、儒家、墨家など、分裂の時代である春秋から戦国《せんごく》にかけて盛んになったもろもろの思想の直接的影響を受けて誕生したわけではなく、むしろ乱世のエトスのなかから、これらの思想と軌を一にして生まれたというべきであろう。だとすれば、侠者あるいは侠の精神に、これらの思想とそれぞれなんらかの点で共通する要素があっても不思議ではない。

　本書はこうした観点に立って、歴史と物語の両面から、中国の侠の精神、侠者の変遷を具体的にたどったものである。

　前半の「実の部　歴史上の侠」では、春秋戦国時代から三国六朝《さんごくりくちょう》時代にいたるまで、史実に見えるさまざまな侠者の軌跡を追い、その変遷をたどった。

　第一章「輩出する侠者たち――春秋戦国時代」の冒頭に登場するのは侠者の先駆けともいうべき、公孫杵臼《こうそんしょきゅう》と程嬰《ていえい》である。彼らは春秋時代の晋《しん》において、かの春秋五覇《ごは》の一人、文《ぶん》公（重耳《ちょうじ》）の子孫にあたる幼い趙氏孤児《ちょうしこじ》（趙武《ちょうぶ》）を、それぞれ身命を賭して、絶体絶命の危機から救いだした。これにつづいて、司馬遷《しばせん》の『史記』「刺客《しかく》列伝」に登場する、春秋時代から戦国時代末までの五人の刺客、すなわち曹沫《そうかい》、専諸《せんしょ》、豫譲《よじょう》、聶政《じょうせい》、荊軻《けいか》をとりあげた。ここでは、時の経過とともに、刺客ひいては侠者の置かれた状況や行動形態もしだいに変化してきたことを踏まえながら、各人各様、いかに単独の侠者として果敢に生き死んだかを探った。ついで、戦国時代末に出現した、いわば侠の大パトロンともいうべき戦国四君《しくん》、すなわち孟嘗君《もうしょうくん》、平原君《へいげんくん》、信陵君《しんりょうくん》、春申君《しゅんしんくん》をとりあげ、彼らのもとに集まった侠者群像にも目をそそぎながら、それぞれの軌跡をたどった。

　戦国末期から侠の風潮は社会全体に広がり浸透して、いわゆる遊侠無頼が層を成して出現するようになる。春秋戦国の乱世に終止符を打ち、中国全土を統一した始《し》皇帝の秦《しん》王朝が短期間で破綻した秦末の乱世において、台頭した前漢《ぜんかん》の高祖《こうそ》劉邦《りゅうほう》、およびその配下グループもまさにこうした遊侠無頼の層から浮かびあがった者たちである。第二章「変わりゆく遊侠無頼――漢代」では、まずこの劉邦および配下グループをとりあげ、根っからの庶民で遊侠出身の皇帝誕生の顚末をたどりながら、集団のなかに顕現した侠の精神の展開をたどった。これにつづき、『史記』「游侠列伝」にもとづいて、前漢における巷《ちまた》の大いなる遊侠の活躍ぶりを追い、さらに後漢において、いかなる形で侠の精神があらわれたかを探った。

「歴史上の侠」の最後にあたる第三章「三国志の英雄――三国六朝時代」では、まず三国志世界の三人の英雄、曹操《そうそう》、劉備《りゅうび》、孫権《そんけん》にスポットをあて、それぞれ配下との関係性に着目しながら、侠の精神のあらわれを具体的にたどった。この章の中心となるのは、なんといっても劉備と配下の関羽《かんう》・張飛《ちょうひ》および諸葛亮《しょかつりょう》らが、全人格的な信頼関係のもとにあった劉備グループにほかならない。ついで、曹操の子孫が立てた魏《ぎ》王朝を滅ぼして成立した司馬《しば》氏の西晋《せいしん》王朝が、内乱と北方異民族の侵入によって滅亡、江南に亡命王朝東晋《とうしん》が誕生した過渡期に出現した俠者の姿をとりあげ、さらに東晋における俠のイメージを探った。

総じて、春秋戦国から三国六朝までの長い時間帯において、俠の風潮は徐々に広く社会全体に浸透し、これと同時に俠の担い手も単独者としての俠者から俠者の集団へと移行していった。本書の「歴史上の俠」は、こうして俠の歴史にいちおうの区切りがついた三国六朝時代をもって打ちどめとし、以後の時代において、突出した俠の姿は、史実よりもむしろ小説や戯曲など、虚構の物語世界においてより鮮烈にあらわれるという観点にもとづき、「虚の部　物語世界の俠」において、唐代以降の物語世界の俠のイメージの展開を追求した。


「虚の部　物語世界の俠」の冒頭、第四章「超現実世界の物語──唐代伝奇《とうだいでんき》の俠」では、八世紀後半の中唐以降に盛んに作られた文言《ぶんげん》（書き言葉）による短篇小説群、「唐代伝奇」に見られる俠の物語をとりあげた。唐代伝奇における俠の物語のなかで、秀作と目されるのは女俠もしくは俠女をとりあげた「聶隠娘《じょういんじょう》」である。この章ではまずこの「聶隠娘」の物語に見られる鮮烈な超能力俠女のイメージを浮き彫りにしながら、以後の小説において繰り返しとりあげられる俠女像の変遷をたどった。さらにまた、唐代伝奇に登場する「崑崙奴《こんろんど》」などすこぶる異色の俠についても論及した。

第五章「俠者のカーニバル──『水滸伝』」では、俠の物語の最高峰ともいうべき白話長篇小説『水滸伝《すいこでん》』にスポットをあてた。北宋《ほくそう》末を舞台に展開されるこの物語では、梁山泊《りようざんぱく》に結集する百八人の俠なる豪傑が描かれるが、その内実は各種各様であり、とても一口に論じることはできない。そこで、この章では『水滸伝』に登場する侠者を、その特性によって、魯智深《ろちしん》や武松《ぶしょう》のような「一匹狼の侠」、晁蓋《ちょうがい》や宋江《そうこう》のような「組織者としての侠」、戴宗《たいそう》や燕《えん》青《せい》のような「技能者としての侠」等々に分け、こうした多様な侠を巧みに描き分けながら、梁山泊の侠者集団が「替天行道《たいてんこうどう》（天に替わって道を行う）」をモットーに奮戦し、ついには壊滅してゆく過程を描く『水滸伝』世界をたどりなおした。ちなみに、唐代伝奇から近世の元《げん》末明《みん》初に完成した『水滸伝』へと、小説に描かれる侠もまた史実と同様、単独者から集団へと移行しているのは、まことに興味深い。

　第六章「舞台の上の侠——元・明・清代」では、元曲《げんきょく》（元代の戯曲）『救風塵《きゅうふうじん》』（関漢卿《かんかんけい》著。全四幕）と清《しん》初の長篇戯曲『桃花扇《とうかせん》』（孔尚任《こうしょうじん》著。全四十幕）をとりあげた。『救風塵』は義侠心あふれる妓女が大活躍して、妹分の妓女を悪辣な夫のもとから助けだす顛末を描くドラマであり、『桃花扇』は明清の王朝交替期を舞台にした壮大な歴史劇である。付言すれば、『桃花扇』は、明末の政治結社「復社《ふくしゃ》」に属する文人侯方域《こうほういき》と妓女李香君《りこうくん》との恋を中心に据え、多種多様の登場人物を巧みに絡ませながら、複雑にして曲折に富む劇的世界を展開し、明滅亡前後の歴史状況と、そのなかで生きた人々の姿を浮き彫りにする。なかでもきわだって鮮明に描出されるのは、悪しき強権に敢然と立ち向かう侠気の妓女李香君と、腐敗した明末の権力機構をきびしく批判し、また征服王朝清に屈服することを潔しとしない、筋金入りの侠者たる老芸人の柳敬亭《りゅうけいてい》と蘇《そ》崑生《こんせい》である。この章ではやや詳しく筋立てを追いつつ、こうした侠なる登場人物に重点をおいて検討した。

この『桃花扇』をもって、唐代伝奇にはじまった「虚の部　物語世界の俠」は終幕を迎える。ここで注目されるのは、小説といわず戯曲といわず、物語世界で大活躍する俠者のほとんどが、社会から逸脱した存在として設定されることである。たとえば、『水滸伝』の百八人の俠なる豪傑の多くはなんらかの形で犯罪者となり、社会規範から逸脱したアウトローであり、『救風塵』や『桃花扇』で俠の精神を発揮して、めざましい動きを見せるのは、伝統的な階層社会において排除され、逸脱した存在である妓女や芸人であった。ことほどさように、伝統中国の物語文法において、社会の内側に巣くうもろもろの悪や不正に立ち向かう俠者の役割は、社会の枠組みの外側に位置する逸脱者が担うパターンをとることが多いのである。

以上のように、「歴史上の俠」から「物語世界の俠」へと、春秋戦国から明末清初まで、中国における俠の諸相およびその変遷をたどった後、未曾有の激動に見舞われた清末において、社会変革、意識変革をめざした譚嗣《たんし》同《どう》、梁啓超《りょうけいちょう》、秋瑾《しゅうきん》などの間に、春秋以来の俠の精神に着目し、これを蘇らせようとした動きが起こったことにスポットをあて、本書の結びとした。長い時間帯を通じて、危機的状況になるたびに蘇る俠のイメージの真髄とは何か。本書がその一つのヒントになれば、これに勝る喜びはない。

目次

中国侠客列伝

実の部　歴史上の俠

第一章　輩出する俠者たち──春秋戦国時代

1　趙氏孤児をめぐって

晋の君主と趙氏

「一諾千金《いちだくせんきん》」、すなわち「いったん承諾したことには千金の価値がある」という言葉は、命がけで信義を守る「俠の精神」を端的にあらわすものである。春秋時代《しゆんじゆう》(前七七〇─前四〇三)になると、相手が君主であれ、友人であれ、他者との信頼関係を最重視する、こうした俠の精神の体現者が輩出するようになる。ここに、まことに印象的な話がある。

晋《しん》の公子重耳《ちようじ》は父献《けん》公の後継の座をめぐるお家騒動に巻きこまれ、十九年に及ぶ亡命生活を送ったあげく、六十二歳でようやく晋に帰国、君主の座につき(文《ぶん》公、前六三六─前六二八在位)、やがて春秋五覇《ごは》の一人となった。

この劇的な生涯を送った重耳すなわち晋の文公と苦楽を共にした重臣に趙衰《ちようし》(?─前六二二)という人物がいる。趙衰は、文公が北方異民族狄《てき》の国に亡命したさい、少数異民族の王女と結婚し、息子趙盾《ちようとん》をもうけた。この趙盾が父趙衰の後継ぎとなり、晋の国政の中核を担う重臣となるが、文公、襄公《じょう》（文公の息子。前六二七―前六二一在位）についで君主となった霊公《れい》（襄公の息子。前六二〇―前六〇七在位）が典型的な暴君だったため、しばしば諫言して憎まれ、さんざんな目にあう（後述）。

けっきょく霊公は紀元前六〇七年、臣下によって殺害され、周に亡命《しゅう》していた文公の末子が帰国して即位、成公《せい》（前六〇六―前六〇〇在位）となり、成公の死後はその息子の景公《けい》（前五九九―前五八一在位）が後を継ぐ。趙盾はこの景公の時代になってから死去するが、このあと趙氏一族は未曾有の災禍に巻きこまれる。

鮮やかな救出作戦

趙盾の死後、息子の趙朔《ちょうさく》が後を継ぐが、かねて彼の父趙盾こそ霊公を殺害した一味のリーダーだと告発するなど、自己勢力の拡大を狙って、趙氏一族の追い落としを図る邪悪な重臣、屠岸賈《とがんこ》は景公の許可も得ずに、趙朔をはじめ趙氏一族を皆殺しにしてしまう。趙朔の妻は成公の姉（景公の伯母）であり、このとき懐妊していた。彼女は宮中に身をかくし、まもなく息子（趙氏孤児《ちょうしこじ》）を産む。これを察知した屠岸賈が宮中を捜索したとき、趙朔の妻は孤児を袴《こ》（ズボン）のなかにかくし、「趙氏が滅んでもいいなら、声を出して泣きなさい。滅んでならないなら、声を出してはなりません」と祈ったところ、嬰児は声を出さず、かろうじて窮地を脱した。

しかし、このままでは必ずいつか発見されてしまう。なんとか趙氏孤児を脱出させ、安全な場所に移さねばならない。このとき、趙朔の友人程嬰《ていえい》と趙朔の食客だった公孫杵臼《こうそんしょきゅう》が心を一つにして、鮮やかな救出作戦を展開する。

まず、公孫杵臼が程嬰に「孤児を守り立てるのと、死ぬのとどちらがたやすいですか」と聞くと、程嬰は「死ぬほうがたやすく、孤児を守り立てるのが難しいに決まっている」と答えた。すると、公孫杵臼は、「それでは、あなたは難しいほうを引きうけてください。私はたやすいほうを引きうけますから、先に死なせてください」と言った。これぞ俠の精神、公孫杵臼は相手（程嬰）に心の負担を感じさせないよう、きめこまかな配慮をしつつ、先んじて死のうとしたのである。

二人は綿密な打ち合わせをした結果、公孫杵臼は他人の嬰児を手に入れて、美々しいねんねこ布団にくるみ、これを背負って山中にかくれた。一方、程嬰は密告者を装って屠岸賈一派の将軍たちのもとに駆けこみ、嬰児とともに山中にひそむ公孫杵臼のもとに彼らを案内するという挙に出た。かくして、公孫杵臼は「私と話しあって趙氏孤児をかくまうことにしたのに、今また私を売りおって」と迫真のポーズで、程嬰の裏切り行為を痛烈に罵りながら、嬰児ともども将軍連中に殺害された。公孫杵臼の捨て身の名演技によって、屠岸賈の追及を振り切った程嬰は首尾よく、本物の趙氏孤児を連れ山中に身をかくしたのだった。

自決する程嬰

かくして十五年の歳月が流れた。そのころ、景公は重病にかかり、占わせたところ、「祭祀を絶たれた一族の祟りだ」という卦が出る。そこで、屠岸賈に同調しなかった良心派の重臣韓厥《かんけつ》に問いただすと、実情を知る彼は、それは趙氏一族を滅ぼしたことを指すと答え、趙氏一族のなかでただ一人、趙氏孤児が生き残っていることを告げる。屠岸賈に惑わされていた景公もこれで目が覚め、趙氏孤児と程嬰をひそかに召し寄せて、軍勢をととのえ屠岸賈を襲撃、その一族郎党を全滅させた。趙氏孤児、本名趙武《ちょうぶ》（？―前五四一）には先祖代々の所領が与えられ、趙氏一族の復讐劇はここにようやく幕を下ろそうとする。

しかし、趙氏孤児をめぐるこのドラマには、さらに壮絶な幕切れがあった。趙武が冠礼して二十歳になったとき、かたときもそばを離れなかった程嬰は趙武に、「趙氏の一族郎党が皆殺しにされたとき、私が死なずに生きのびたのは、趙氏の子孫を守るためでした。今、あなたはりっぱに成人されました。私は冥土へ行ってお父上と公孫杵臼に報告したいと思います」と、自死の決意を告げる。趙武は涙にかきくれて制止したが、程嬰は「杵臼は私が事を成し遂げることができると思ったからこそ、先んじて死んだのです。今、私が報告しなければ、事が成らなかったと思うでしょう」と言い、ついに自殺したのだった。

この程嬰の行為もまた、公孫杵臼に勝るとも劣らぬ、決然たる俠の精神につらぬかれたものにほかならない。恩義ある人物の遺児を守りぬくために、公孫杵臼は先んじて死を選んだ。かたや、程嬰は裏切り者、臆病者の汚名を浴びながら、生きのびて遺児を守りつづけ、事が成就した後、自分を信じて死んでいった公孫杵臼の後を追って死んでゆく。この話ほど、俠の精神の根底にあるものが、他者との間に結ばれた絶対的な信頼関係であることを、

公孫杵臼の捨て身の名演技（元曲『趙氏孤児』）

趙氏孤児の復讐（元曲『趙氏孤児』）

如実かつ鮮烈に示す例はないといえよう。

今、紹介した話の大筋は『史記《しき》』「趙世家《ちょうせいか》」および「晋世家《しんせいか》」によるものだが、ドラマティックで感動的なこの話は、後世、元曲《げんきょく》（元代の戯曲）の題材ともなった。紀君祥《きくんしょう》の著した『趙氏孤児（正式のタイトルは「趙氏孤児　大いに仇《あだ》を報ゆ」）』である。

この作品は『史記』の記述を下敷きにしつつ、要所要所に巧妙な加工と仕掛けをほどこし、観客に強烈な印象を与える完成度の高い悲劇となっている。ここでは、趙氏孤児の母は、医者のふりをして宮中に入った程嬰に孤児をゆだねた直後、縊死《いし》してしまうし、理解者の重臣韓厥にはかの邪悪な屠岸賈の命令を受けて、宮門を守備する将軍の役割がふりあてられ、それと知りつつ程嬰と孤児を見逃した後、自刎《じふん》してしまうのだ。また、趙氏孤児の身代わりになった嬰児は、程嬰自身の子であり、公孫杵臼はこの程嬰の子とともに殺害されるという展開になり、その悲劇性は格段に強化される。

ちなみに、この元曲『趙氏孤児』はイエズス会宣教師のプレマールによってフランス語に訳され、さらにヴォルテールによって翻案されるなど、早い時期から西欧にもよく知られている。これは、この俠の精神を核とするドラマが、いかに普遍的に人の胸をうつ要素を備えているかを、示すものである。

忠と俠

こうして戯曲化された趙氏孤児の物語が広く伝えられる一方、本家本元の中国でもこの故事は時代を超えて生きつづけ、類似した状況に置かれた人々の身の処し方に深い影響を与えた。はるか時代がくだった清《しん》末の光緒《こうしょ》二十四年（一八九八）、列強の侵入に危機感をつのらせた知識人は、光緒帝のもとに結集し抜本的変革を断行しようとした。しかし、このいわゆる「戊戌《ぼじゅつ》の変法《へんぽう》」運動は、これに反対する保守勢力を率いた西太后《せいたいこう》のクーデタによってあっというまに押しつぶされてしまう。

この危機的状況において、変法運動の中心人物の一人である譚嗣同《たんしどう》（一八六五―一八九八）は、同志の梁啓超《りょうけいちょう》（一八七三―一九二九）に向かって日本に亡命するよう勧め、みずからは国内にとどまり逮捕され刑死する道を選ぶ。

二人が別れるとき、譚嗣同は梁啓超に向かって、「行く者がいなければ将来をはかることはできない。死ぬ者がいなければ陛下（光緒帝を指す）に報いることはできない。今、南海《なんかい》（康有為《こうゆうい》を指す。やはり変法運動の中心人物）の生死は不明であるから、程嬰と杵臼、月照《げつしょう》と西郷《さいごう》の役割は、あなたと私で分かち合おう」（『戊戌政変記』「譚嗣同伝」）と言ったと、梁啓超は記している。みずからを公孫杵臼に、梁啓超を程嬰になぞらえる、この譚嗣同の言葉から、春秋以来の俠の精神が時代を超えて、脈々と受け継がれているのが見てとれる。この例のみならず、総じて清末の変革をめざす知識人には、捨て身で信義を守り戦いぬく俠の血がはげしく脈うっているが、詳しくは後述（「結びにかえて」）にゆずりたい。

それはさておき、ここで一つ問題になるのは、「忠」と「俠」の差異である。上記のように、清末の譚嗣同は梁啓超に亡命を勧める一方、みずからは「死ぬ者がいなければ陛下に報いることはできない」と言い、とどまって死ぬ道を選ぶ。これは「忠」ではないかという疑問が当然起こる。しかし、これはやはり君主に殉じて死ぬ「忠」による行為とは、似て非なるものと言わざるをえない。

なぜなら、このとき譚嗣同は固定した上下関係、君臣関係を規定する「忠」の理念の強制力によって、死なざるをえなかったのではなく、みずからの自由意志によって死を選んだのだから。「忠」と「俠」のもっとも根本的な差異は、俠者がなんらかの「義」にもとづく行為に踏み切るにさいし、まず個人の自由意志によって、何をなすべきかを選択するところにあるといえよう。春秋時代の程嬰も公孫杵臼も、清末の譚嗣同も梁啓超も、こうして自由意志によって俠の道を歩んだのである。

趙盾と二人の俠

さて、話を晋の趙氏にもどそう。趙武すなわち趙氏孤児のみならず、趙氏一族は俠と因縁の深い家系であった。そもそも趙武の祖父趙盾は俠のおかげで何度も命拾いしている。趙盾の事件については、『史記』「晋世家《しんせいか》」およびこれに先立つ『春秋左氏《しゅんじゅうさし》伝《でん》』宣《せん》公二年に詳しい記述が見える。以下この両方を参照しつつ、そのアウトラインをたどってみよう。

暴君の霊公は歳月の経過とともにますます放縦となって、趙盾ら心ある臣下の諫言をうるさがるようになり、即位して十四年目の紀元前六〇七年、ついに配下の勇士鉏麑《しょげい》に趙盾の暗殺を命じた。命令を受けた鉏麑が早朝、趙盾の屋敷に忍びこむと、寝殿の門が開いており、趙盾はきちんと衣冠をつけて出仕の支度をととのえ、座ったまま仮眠していた。出仕の時間にまだ間があったのだ。この姿を見た鉏麑は、「謹慎の心を忘れない人物こそ、民の指導者だ。民の指導者を暗殺するのは誠実ではなく、主君の命令を放棄するのは信義にもとる」と言い、進退きわまって、趙盾の屋敷の槐《えんじゅ》の木に頭をぶつけ自殺した。鉏麑は趙盾の端然とした姿を見て、この誠実無比の人物を暗殺することの非を悟ったものの、君命との板挟みになって、やむなく自死するにいたった。この鉏麑もまた激越なる侠気の人というべきであろう。

趙盾はこうして鉏麑の侠気によって暗殺の危機を免れたが、その後も霊公は執拗にあの手この手で趙盾の息の根をとめようとはかった。たとえば、この年の秋九月、霊公は武装兵をしのばせたうえで、趙盾を酒宴に招き、襲撃しようとした。このとき、宮廷料理人の示眯明《きびめい》（『左伝』では趙盾の護衛の提弥明《ていびめい》）が危険を察知して、「臣下は君主の面前では三杯で杯をおくものです」と言い、即刻、趙盾を退出させた。襲撃に失敗した霊公はとっさに趙盾に猛犬をけしかけたが、示眯明はこれを撃ち殺し、さらに追撃してきた霊公の武装部隊を食い止めて、趙盾を脱出させた。趙盾がなぜこれほどまでに自分に尽くしてくれるのかとたずねたところ、示眯明は「私は桑の木の下で餓えていた者です」と答えた。

趙盾はかつて狩猟に出かけたさい、桑の根元に餓えた男がいるのを見かけ、食事を与えたことがあった。すると男は半分だけ食べて、残りは取っておこうとした。母に持ってゆくと言うのだ。感心した趙盾は残らず平らげさせ、別に飯と肉を持たせてやった。この男がのちに料理人（あるいは趙盾の護衛）となり、親切にしてくれた趙盾が危機に陥ったとき、身体を張って救ってくれたのだ。俗に一宿一飯の義というけれども、まさに一飯の恩義に命を賭けて報いた示眯明もまた、かの自死した暗殺者鉏麑に劣らぬ俠気の人にほかならない。首尾よく趙盾を脱出させると、示眯明も逃亡、行方をくらましたという。

二人の俠によって命拾いをした趙盾は、示眯明と別れたあと国外脱出を図ったが、国境を出ないうちに、昆弟《きょうだい》の趙穿《ちょうせん》が霊公を殺害したという知らせを受け、引きかえした。かくして、趙盾はもとの位に復帰し、趙穿を派遣して国外にいた文公の末子を迎えさせ、君主の座につけた（成公）。見てのとおり、趙盾は直接手を下したわけではないが、真相は闇のなか、霊公の殺害にまったく関与しなかったとは言いがたい面がある。孔子が「古《いにしえ》の良史」と称賛する、晋の史官董狐《とうこ》はそのうさんくささを鋭くついて、「晋の趙盾、その君（霊公）を弑《しい》す」と書きつけた。けっきょく趙盾はお咎めなしとなったが、この事件は長く尾を引き、かの邪悪な屠岸賈に趙氏を滅ぼす絶好の口実を与えたのである。

趙襄子、智伯を討つ

趙氏一族では、こうして趙氏孤児の先祖（祖父）が俠と深い因縁がある一方、その子孫もまた様相をまったく異にするとはいえ、俠と深い関わりがある。趙氏孤児（趙武）が趙氏を再興させた後、晋ではまたもお家騒動が起こって混乱がつづくうち、君主の権力がしだいに弱まり、重臣の力が強くなっていった。こうした下剋上の風潮のなかで、趙氏の勢力もまた、趙武の息子である趙景叔《ちょうけいしゅく》、景叔の息子である趙簡子《ちょうかんし》、簡子の息子である趙襄子《ちょうじょうし》、と代を重ねるごとに拡大していった。

紀元前五世紀後半の晋では、四人の重臣が君主をしのぐ強大な力をふるった。智伯《ちはく》、韓康《かんこう》子《し》、魏桓子《ぎかんし》、かの趙襄子である。なかでも、もっとも威勢をふるったのは智伯であり、驕りたかぶったあげく、他の三人に土地を差しだすよう要求するにいたった。

このとき、韓康子と魏桓子は後難を恐れて土地を差しだしたが、もともと智伯に深い恨みのある趙襄子はきっぱりと拒絶した。趙襄子は太子《たいし》だったころ、智伯とともに鄭《てい》の国を攻撃したことがあった。このとき、智伯は酔って趙襄子に酒を浴びせたうえ、帰還後、父の趙簡子に趙襄子を廃するよう迫った。趙襄子の母は北方異民族翟《てき》（狄）出身で、身分の低い下女だったが、趙襄子は抜群の聡明さを買われ、嫡出の太子に代わって、太子になったといういきさつがあった。これを知る智伯は趙襄子をやみくもに軽蔑し嫌悪したとおぼしい。父の趙簡子は智伯の横車に応じなかったものの、智伯の仕打ちは趙襄子の心に深い怨恨を刻みつけた。

もともと毛嫌いしていた趙襄子に拒絶され激怒した智伯は、韓康子と魏桓子に出兵を求め、三者の連合軍が趙襄子の立てこもる晋陽《しんよう》（山西省太原市南）を包囲し、汾水《ふんすい》の水をそそいで水攻めをかけた。趙襄子は水浸しの晋陽城内に立てこもること一年余り、食糧は底をつき人心も離反して、陥落は時間の問題となったとき、イチかバチかの大勝負にでる。

ひそかに韓康子と魏桓子のもとに使者を派遣し、「唇亡《ほろ》べば則ち歯寒し（唇と歯のように密接な関係にある者は、一方が滅びるともう一方も滅びる)」、つまり智伯は趙を滅ぼした後、必ず韓も魏も滅ぼすにちがいないと、説得したのである。韓康子と魏桓子はこの説得に応じて趙襄子と手を結び、けっきょく智伯は三者の総攻撃を浴びて敗北し殺害された。智伯の滅亡後、韓・魏・趙は智伯の子孫を殺し領地を三分割した。紀元前四五三年のことである。

復讐

こうして首尾よく智伯を壊滅させた後も、恨み骨髄の趙襄子はまだ腹の虫がおさまらず、智伯の髑髏《どくろ》に漆を塗って酒器とし、それで酒を飲んだとされる。なんともグロテスクな話だが、この趙襄子の非道なやり口が新たな事件の発端となる。これに憤激し、智伯のために報復を期す人物が出現するのだ。智伯に厚遇された臣下の豫譲《よじょう》である。

豫譲は「嗟乎《ああ》、士《し》は己《おのれ》を知る者の為に死し、女は己を説《よろこ》ぶ者の為に容《かたち》づくる。今、智伯は我《わ》れを知る。我れは必ず為に讎《あだ》を報《むく》いて死し、以《もっ》て智伯に報《ほう》じなば、則《すなわ》ち吾《わ》が魂魄《こんぱく》、恥じざらん」と、自分を理解し厚遇してくれた智伯のために、命を捨てて仇(趙襄子)を討ち、その恩義に報いようと決意する。

以後、豫譲は二度にわたり、あと一歩のところまで趙襄子に迫るが、そのたびに見破られてしまう。最初は、刑余者になりすまして、宮殿の厠《かわや》の壁塗りをしながら、かくしもった匕《あい》首《くち》で趙襄子を刺殺する機会をうかがうが、胸騒ぎがした趙襄子に訊問され、あえなく失敗する。このとき、趙襄子は豫譲を殺そうとする側近を制止し、「彼は義人なり」と称え、釈放した。

豫譲はこれで諦めるどころか、ますます復讐のパトスを燃えあがらせ、まず漆を塗って皮膚をただれさせ、炭をのんで声をつぶして、盛り場でもの乞いをして歩いた。こうして妻さえ見分けがつかないほど、むごたらしくわが身を傷つけ変身したあと、豫譲は趙襄子が外出するおりを狙い、橋のたもとで待ち伏せする。しかし、この必殺を期した再度の襲撃も、趙襄子に見破られて失敗、本望を遂げることはできなかった。

事ここにいたっては、さすがの趙襄子も豫譲を許すことができず、兵士に殺害を命じた。このとき、豫譲は「できれば殿のお召し物をお借りし、これを突き刺して、仇討ちの本望を遂げさせていただきたい」と懇願し、その意気に感じた趙襄子が自分の衣服を与えると、三たび躍りあがってこれを突き刺し、「これで泉下の智伯さまに顔向けできます」と言うや、剣に身を伏せて自殺した。豫譲の凄絶な復讐劇は、この代償行為によってようやく完了したのである。

豫譲は「己を知る」君主智伯を、その死後も辱める趙襄子の行為に発憤して、絶対に許せないと報復を期し、最後までその思いをつらぬいた。その姿はまさに思いこんだら命がけ、侠の精神の結晶にほかならない。ただ、先述したように、客観的に見れば、智伯自身は趙襄子とのいきさつからも明らかなように、嫌みたっぷりの面もあり、けっして全面的に肯定できるような人物ではない。死後の智伯へのグロテスクな仕打ちは論外としても、暗殺者豫譲への寛容な態度もそうだが、トータルに見ると、むしろ趙襄子のほうが役者が上である。つまるところ、豫譲は、智伯と自分の信頼関係のみを絶対視して、命がけの報復を期したのであり、その意味で、豫譲の俠は私怨あるいは私憤にもとづくものだといえよう。

以上のように、春秋時代の晋の重臣、趙氏の家系にまつわり、さまざまな俠が出現した。一口に俠といっても、たとえば、趙氏孤児を守り立てた公孫杵臼と程嬰のように、他者攻撃、他者への実力行使を旨とせず、君主や友人への信義を第一義とする非武力型もあれば、豫譲のように、これと思いこんだ人物のために、仇敵と目す人物への実力行使を旨とする武力型もある。

また、「大義」にもとづく公憤型の俠も存在すれば、パーソナルな関係にもとづく私憤型の俠も存在する。こうして多種多様のタイプの俠があるいは重なり、あるいは交差しながら、春秋時代から清末にいたるまで、俠の歴史が形づくられてゆく。しかし、いかなるタイプの俠においても共通するのは、なんらかの信義を根底とし、これをみずからの命をかけて貫徹しようとする姿勢である。

2　五人の刺客

「刺客列伝」

豫譲の復讐の顚末は、『史記』「刺客《しかく》列伝」に記されており、ここには春秋時代から戦国時代末期までに出現した、五人の刺客すなわちテロリストの軌跡が記されている。春秋時代の刺客は曹沫《そうかい》、専諸《せんしょ》、豫譲の三人、戦国時代は聶政《じょうせい》、荊軻《けいか》の二人である。ちなみに、智伯の滅亡と豫譲の復讐劇のほぼ五十年後、紀元前四〇三年、晋を三分割した韓・魏・趙は正式に諸侯となった。これをもって春秋時代は終幕となり、さらなる動乱の戦国時代（前四〇三―前二二一）の幕が切って落とされる。

『史記』「刺客列伝」に登場する五人の刺客は、それぞれ状況や立場こそ異にするとはいえ、そろって「義を見て為《な》さざるは勇《ゆう》無き也」（『論語』為政《いせい》篇）と心をふるいたたせ、武器を手に、単独で巨大な敵に立ち向かっていった侠の体現者たちである。

信任への恩返し——曹沫

冒頭に登場する曹沫《そうかい》は春秋時代の小国魯《ろ》の将軍。魯の荘《そう》公（前六九三―前六六二在位）に仕えて、大国斉《せい》と三度戦い、三度敗北したが、荘公は曹沫を責めず、将軍のままとした。かくして、斉の強大さを思い知った荘公は、遂邑《すいゆう》の地を献上することを条件として斉に講和を申し入れる。これに対して、斉は自国の領内である柯《か》の地で会合し、講和を結ぶことを承知する。このときの斉の君主は、晋の文公とともに、「斉桓《せいかん》・晋文《しんぶん》」と称される春秋五覇《ごは》の一人、桓《かん》公（前六八五―前六四三在位）だった。

柯で顔を合わせた桓公と魯の荘公が、壇上で講和の手続きに着手したちょうどそのとき、匕首《あいくち》を手にいきなり壇上に駆けのぼり、桓公を脅《おど》す者があらわれた。荘公のお供をしてきた

桓公を脅《おど》す曹沫

曹沫である。とっさのことで、桓公の配下もなすすべもない。この思いきった実力行使によって、桓公から遂邑の地を魯に返還する確約を得た曹沫は、匕首を投げ捨てて壇を下り、臣下の位置にもどるが、顔色ひとつ変えず、あくまでも平然たる態度を崩さなかった。

曹沫は、たびかさなる敗北にもかかわらず、自分を信任しつづけてくれた荘公に、こうして恩返ししたのである。主君荘公のあずかり知らぬところで敢行された、曹沫の行為は徹頭徹尾、自発的なものにほかならない。この自発的な曹沫の行為には、一滴の血も流さず、今をときめく斉の桓公を恐れ入らせ、小国魯の言い分を通したという点で、非常に爽快なものがある。

ちなみに、この事件が起こったのは、魯の荘公十三年（前六八一）のことだという。

一心同体の盟約——専諸

単独で鮮やかに国家の力関係を逆転させた、度胸満点の曹沫につづいて登場する刺客は、呉《ご》の専諸《せんしょ》である。専諸はのちに「呉越《ごえつ》の戦い」の立て役者の一人となる伍子胥《ごししょ》（？—前四八四）と関わりが深い。ちなみに、伍子胥は楚《そ》の出身だが、お家騒動の渦中で楚の平王《へい》（前五二八—前五一六在位）に父と兄を殺され、復讐を期して逃亡、呉に亡命した人物である。呉にたどりついた伍子胥はまもなく専諸と知り合い、その有能さを深く心に刻みつけた。

伍子胥の狙いは、いうまでもなく呉の力を利用して楚を撃ち、平王を滅ぼすことにあった。おりしも、呉の国内情勢も王位継承をめぐって波乱含みだった。呉王僚《りょう》（前五二六—前五一五在位）と実力者の公子光《こうしこう》は従兄弟《いとこ》であり、もともと王位継承権は五分五分だった。呉の王位継承問題は彼らの祖父寿夢《じゅぼう》に端を発する。寿夢には息子が四人いたが、末子の季札《きさつ》がもっとも優秀であり、寿夢は季札を後継者にしようとした。

伍子胥

しかし、季札が固辞したため、やむなく長男の諸樊《しょはん》が後継の座につく。これを皮切りに、諸樊の死後は二男の余祭《よさい》、余祭の死後は三男の余《よ》昧《まい》が呉王となり、最終的に末子の季札に王位がまわるように、次々にバ

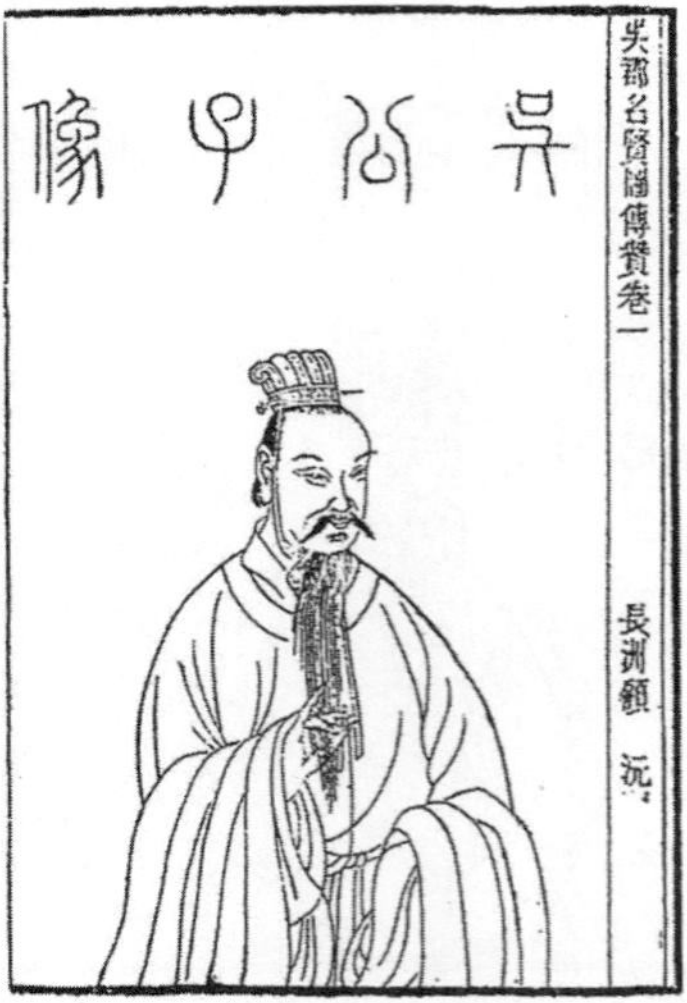

季札

トンタッチしていった。ところが、三男余味の死後、権力闘争を嫌う季札はまたも辞退し、逃亡してしまう。この結果、三男余味の息子僚が王位についたのだが、こうなると長男諸樊の息子である公子光にすれば、当然おもしろくない。叔父の季札が辞退した以上、真の王位継承者は自分だというわけだ。

こうした呉のお家事情を洞察した伍子胥は、楚への復讐を成し遂げるべく、呉王僚に勝る実力をもつ公子光に賭ける決意を固め、これと見こんだ専諸を公子光に推挙する。公子光が専諸を賓客として厚遇するうち、九年の歳月が流れた。紀元前五一五年、粘りに粘り満を持した公子光はついにクーデタに踏み切る。これに先立ち、公子光は専諸に相談をかけた。すると、専諸は「王の僚は殺すべきなり」と断言し、感激した公子光は「光の身は子《し》の身なり（私の身体はあなたの身体だ）」、すなわち彼ら二人は一心同体だと確言した。こうして公子光と専諸の間に固い約束、あるいは盟約が結ばれたのだった。

まもなく公子光は地下室に武装兵をひそませたうえで、酒宴の準備をし、呉王僚を自邸に

専諸、呉王僚を刺殺

招いた。呉王僚も厳戒態勢をとりつつ、この招きに応じた。宴たけなわになったころ、公子光は足の病気を口実に席を立ち、地下室に行って専諸に細かい指示を与えた。この結果、料理人に化けた専諸は、呉王僚の前にまかりでて焼き魚をすすめたかと思うと、魚の腹を裂いてなかに仕こんだ匕首《あいくち》を取りだし、呉王僚を刺殺した。あっというまの早業だったが、次の瞬間、専諸もまた王の側近に殺されてしまう。

専諸の捨て身のテロルによって、クーデタに成功した公子光は権力を奪取し、呉王闔閭《こうりょ》（前五一四―前四九六在位）となった。専諸の手腕を見ぬき、この一幕の筋書きをかいた陰《かげ》の仕掛け人、伍子胥は呉王闔閭の名参謀となり、首尾よく楚を撃破して宿願の復讐を果たす。その後、彼は長期に及んだ呉越の戦いの過程で、呉王闔閭さらには息子の呉王夫差《ふさ》（前四九五―前四七三在位）を輔佐し、呉のために尽力するが、けっきょく夫差に煙たがられて排除され、自殺のやむなきにいたる。専諸の死から三十一年後のことだった。目的を達した高揚感のなかで、瞬時に絶命した専諸とは対照的に、伍子胥は苦渋に満ちた長い道を歩んだあげく、怨念の塊となって死んでいった。無惨としかいいようがない。

それはさておき、伍子胥ひいては公子光に手腕を買われた専諸は当初から、自分の役割を明確に自覚していたに相違ないが、けっして公子光の命令や依頼を受けて、呉王僚の刺殺を引き受けたわけではない。

先述のとおり、彼はむしろ「王の僚は殺すべきなり」と公子光に発破をかけ、みずから積極的に実力行使に及んだのである。この専諸のきっぱりした言葉に触発された公子光は、彼と自分は一心同体だとまで言い切った。専諸としてはこの絶対的な信頼にこたえるべく、あとは呉王僚に向かって突進するだけだ。このきっぷのいいテロリスト専諸によって、呉の情勢は大転換したのだから、「俠は世界を変える」とさえ言いたくなるほどだ。付言すれば、この専諸の事件が起こったのは、先にあげた魯の曹沫の事件の百六十七年後だと、司馬遷は記している。

復讐の一念——豫譲

もっとも、つよい思いはあっても、どうにも本望を遂げられない場合もある。「刺客列伝」に曹沫、専諸につづいて三番目に登場する豫譲がこれにあたる。豫譲についてはすでにとりあげたので、ここでは詳しく述べないが、彼はまさに自発性の化身として、俠のパトスを燃焼させ、みずから滅んでいった。彼は曹沫や専諸のように目的を達成することも、「世界を変える」こともできなかったけれども、なればこそ結果をかえりみず、ひたすら趙襄子の命を狙い、復讐の一念をつらぬいたその姿は、侠たる者の存在様式を鮮烈に象徴しているともいえよう。豫譲の事件は、専諸の事件の七十年余り後、曹沫の事件から数えれば、二百四十年ほど後に起こったとされる。この豫譲が春秋時代の最後を飾る刺客であり、以後、「刺客列伝」の記述は戦国時代の刺客へと移る。

豫譲

「己を知る者に報いる」——聶政①

「刺客列伝」の四番目、戦国時代最初の刺客として登場するのは聶政《じょうせい》である。聶政は軹《し》（河南省。この当時は魏領）の出身だが、殺人事件を起こし、母と姉を連れて斉に逃亡、貧しい暮らしをつづけていた。やがて、そんな聶政の前に厳仲子《げんちゅうし》という人物があらわれる。厳仲子は韓の高官だったが、宰相の侠《きょう》累《るい》と不仲になり、殺害されることを恐れて亡命、自分に代わって侠累を殺し、恨みを晴らしてくれる者を探しながら各地を遍歴したあげく、斉にたどりついた。ここで、聶政の噂を耳にして、彼こそ探し求めていた人物だと確信し、しばしば聶政の家を訪れるが、そのたびにすげなく門前払いをくわされた。

　厳仲子はそれでも懲りず、粘り強く訪問しつづけた結果、ようやく家のなかに入ることができた。このとき、彼は酒のしたくをととのえ、黄金百鎰《いつ》（一鎰は約三百二十グラム）を捧げもって、聶政の母に長寿を祈る杯を差しだした。あまりの大金に不審を抱いた聶政は受け取りを拒絶するが、厳仲子は頑としてひっこめようとしない。

　押し問答を繰り返したあげく、ついに厳仲子は「臣は仇《あだ》有りて、諸侯に行游すること衆《おお》し。然《しか》れども斉にいたりて、窃《ひそ》かに足下の義の甚《はなは》だ高きを聞けり（私には仇があり、それで諸国をあちらこちらと放浪しています。ところが、この斉に来て、あなたが非常に義侠心に富んだ方だという噂を耳にしました）」云々と、直言はしなかったものの、自分のために一肌ぬいでほしいと、本心をうちあけ、黄金を差しだした。

　しかし、聶政は「老母在《あ》らば、政が身は未《いま》だ敢《あ》えて以《もっ》て人に許さざるなり（老母がいるうちは、この身を人にゆだねることはできません）」ときっぱり断り、黄金を受け取ろうとしなかった。さすがの厳仲子も諦めざるをえなかったが、最後まで敬意に満ちた態度を崩さず、立ち去ったのだった。

　その後、長い時間を経て、聶政の母が亡くなった。あしかけ三年の服喪期間が完了すると、聶政は「老母は今　天年を以《もっ》て終わる。政は将《まさ》に己《おのれ》を知る者の為に用いられんとす」と言って、厳仲子のもとに行き、詳しく事情を聞いた。

この結果、聶政は先に登場した豫譲と同様、「己《おのれ》を知る者」、すなわち自分を深く理解してくれた厳仲子の厚意と信頼に報いるべく、侠累を殺害する決意を固め、韓の国へと向かう。到着後、聶政は単身で、意表をつく正面攻撃をかけた。ちょうど侠累が役所にいたとき、大勢の配下をものともせず、いきなり侠累めがけて突進し、あっというまに刺殺したのである。これにつづく大混乱のなかで、聶政は大声をあげながら、数十人の侠累の配下を殺したあげく、みずから顔の皮を剝ぎ、目玉をえぐりとり、腹を切って腸をとりだし、絶命した。壮絶きわまりない最期というほかない。彼はこうして厳仲子の信頼にこたえると同時に、家族に迷惑がかかることを恐れ、身元が割れないように、みずから身体的特徴を抹消したのだ。

聶政の正面攻撃

壮絶なる姉——聶政②

宰相を殺された韓の国では、聶政の屍《しかばね》を市場にさらし、千金の賞金をかけて身元を捜し求めたが、長らく手掛かりを得ることはできなかった。そうこうするうち、すでに嫁いでいた聶政の姉がこの噂を聞くや、「其《そ》れ是《こ》れ我《わ》が弟なるか。嗟乎《ああ》、厳仲子は吾《わ》が弟を知れり」と、弟が「己を知る」厳仲子のために事を成し遂げ、死んだに相違ないと直感して、ただちに韓の市場に向かう。

弟の無惨な屍と対面した彼女は慟哭しながら、人々に向かって「これは聶政という者です」ときっぱり身元をあかした。かくして、「妾《しょう》は其れ如何《いかん》ぞ身を歿《ぼっ》するの誅《つみ》を畏《おそ》れて、終《つい》に賢弟の名を滅ぼさんや（自分が殺されるのを恐れて、りっぱな弟の名声を消すことなどできません）」と言い、天を仰いで三度絶叫したかと思うと、悲痛なすすりなきを洩らしながら、弟の聶政のそばで命を絶った。

刺客聶政の行動の軌跡も壮絶きわまりないが、その成し遂げた行為を称え、彼を無名の闇に埋没させたままにはできないと、あえて名乗りでて、みずから命を絶った聶政の姉の姿も弟に劣らず壮絶きわまりない。彼らはそれぞれの流儀で、人としての信義と尊厳を命がけでつらぬいた、激烈な俠の精神の体現者というべきであろう。付言すれば、聶政の事件は紀元前三九七年に起こったとされる。

総体的に見ると、「刺客列伝」において、戦国時代最初の刺客としてとりあげられる、この聶政は、先に登場した春秋時代の三人の刺客、曹沫、専諸、豫譲とはかなり相違がある。聶政の行動形態は壮絶そのものだが、そもそもの発端は、さして縁もない厳仲子に見こまれ「依頼」されて、「義を見て為さざるは勇無き也」と、その信頼にこたえようとしたところにある。その点で、自発的であるとはいえ、固定した主従関係にもとづいて、上位者の「敵」に挑んだ春秋時代の三人の刺客とは、位相がまったく異なる。春秋から戦国へと時代が移るにつれて、刺客のありかたも変貌してゆくのである。

「刺客列伝」の最後に登場する、戦国時代の終幕を鮮烈に彩る荊軻《けいか》もまた、「依頼」を受けて、巨大な対象に立ち向かっていった人物にほかならない。

文武両道——荊軻①

紀元前三世紀後半になると、戦国時代の七国すなわち「戦国七雄《しちゆう》」のうち、秦《しん》の勢力が圧倒的につよまり、秦王政《せい》（のちの秦の始《し》皇帝。前二五九—前二一〇）は各地に軍勢を進め、天下統一のプログラムを進めてゆく。秦王政は紀元前二三〇年、まず六国（斉《せい》、楚《そ》、燕《えん》、韓《かん》、魏《ぎ》、趙《ちょう》）のうち、もっとも弱体だった韓を滅ぼし、つづいて二年後、幼時を過ごすなど、何かとゆかりの深かった趙を容赦なく滅ぼした。秦の怒濤のような攻勢に、残る四国は危機感をつのらせるが、ことに趙の北部に位置する燕はパニック状態となる。

このとき、燕の太子《たいし》だった丹《たん》は正攻法ではとても勝ち目がないと、非常手段に訴え、秦王政を暗殺しようと決意する。そこで、燕きっての勇気ある智者として名高い田光《でんこう》を召し寄せ、辞を低くして「燕・秦は両立せず。願わくは先生　意を留めよ」と、相談をかけるが、田光は老齢のため任に堪えないと辞退し、代わりに友人の荊軻《けいか》を推薦する。太子丹は納得し、辞去する田光を丁重に門まで見送りながら、この一件は重大な国事だから口外しないようにと、念を押す。この言わずもがなの口止めが、気骨の人、田光のプライドをいたく傷つけ、思わぬ事態を引きおこすことになる。

それはさておき、田光の推薦した荊軻は、秦に滅ぼされた小国衛《えい》の出身であり、文武両道、読書を好み撃剣の使い手だった。諸国を遍歴したのち燕に移り住み、筑《ちく》（琴に似た楽器）の名手、高漸離《こうぜんり》と親しく交わって酒を飲み、高漸離のかき鳴らす筑に合わせて町を歌い歩くうち、感きわまって泣きだすなど、気ままな暮らしを送っていた。もっとも、荊軻はけっして後先かえりみない激昂型ではなく、つまらない挑発を受けてもまったく動じない、冷静沈着にして度胸のすわった人物だった。

この荊軻を見こんだ田光が太子丹の依頼を告げると、荊軻は即座に太子丹と会うことを承知した。自分の役割を果たしおえた田光はその直後、なんと自刎《じふん》してしまう。田光がみずから命を絶った理由はいくつか考えられる。それは、口止めするなど、自分を信用しなかった太子丹への抗議の表明であると同時に、今後、自分や荊軻のように、俠の精神を体現した勇者を扱うときには、言葉づかいや態度に注意せよという警告であり、さらにまた、自分に代わって使命を担う荊軻への命がけの激励でもあったといえよう。

命がけの委託を受けて――荊軻②

まもなく荊軻は太子丹のもとへ出向いた。太子丹は腹を打ち割って燕のために、秦王政を襲撃してもらいたいと懇願し、荊軻もついにこの依頼に応じた。荊軻の母国衛も秦に滅ぼされており、このとき、彼には秦の脅威にさらされた弱小国燕への共感があったとおぼしい。喜んだ太子丹は、荊軻を最上級の宿舎に住まわせ、美食・美女・宝物等々をふんだんに与えて、下へもおかぬもてなしをした。

しかし、荊軻はなかなか決行しようとせず、そのうち秦の脅威はつよまる一方となったため、しびれを切らした太子は彼に決行をうながす。すると、荊軻は条件を付け、秦王政を信用させるために、彼がほしがっている二つの物、すなわち秦から亡命してきた将軍、樊於期《はんおき》の首と、燕の督亢《とくこう》地方の地図を要求した。これを献上すれば、秦王政は信用し喜んで会見に応じるにちがいないというのだ。しかし、太子丹が樊於期を殺すことに難色を示したため、

文武両道の荊軻

みずから首をはねた。

荊軻はみずから樊於期とひそかに会い、事情をうちあけたところ、樊於期は得たりやおうと

こうして秦王政暗殺の役割を担った荊軻を鼓舞し支援するために、その出発に先立ち、田光と樊於期の二人がみずから命を絶ったわけだが、これは、先にあげた趙氏孤児の程嬰《ていえい》と公《こう》孫杵臼《そんしょきゅう》のケースと、深いところで通底するものがある。つまるところ、荊軻は二人の俠者から絶対的に信頼され、命がけの委託を受けたことになるのだから。

ところが、事ここにいたっても、荊軻はなおも出発しようとしなかった。ぜひとも同行したい人物の到着を待っているというのだ。このあたりの荊軻の動きは、「刺客列伝」に登場する他の四人の刺客が速戦即決、ただちに行動に移ったのとは異なり、沈着といえば沈着、気をもたせるといえば、大いに気をもたせるところがある。ちなみに、この荊軻伝における司馬遷の筆致は異様なまでの臨場感に富み、読者をじらせ、その期待を徐々に盛りあげながら、クライマックスにもってゆく巧みな語り口は、ほとんど「小説」といってもいいほどである。

道具立てはそろったにもかかわらず、なおも動こうとしない荊軻に対し、太子丹はやる気があるのかどうかといらだち、彼の待つ勇者の代わりに秦舞陽《しんぶよう》なる人物を同行して、ただちに出発するよう迫った。そこまで言うならと、激怒した荊軻はついに出発の決意を固める。かくして、荊軻はいよいよ樊於期の首と督亢の地図、および毒を塗った鋭利な匕首《あいくち》をたずさえ、秦舞陽をお供に連れて秦へと旅立つことになる。この旅立ち以降の司馬遷の語り口は、

前半の出発するまでのゆるやかな曲折に富むそれとは異なり、すこぶる急テンポでパセティックなものとなる。アンダンテからアレグロへの鮮やかな転換である。

万事休す——荆軻③

旅立ちの日、太子丹をはじめ事情を知る者はみな白い喪服をつけ、易水《えきすい》のほとりで、行きて帰らぬ荆軻を見送った。別れにさいし、高漸離のかき鳴らす筑に合わせて、荆軻はこう歌いあげた。

風蕭蕭兮易水寒　　風は蕭　蕭《しょうしょう》として易水《えきすい》寒く
壮士一去兮不復還　　壮士《そうし》一《ひと》たび去って復《ま》た還《かえ》らず

この悲壮な歌声に、見送る者ははげしく心を揺さぶられ、みな目をいからせ髪をさかだてんばかりだった。

秦に到着した荆軻はさっそく秦王政の側近に大枚の袖の下を贈り、その引きで首尾よく秦王と会見する手筈をととのえた。燕王が秦に臣従することを願い使者を派遣して、亡命した将軍樊於期の首と督亢の地図を献上しようとしていると聞き、大喜びした秦王政は荆軻と秦舞陽をさっそく国賓として宮殿に招いた。

すべりだしは順調だったが、献上品の入った箱を捧げもったお供の秦舞陽が、極度の緊張と脅えのため、真っ青になってわなわなとふるえだし、居並ぶ秦王の臣下に見とがめられる。荆軻はこれを巧みにとりつくろい、みずから督亢の地図を秦王に捧げると、秦王は手ずから地図を開いた。

開きおわったところで、なかから匕首があらわれる。荆軻はすかさずこれを右手でとりあげ、左手で秦王の袖をつかむ。しかし、袖はちぎれ、秦王は立ち上がり、宮殿の柱をまわって逃げまどう。追う荆軻。秦王の大勢の配下は呆然とするばかりだったが、やがて気をとりなおし、いっせいに素手で荆軻に殴りかかった（規則で宮殿内では臣下は丸腰だった）。

一方、長い刀をやっと抜いた秦王は荆軻の左ももをぶった斬り、荆軻は倒れながら、秦王めがけて匕首を投げたが失敗、桐の柱にあたってしまう。万事休す。観念した荆軻は柱に寄りかかってカラカラ笑い、あぐらをかいて秦王を罵倒しながら、殺されていった。紀元前二二七年のことであった。

以上は、「刺客列伝」の叙述を要約したものだが、このくだりの司馬遷の描写は、まことにダイナミックであり、息づまる迫真性がある。

こうして荆軻はお供の件で万全を欠きながら、依頼者である燕太子丹の要請にこたえて、かなわずとはいえども、目いっぱい自分の役割、任務を果たし、あっぱれ俠の鑑《かがみ》となった。命がけで彼を後押しした田光と樊於期も、よくやったと喝采を惜しまないことであろう。

後日談

秦王政は荆軻の事件の翌年（前二二六）、燕の首都薊《けい》を陥落させ、逃亡した燕王と太子丹を追撃して、まず太子丹を殺害し、紀元前二二二年には燕王をも殺害、燕を完全に滅亡させた。この間、秦王政は紀元前二二五年に魏、紀元前二二三年に楚をすでに滅ぼしていた。最後の仕あげに、燕滅亡の翌年（前二二一）、残る斉を滅ぼし、戦国の六国をすべて併合して天下を統一、秦王政は秦の始皇帝（前二二一—前二一〇在位）となる。五百五十年に及んだ春秋戦国の分裂時代はここに終わったのである。

こうしてみると、荆軻の壮絶な秦王暗殺計画の一幕は、秦の勢力が日増しにつよまり、滅亡の危機にさらされた戦国六国の最後の抵抗を象徴しているともいえる。実は、荆軻の暗殺劇には後日談がある。秦王朝の成立後、荆軻と親しかった筑の名手、高漸離は流浪をつづけたが、始皇帝は彼の才能を惜しみ、その目をつぶしたうえで、そば近く仕えさせ、筑の演奏を楽しんだ。しかし、高漸離はけっして厚遇に甘んじず、筑のなかに鉛を入れ、始皇帝を襲撃する機会をひそかに狙いつづけた。始皇帝に近距離まで近づくことができたとき、いきなり筑をふりあげて撃ちかかったが、悲しいかな、目をつぶされているため、見当がはずれてあたらない。この直後、高漸離が処刑されたことはいうまでもない。

友人荆軻をはじめ、始皇帝に滅ぼされた戦国の人々の怨念を凝縮した高漸離の一撃は、空を切るにとどまったが、その時を超えた反逆精神には、荆軻に勝るとも劣らぬ烈々たるものがある。弟の名誉のためにみずから死を選んだ聶政の姉、そして友人荆軻のために最後の抵抗を試み、殺された高漸離。彼らもまた熾烈な侠の精神の持ち主だったのである。

「刺客列伝」に登場する五人の刺客の置かれた状況やその行動形態は、春秋から戦国へと、時代が変わるにつれて微妙に変化していった。しかし、その基底にある侠の精神には深い共通性が認められる。司馬遷は「刺客列伝」に付した評の末尾において、こう述べている。

曹沫より荊軻にいたる五人、此れ其の義或《ある》いは成り、或いは成らず。然《しか》れども其の意の立つること較然《こうぜん》として、其の志を欺《あざむ》かず。名は後世に垂《た》る。豈《あ》に妄《もう》ならんや（曹沫から荊軻にいたるまでの五人には、義侠心による行動が成功した者もいれば、成功しなかった者もいる。しかし、いったん決意したことはきっぱりと守り、みずからの志にそむくことはなかった。その名声が後世に伝わったのも、いわれのないことではない）。

3　戦国四君

高貴な身分から

「刺客列伝」に登場する五人の刺客は、君主や身分の高い依頼者のために、意気に感じて侠の精神を発揮し、巨大な敵に立ち向かっていった人々であり、総じて彼らの姿にはただならぬ悲壮感が漂っている。こうした悲壮な刺客たちと対照的なのが、戦国時代末に出現し、国境を越えて大活躍した「戦国四君《せんごくしくん》」である。

四君とは斉《せい》の孟嘗君《もうしょうくん》（?—前二七九?）、趙《ちょう》の平原君《へいげんくん》（?—前二五一）、魏《ぎ》の信陵君《しんりょうくん》（?—

前二四四）、楚《そ》の春申君《しゅんしんくん》（？—前二三八）の四人を指す。

　この四人のうち、春申君だけは臣下の出だが、残る三人は、孟嘗君が斉の宣《せん》王（前三一九—前三〇一在位）の甥、平原君が趙の恵文《けいぶん》王（前二九八—前二六六在位）の弟、信陵君が魏の安釐《あんき》王（前二七六—前二四三在位）の異母弟であり、それぞれ王室に近い一族にあたる。彼らは故国もしくは他国の宰相となって、内政や外交に手腕を発揮し、君主をしのぐ力をふるう一方、数千人の食客を擁する遊侠の大ボスとして、戦国世界に睨みをきかせた。

命を天に受くる——孟嘗君①

　戦国四君のなかでも、孟嘗君（本名は田文《でんぶん》）はきわだった存在である。彼の父田嬰《でんえい》は斉の威《い》王（前三五六—前三二〇在位）の末子で、宣王の異母弟にあたり、長らく宰相をつとめるなど、斉の実力者であった。田嬰には息子が四十人余りおり、孟嘗君の母はいたって身分の低い側室だった。

　しかも、孟嘗君は五月五日生まれであり、五月生まれの子は身長が門戸の高さになると両親を殺すという俗信があったため、田嬰は彼を殺すよう命じたが、側室の母はその言いつけに背き、ひそかに養い育てた。成長後、父と会う機会があったとき、なぜ生かしておいたのかと怒る田嬰に対して、孟嘗君は「人の生は命《めい》を天に受くるか、将《は》た命を戸《こ》に受くるか（人は運命を天から授かるのですか、それとも門戸から授かるのですか）」と反論し、絶句させた。

以後、しだいにその聡明さを認めた田嬰は、孟嘗君に家をとりしきらせ、食客の接待をさせるようになった。すると、食客は日ごとに増えて、孟嘗君の名声は知れわたり、諸侯の間からも彼を後継者にすべきだという声が高まった。かくて田嬰も心を決め、世評の高い孟嘗君を後継者に指名した。

きわめて不利な立場にあった孟嘗君はこうして鮮やかに逆転勝利し、大国斉の実力者の後継となった。長らく日陰の存在として苦労を重ねた経験がプラスに作用したのか、孟嘗君には、人の心理の裏表を洞察する能力と、多種多様の人材を受け入れる大らかな包容力が備わっていた。このため、父の死後、その領地の薛《せつ》（山東省滕《とう》県）を受け継ぎ本拠とした彼のもとには、大勢の人々がつめかけ、食客の数は数千人にものぼったとされる。孟嘗君はこの膨大な食客を分け隔てなく扱い、誰に対してもきめこまかな配慮を惜しまなかったため、その人気はますます高まった。

鶏鳴狗盗——孟嘗君②

こうして集まったおびただしい食客のなかには、むろん変わった特技をもつ者もいた。孟嘗君がそんな特殊技能の持ち主に助けられた有名なエピソードがある。秦の昭襄王《しょうじょう》（始皇帝の曾祖父。前三〇六—前二五一在位）は、かねて孟嘗君の名声を聞き、大いに関心をもっていた。紀元前二九九年、孟嘗君がたまたま斉の使者として秦にやってきたとき、喜んだ昭襄王はさっそく彼を秦の宰相に任じた。

しかし、「孟嘗君は賢明な人物ですが、斉の一族でもあります。秦の宰相になっても、必ず斉の利益を優先し、秦を後回しにするでしょう。そうなると秦は危険です」と諫める者があり、なるほどと思った昭襄王はあっさり心変わりして、孟嘗君を監禁したうえ、殺してしまおうとする。慌てた孟嘗君は王の寵姫のもとに使いをやり、よしなに取りはからってもらいたいと要請した。

すると、寵姫は条件を出し、「狐白裘《こはくきゅう》（狐の腋の下の白い毛を集めてつくった最高級の毛皮）」をくれたら力を貸すと答える。孟嘗君はたしかに一着の狐白裘を持ってきたが、すでに昭襄王に献上してしまい、手元に余分はない。困り果てていると、お供をしてきた食客のなかに、もと「狗盗《くとう》（こそ泥）」だった者がおり、この男が特技を発揮して、夜中に宮殿の蔵に忍びこみ、難なく献上した狐白裘を盗みだしてくる。これをかの寵姫に献呈し、そのとりなしによって、孟嘗君は首尾よく釈放されたのだった。

釈放後、孟嘗君はただちに秦からの脱出をはかり、偽名をつかって函谷関《かんこくかん》を通過しようとした。しかし、関所にたどりついたとき、すでに門は閉まっており、規則で早朝、鶏が鳴くまで開かない。追っ手はせまり、進退きわまったところで、救いの主があらわれる。お供の食客のなかに、もの真似のうまい者がおり、この男が「鶏鳴《けいめい》」の真似をしたところ、本物の鶏がつられていっせいに鳴きだし、関門が開けられたために、首尾よく通過することができた。まもなく追っ手が到着したが、孟嘗君はすでに出発した後であり、引きあげるほかなかった。名高い「鶏鳴狗盗《けいめいくとう》」の故事である。

このとき、孟嘗君のお供をした食客たちは、当初、孟嘗君がこそ泥ともの真似屋の二人をお供のメンバーに加えたとき、こんな者どもといっしょにされることを恥だと思った。しかし、二人のおかげで危機を脱した後は、孟嘗君の人を見ぬく眼力に敬服したという。孟嘗君は来る者は拒まず、素姓の怪しい者や犯罪者でも委細かまわず受け入れ、数千人もの食客を養った。その内実は玉石混淆だったが、いちいち選別せずにともかく受け入れるうち、そのなかから思わぬ逸材や技能者が出現した。だから、ここは孟嘗君の眼力よりも、その度量あるいは包容力が称えられるべきであろう。

もう一つ、孟嘗君の包容力が予期せぬ効果に結びついた例をあげてみよう。馮驩《ふうかん》という食客にまつわる話である。孟嘗君は彼がやってきたとき、最初、伝舎《でんしゃ》（三等宿舎）に住まわせた。十日後、伝舎の長にようすをたずねると、「馮先生は貧弱な剣を手で叩きながら、『長鋏《ちょうきょう》よ、帰来《かえら》んか。食らうに魚なし（わが剣よ、国へ帰ろうか。ここは食事に魚も出ないのだから）』と歌っておられます」と言う。そこで、食事に魚のつく幸舎《こうしゃ》（二等宿舎）に移すと、今度は「長鋏よ、帰来んか。出づるに輿《こし》なし（わが剣よ、国へ帰ろうか。ここは外出するのに車も準備してくれないのだから）」と歌っているとのこと。そこで、外出に車がつく代舎《だいしゃ》（一等宿舎）に移すと、なんとまたまた「長鋏よ、帰来んか。以《もっ》て家を為《な》すなし（わが剣よ、国へ帰ろうか。ここは屋敷も用意してくれないのだから）」と歌っているという。さすがの孟嘗君もこの要求には応じなかったものの、馮驩を代舎に滞在させつづけたのだった。

おそらく馮驩は故意に要求をエスカレートさせて、孟嘗君の反応を試し、海の物とも山の物ともつかない自分の要求にめいっぱいこたえてくれたことに、深く感じるものがあったのだろう。だから、孟嘗君が斉の宰相の座を追われて失脚し、大多数の食客が彼を見捨てて立ち去ったときも、馮驩は断固として踏みとどまり、東奔西走して、その復活に尽力した。馮驩はこうして自分を受け入れてくれた侠の大立て者たる孟嘗君に対し、信義をつらぬいたのである。そんな馮驩もまた信義に生きる侠者だったといえよう。

温厚さと凶暴さ——孟嘗君③

このように大勢の食客を擁して隠然たる勢力をふるう孟嘗君の存在は、斉の君主に圧迫感を与えつづけた。先述のように、秦から脱出して帰国した後、斉の湣王《びん》（宣王の子、孟嘗君のいとこ。前三〇〇—前二八四在位）は孟嘗君を宰相に任じた。しかし、紀元前二八六年、小国宋《そう》を滅ぼしてから、強気になった湣王は孟嘗君の排除をはかり、身の危険をおぼえた孟嘗君は魏に亡命した。魏の昭王《しょう》は彼を宰相に任じ、他の三国（秦、趙、燕）と共謀して斉に一斉攻撃をかけた。追いつめられた湣王は逃亡したが、やがて殺害され、各国は斉から奪った土地や宝物を分け合い、まずは一件落着となる。紀元前二八四年のことである。

翌年、湣王の子、襄王《じょう》（前二八三—前二六五在位）が亡命地で即位、数年かけてじりじりと失地を回復してゆく。孟嘗君は領地の薛にもどり、以後はどの国とも密接な関係を結ばず、中立の立場を堅持した。襄王もそんな孟嘗君の勢力をはばかり、辞を低くして講和を結び、「薛公《せつこう》」として尊重したという。もっとも、孟嘗君の死後、息子たちが後継の座を争う隙をつき、襄王はかつての敵である魏と共謀して、薛を滅ぼし、孟嘗君の一族を皆殺しにしてしまう。

ここに見られる魏の動きは、弱肉強食の戦国の酷薄な論理を鮮明にあらわすものだといえよう。利用価値のある有能な人材と見れば、孟嘗君がそうであったように、敵国の宰相もためらうことなく自国の宰相に任用するかと思えば、昨日の友は今日の敵、今日の敵は明日の友、何のうしろめたさもなく、状況しだいで誰とでも手を組んで転身し、弱いものに牙をむいて襲いかかる。孟嘗君は、こんな生き馬の目を抜くきびしい状況のなかで、子孫は絶滅したとはいえ、大国の間できわどいバランスをとりながら、最後まで強力な俠の大立て者として、生をまっとうした。あっぱれというほかない。

こうして危ない瀬戸際をくぐりぬけて生きてきた孟嘗君は、むろん単に包容力にあふれた温厚な大人物であるはずもない。彼は自分を頼ってくる者には寛容そのものだったが、そうでない者に対しては、時に凄みを帯びた恐るべき面を見せた。こんな話がある。

孟嘗君が趙に立ち寄ったときのこと、「戦国四君」の一人、平原君に歓待され引きとめられた。たまたま外出したおり、孟嘗君が賢者だという評判を聞いた趙の人々が見物につめかけたが、その姿を目にしたとたん、「薛公（孟嘗君を指す）は堂々とした体格の方だと思っていたが、見れば、なんと貧弱な小男じゃないか」と、あざ笑った。これを聞いた孟嘗君が激怒した瞬間、お供の食客がどっと車から下り、あっというまに見物していた数百人を斬り殺し、一つの町の住民を皆殺しにしてから立ち去ったという。なんとも凶暴な話だが、孟嘗君の食客には、いわゆる命知らずの無頼漢も多数含まれており、これらの者たちをボディガードにして身の安全を確保していたものと思われる。

以上は、ほぼ『史記』「孟嘗君列伝」によるものだが、司馬遷はこの伝記に付した評において、こう記している。

私はかつて薛に立ち寄ったことがあるが、この地の風俗は、だいたい町に乱暴な若者が多く、鄒《すう》や魯《ろ》とはちがっていた。その理由をたずねると、「孟嘗君は天下の任俠を招き寄せ、この薛にまぎれこんだ者が六万軒以上もあったからだろう」ということだった。世に孟嘗君が客を好み、みずからの喜びとしたというのは虚妄ではなかったのだ。

ボディガードだった無頼漢の子孫が多数、薛に住みつき、荒々しい町の風俗を形づくっていたことを思わせる記述である。それにしても、六万軒以上も食客の家があったというのは想像を絶する。「戦国七雄」の君主たちとわたりあった、俠の大立て者孟嘗君の威力をしのばせる話である。

進み出た食客——平原君

孟嘗君ほどの華々しさはないものの、「戦国四君」の残る三人、平原君、信陵君、春申君もまた、大勢の食客を擁して、戦国世界を揺るがした人々である。

平原君（本名は趙勝《ちょうしょう》）は趙の恵文《けいぶん》王の弟であり、いたって聡明だったため、恵文王およびその子である孝成《こうせい》王（前二六五―前二四五在位）の宰相となったが、三度、宰相の地位を失い、三度、返り咲いた。これだけでも、その隠然たる勢力のほどがわかる。食客を好んだ彼のもとに、これまた数千の人々が集まったとされる。平原君にも食客に助けられた有名なエピソードがある。

紀元前二五九年（『史記』「趙世家」による）、名将廉頗《れんぱ》に代わって趙軍の総大将となった趙括《ちょうかつ》（名将趙奢《ちょうしゃ》の子）が秦軍に大敗を喫し、秦は趙の降卒四十万を生き埋めにした。勢いに乗った秦軍はその年、趙の首都邯鄲《かんたん》（河北《かほく》省邯鄲市）を包囲し、絶体絶命となった孝成王は平原君を楚に派遣し、救援を求めさせることにした。

平原君は食客のなかから、傑出した智者と勇者二十人を選んで引き連れてゆくことにしたが、最後の一人がなかなか決まらない。このとき、毛遂《もうすい》という食客が進み出て、自分を同行してもらいたいとアピールした。平原君が自分の食客になってから何年たつかと聞くと、三年とのこと。平原君は、「夫《そ》れ賢士の世に処《お》るや、譬《たと》えば錐《きり》の嚢中《のうちゅう》に処るが若《ごと》く、其《そ》の末立《すえ》ちどころに見《あらわ》る（賢明な者が世にあれば袋の中に錐があるように、すぐ先端があらわれるものだ）」云々と言い、三年もたつのに鳴かず飛ばず、噂さえ聞いたことのない者は問題にならないと、毛遂の申し出をはねつけた。すると毛遂は、袋の中に入れてくれさえすれば、先端どころか柄まで突き出してみせると豪語した。押しまくられた平原君はとうとう彼をお供に加えたところ、毛遂は言葉にたがわず、楚で本領を発揮し、楚から趙救援の確約を取りつける立て役者となった。

すなわち、平原君と楚の考烈王《こうれつ》がえんえんと論議し、決着がつかないと見るや、毛遂は剣の柄をおさえて威嚇しつつ、弁舌をふるって考烈王を説得し、ついに救援を承知させたのである。毛遂のおかげで役割を果たし、意気揚々と趙に帰国した平原君は、こんな逸材を見ぬけなかった自分の不明を恥じ、以後、彼を上席の食客として厚遇したのだった。これまた、俠の大立て者と食客の間に見られる信頼関係のバリエーションといってもよかろう。

ちなみに、このとき結ばれた盟約にもとづいて、楚は春申君に軍勢を率いさせて趙に向かわせ、魏からも信陵君の率いる軍勢が救援に駆けつけたため、秦軍は邯鄲の包囲を解いて撤退し、趙の危機は去った。平原君が死去すると、子孫が後を継いだが、紀元前二二八年、秦王政が趙を滅ぼしたとき、ともに滅びたという。平原君が没してから、二十三年後のことであった。

起死回生の秘策——信陵君

信陵君（本名は無忌《むき》）は魏の昭王《しょう》（前二九五—前二七七在位）の末子、安釐王《あんき》の異母弟である。信陵君は謙虚な人柄で、へりくだった態度で人に接したため、彼のもとに集まった食客はこれまた三千人に及んだ。彼はまた、巷に埋もれた優秀な人材を発掘する独特の能力の持ち主でもあった。魏の首都大梁《たいりょう》（河南省開封市《かいほう》）の夷門《いもん》で門番をつとめる七十歳の老人侯《こう》嬴《えい》と肉屋の朱亥《しゅがい》はこうして見いだされた者たちだった。信陵君がしばしば彼らのもとに出向いたり、酒宴に招いたりして、丁重にもてなしつづけた結果、彼らはその知遇にこたえ、信陵君の危機に大活躍するのである。

先述のとおり、紀元前二五九年、秦軍が邯鄲を包囲したとき、平原君は楚の救援を得ると同時に、魏の安釐王と信陵君に手紙を送り、救援を要請した。これに応じて、安釐王は将軍の晋鄙《しんぴ》に十万の軍勢を率い趙救援に向かわせたが、趙を救援するなら、次は魏を攻撃すると秦の使者に恫喝されてふるえあがり、晋鄙に命じて途中で軍勢を留めさせ、形勢を傍観する構えをとった。いらだった平原君は信陵君のもとに次々に使者を送り、矢のように救援をうながした。

ちなみに、平原君の妻は信陵君の姉であり、信陵君もなんとか救援したいと、何度も安釐王にかけあったが、王は頑として承知しない。進退きわまった信陵君は、ならば当たって砕けろ、食客を率いて秦軍に突っこみ、趙と運命をともにするまでだと、車馬百余乗を調達し、邯鄲に向かう決意を固めた。

出発の日、夷門を訪れ侯嬴に別れを告げたところ、侯嬴は信陵君に起死回生の秘策を授けた。魏軍を率いる晋鄙将軍がもつ兵符（軍を委任する割り符）の片符は、安釐王の寝室にあり、寝室に自由に出入りできる寵姫の如姫《じょき》に頼んでこれを盗みだしてもらい、これによって晋鄙の軍勢を奪い取れば、首尾よく趙を救援できるというのである。如姫は信陵君の力で父の仇を討ち取ってもらったことがあり、果たせるかな、恩義ある信陵君の要請にこたえて、片符を盗みだしてくれた。

こうして準備がととのい、いざ出発となったとき、侯嬴はまた、「将《しょう》外に在れば、主令も受けざる所有るは、以《もっ》て国家に便すればなり（将軍たる者は外にあるときは、主君の命令でも聞き入れない場合があるのは、国家の利益を考えるからです）」と言い、肉屋の朱亥を同行し、片符があるにもかかわらず、晋鄙が軍勢を引きわたさなかった場合には、大力の彼に殺害させるしかないとすすめた。さらに侯嬴は、自分は高齢でお供ができないから、信陵君が晋鄙のもとに到着したとき、みずから首をはねてはなむけとし、これまでの知遇に報いたいと言うのだった。

侯嬴の助言を受け入れ、信陵君は朱亥を連れて出発、晋鄙と会見して片符を渡し、王の命令だと偽って軍勢を引きわたすよう晋鄙に要求した。しかし、案の定、晋鄙は疑惑を抱いて承知せず、これを見た朱亥はかくしもっていた重さ四十斤の鉄槌《てっつい》でいきなり晋鄙を殴り殺した。こうして大軍を手中に収めた信陵君は趙に向かい、秦軍を撃破して、邯鄲の包囲を解かせることに成功する。趙王と平原君が信陵君に深く感謝し、下へもおかぬもてなしをしたことはいうまでもないが、魏の安釐王のほうは信陵君にしてやられたと、怒り心頭に発し、以後十年にわたって信陵君は帰国できず、趙に滞在しつづけることになる。

付言すれば、信陵君に秘策を授けた侯嬴は、その言葉どおり、信陵君が晋鄙のもとに到着したころ、みずから首をはねて命を絶った。先にあげた「刺客列伝」における荊軻の友人、田光を思わせる壮絶な身の処し方である。いかに身分が低かろうが貧しかろうが、これぞと見こんで敬意を尽くしてくれた信陵君に対して、侯嬴も朱亥も意気に感じ、それぞれあらん限りの知恵と力を出して報いた。ここには美しくも凄惨な俠の精神が共鳴しているのが見てとれよう。

さて、信陵君が趙に滞在しつづけるうち、怖いものがなくなったと見た秦はしばしば魏に侵攻し、弱りはてた安釐王は我《が》を折り、信陵君に帰国を要請、これに応じて信陵君もついに帰国した。帰国当初はうまくいっていたものの、しばらくすると安釐王はまたも讒言《ざんげん》を信じて信陵君をうとんじるようになる。失意の信陵君はすっかりやる気をなくし、日夜、自棄的に酒色にふけって体を壊し、この世を去るにいたる。紀元前二四四年、帰国してから四年目のことであった。信陵君の死の十九年後、魏は秦王政の攻撃を受けて滅亡する。

二つの功——春申君①

春申君（本名は黄歇《こうけつ》）は楚の出身で、博学多識と能弁を買われて楚の頃襄王《けいじょうおう》（前二九八—前二六三在位）に仕えた。彼が頭角をあらわしたのは、使者として秦へ赴いたおりのことである。

ちなみに、秦と楚は久しく敵対関係にあったが、頃襄王の父懐王《かい》（前三二八—前二九九在位）が欺かれて同盟を結ぶべく秦に出向き、そのまま拘留されたため、紀元前二九八年、太子（頃襄王）が即位したといういきさつがあった。以後、秦と楚はめまぐるしく交戦と和睦を繰り返すが、頃襄王が即位してから二十年後の紀元前二七八年、秦の猛将白起《はくき》（？—前二五七）が楚に猛攻をかけて、首都郢《えい》（湖北省沙市市）を攻め落とし、頃襄王は陳《ちん》県（河南省淮陽県）に遷都するにいたった。

　春申君が秦に派遣されたのはこのころだが、彼が秦に到着したとき、秦の昭襄王はおりしも白起に大軍を率い楚に攻めこませようとするところだった。慌てた春申君は昭襄王に文書を送り、言葉を尽くして進撃を思いとどまるよう説得した。これが功を奏して昭襄王は出兵を中止し、楚と同盟を結ぶことに同意したため、楚の存亡の危機はひとまず去った。春申君の最初の大きな功績である。

　まもなく同盟の証《あかし》として、楚は太子完《かん》と春申君を人質として秦に送りこみ、秦は彼らを拘留しつづけた。紀元前二六三年、楚の頃襄王が重病にかかったとの情報を得た春申君は、ぐずぐずしていては後継の座を奪われてしまうと考え、太子完に変装してただちに秦を脱出し、帰国するよう進言した。この助言に従って、太子完は楚の使者の御者に身をやつし、関所を無事通過して、楚へと向かう。この間、春申君は太子の身代わりとなって宿舎に閉じこもり、仮病をつかって面会を謝絶しつづけた。かくして、太子が追っ手の及ばないところまで到達したころを見計らい、春申君は昭襄王に事のしだいを告げ、死をもってみずからの罪をつぐなうと申し出た。王は激怒したが、春申君と親しい宰相の応侯《おうこう》のとりなしもあって、彼を無罪放免とし、楚に帰国させたのだった。

　春申君の帰国後三か月で、楚の頃襄王は死去し、太子完が即位、考烈《こうれつ》王（前二六二—前二三八在位）となった。この一幕の最大の功労者である春申君は宰相に任ぜられると同時に、広大な領地を与えられ、以後、食客三千人を擁する楚の大実力者となった。春申君は宰相の地位にあること二十五年、秦の圧力に抗しながら、巧みに楚のかじ取り役をつとめつづけた。しかし、その晩年は積年の功績から見れば、あまりにもスキャンダラスで悲惨なものだった。

邪悪な者の誘いに乗り、身を滅ぼす——春申君②

考烈王には息子がなく、心配した春申君は次々に側室を紹介したが、いっこうに効果はなかった。そんなおり、趙出身の李園《りえん》という者が美人の妹を王に差しだそうとしたが、男の子ができなければ、必ず遠ざけられると思い、一計を案じて、まず春申君の側室に差しだした。春申君はこの妹を寵愛し、やがて彼女は身ごもった。

このとき、兄李園の指示を受けた彼女は春申君に、自分を考烈王の側室にしてほしいと言い、王の寵愛を受け、男の子が生まれたならば、春申君の実の子が国王になることになり、楚の国は春申君のものになるとかきくどいた。春申君はうかうかとその口車に乗って、李園の妹を王に差しだしたところ、王は彼女を寵愛し、やがて息子が生まれた。この息子が太子に立てられて、李園の妹は王妃になり、李園は高位について権勢をふるうようになった。こうなると、春申君の存在がじゃまになり、李園はひそかに暗殺部隊を養って、おりあらば春申君を殺してしまおうとする。

春申君の食客のなかに、李園の不審な動きに気づいて、彼を早急に始末したほうがいいと忠告する者もいたけれども、春申君はまったく意に介さなかった。まもなく考烈王は死去するが、その直後、李園は暗殺部隊を指揮して春申君を殺害、首を斬りとったあげく、その一族郎党を皆殺しにしてしまう。紀元前二三八年のことである。

かくして、春申君の実子にあたる太子が即位し、楚の幽《ゆう》王（前二三七—前二二八在位）となる。幽王は在位十年で死去、その五年後の紀元前二二三年、秦王政に撃破され、南の大国楚は滅亡した。春申君が非業の死を遂げた十五年後のことである。

考えてみれば、秦王政も荘襄《そうじょう》王（昭襄王の孫）の実子ではなく、実は、荘襄王のパトロンの大商人、呂不韋《りよふい》（？—前二三五）の子だという説がある。なりふりかまわぬ春申君や呂不韋のグロテスクな姿は、戦国末期、大きくうねる時代状況のもとで、いかに度はずれの欲望が渦巻いていたかを、まざまざと示すものにほかならない。

それはさておき、春申君はこうしてみずからの欲望に負けて邪悪な小者の誘いに乗り、汚濁にまみれて身を滅ぼすにいたった。司馬遷は「春申君列伝」に付した評において、次のように記している。

　当初、春申君は秦の昭襄王を説得し、また、身を挺して楚の太子を帰国させた。なんとその英知の輝かしかったことか。後年、李園にふりまわされたのは老いさらばえたせいだ。

こうしてみると、「戦国四君」のうち、斉の孟嘗君、趙の平原君の二人は、子孫はさておき、みずからは悠々たる俠の大立て者として生涯を終えた。しかし、彼らより後の世代に属する信陵君と春申君の場合、信陵君は終始一貫、俠の精神を失わなかったものの、けっきょく君主から疎んじられて失意のうちに死去し、春申君にいたっては見てのとおり、俠の風上にもおけない破廉恥な所行の果てに殺害された。「四君」のイメージも、こうして時の経過とともに、しだいに暗い影に覆われていったといえよう。それは、秦の勢いがつよまるなか、滅亡へとなだれ落ちる六国の運命をはるかに暗示しているようにも見える。

趙氏孤児を守った程嬰と公孫杵臼から「戦国四君」まで、春秋戦国の大乱世には、多彩な俠の体現者が出現した。彼らが刻みつけたそれぞれ鮮烈な俠の軌跡は、後世、俠をめざす人々の原型、あるいは憧憬の的となりつづけるのである。

第二章　変わりゆく遊俠無頼――漢代

1　劉邦と遊俠

天下統一計画

紀元前二二一年、天下を統一した秦の始皇帝は、まず中国全土を三十六の郡に分け、各郡に皇帝の任命した官吏を派遣して地方行政を担当させるという形で、中央集権体制を確立した。これと同時に、度量衡、貨幣、車軌《しゃき》（車輪の幅）、文字などを統一し、社会、経済、文化の制度を統合して、すべての権力が中央、すなわち皇帝に集中する大帝国秦を築きあげた。

ここで、始皇帝のブレーンとして辣腕をふるったのが丞相の李斯《りし》（?―前二〇七）である。もともと法や制度を最重視する法家《ほうか》主義者だった李斯は、始皇帝の知恵袋として、シビアな手法で天下統一計画を推進し、秦の中央集権体制確立に大きな役割を果たした。

こうして、またたくまに鉄壁の中央集権体制がしかれ、厳格な法や規則が張りめぐらされると、締めあげられる民衆のほうはたまったものではない。始皇帝が帝位についてから十年もたないうちに、早くも中国各地で不穏な空気が充満し、法や制度など薬にもしたくない遊侠無頼の徒が頭をもたげはじめる。

出生の伝説

劉邦《りゅうほう》（前二五六もしくは前二四七―前一九五）のちの漢の高祖《こうそ》は、この激動の予兆に満ちた時期に、故郷沛《はい》県（江蘇省沛県）で小役人をしていた。『史記』「高祖本紀」によれば、劉邦の両親については、父は「太公《たいこう》（じいさま）」、母は「劉媼《りゅうおう》（劉ばあさま）」と記されるのみで、名前も定かでない。また、劉邦自身も「劉季《りゅうき》（劉の三男坊）」とあるのみで、本名は明記されず、実は年齢もはっきりしない（生年については、前掲のように紀元前二五六年説と紀元前二四七年説がある）。これは、劉邦が名前を付ける習慣もない階層の出身であることを意味する。

劉邦の出生については神秘的な伝説がある。母の劉媼が野外で昼寝をしていたとき、神と出会う夢をみた瞬間、雷鳴がとどろき稲妻が走り、あたりが真っ暗になって蛟龍《こうりゅう》が出現、これと交感して劉邦をみごもったというものだ。皇帝の出生を神秘化し権威づける、いわゆる「感生帝《かんせいてい》伝説」であり、むろん荒唐無稽な話である。

ただ、劉邦は「隆準《りゅうせつ》にして龍顔《りゅうがん》、美しき須髯《しゅぜん》あり。左の股《もも》に七十二の黒子《ほくろ》有り（鼻が高く顔は龍のようで、ヒゲうるわしく、左ももに七十二のホクロがあった）」とされるように、ひときわ目立つ雄々しい風貌の持ち主であった。人となりも「仁にして人を愛し、施しを喜

始皇帝

劉邦

蕭何

び、意は豁如《かつじょ》たり。常に大度《たいど》有り。家人の生産作業を事とせず（仁愛に富んで情け深く、施しを好み、性格もからっとしている。いつも太っ腹で、家の生業にはたずさわらなかった）」という具合で、いかにも大物然としていたとされる。しかし、その実、若いころは手のつけられない暴れ者で働きもせず、好んで遊侠無頼の徒と交わり、界隈のチンピラを従え、肩で風を切ってのし歩いていたとおぼしい。

これではどうにもならないと、世話するものがあったのか、三十歳のときに故郷沛県の小役人になり、泗《し》水《すい》の亭長《ていちょう》（宿場の長。警官を兼ねる）に任用された。しかし、あいかわらず横柄な態度で、同僚の役人を歯牙にもかけなかった。そんな遊侠あがりの小役人、劉邦の転機になったのは、遊侠世界でいささか名の売れた呂公《りょこう》との出会いだった。呂公は仇につけ狙われ、これを逃れるために家族ともども、沛の県長官のもとに身を寄せていた。噂を聞いた県役人連中は呂公を訪問して挨拶に出かけることになったが、このとき采配をふるったのが腕利きの主吏《しゅり》（上位の県役人）、蕭何《しょうか》（？―前一九三）である。

蕭何は千銭の挨拶料を出さない者は正堂の外に座ってもらうと宣告し、巧みにその場をとりさばいた。のちに、蕭何は劉邦のまたとないブレーンとなり、転戦する劉邦軍のために食糧、兵員を着実に供給したほか、その緻密な頭脳によって行政、財務など、劉邦政権の基盤確立に多大な貢献をしたが、しがない県役人だったころから、その能吏ぶりはきわだっていたのである。

もっとも、大胆不敵な劉邦は緻密な蕭何を出し抜くことなど朝飯前だった。彼は一銭の持ち合わせもないのに、「挨拶料一万銭」と記した名刺をふりかざして、驚いた呂公の出迎えを受けた。のみならず、劉邦のりっぱな容貌に感ずるところのあった呂公は、丁重に正堂に招じ入れたのだった。このようすを見た蕭何は呂公に、「劉季は大ボラ吹きで、何かをやり遂げたためしがありません」と注意したが、一目で劉邦に惚れこんだ呂公は聞く耳を持たなかった。

このエピソードは、抜け目がないくせに杜撰《ずさん》で粗野であり、ただの無頼漢かと思えば、ほとんど動物的に勘が鋭く果断な劉邦と、つねに頭脳明晰で緻密な蕭何の関係性を象徴するものである。当初から、蕭何はこうした劉邦の性格を熟知しており、劉邦のほうも知られていることは百も承知、とりつくろう気などさらさらない。というわけで、当初から二人の間には気の置けないあけっぴろげの信頼関係が成立していた。

結婚という転機

さて、劉邦に惚れこんだ呂公は妻の反対を押し切り、ついに娘と結婚させることにする。この娘がのちの呂后《りよこう》（前二四一—前一八〇）である。

「高祖本紀」には、この結婚によって、劉邦が社会的あるいは経済的に恩恵を受けたという記述は見られない。しかし、有力な地方ボス呂公の後ろ盾を得たことは、劉邦にとって陰に陽にプラスになったのは、まず間違いなかろう。呂后がのちのちまで劉邦に対して隠然たる力をもち、時にはあえて劉邦の先手を打つことも辞さなかったのも、もともとの結びつきの力関係によるところが大きいと思われる。

付言すれば、当時、素寒貧の遊侠が結婚によって富と力を得る例はめずらしくなかった。波乱含みの時代状況において、家柄や地位にこだわらず、見こみのありそうなたくましい若者に、娘を嫁がせようとする親も多かったのであろう。秦末の群雄の一人で、最終的に劉邦の傘下に入った張耳《ちようじ》もまたそんな結婚をした一人である。

張耳は「戦国四君」の一人、魏《ぎ》の信陵君《しんりようくん》の食客だったこともあるが、その後、流亡生活を送り貧窮のどん底に落ちた。そんなとき、外黄《がいこう》（河南省）で夫を嫌って家出した資産家の娘と知り合い、夫と離別した彼女と結婚した。妻の莫大な持参金のおかげで、張耳は一転して裕福になり、大勢の食客をかかえて隠然たる勢力を誇るようになるが、秦の天下統一後、お尋ね者となり、またも逃亡生活に入る羽目になる。小役人になる前、各地を放浪していた劉邦も、張耳の羽振りがよかったころ、その食客だったことがあるという。遊侠ネットワークの広がりを感じさせる話である。

それはさておき、張耳ほどではないが、劉邦もまずは結婚によって地歩を固め、呂后との間に息子（のちの恵帝《けい》）と娘（のちの魯元《ろげん》公主）をもうけて、しばしそれなりに安定した日々を送った。しかし、まもなく彼の運命を根底からくつがえす大事件が勃発する。

秦末の反乱時代

紀元前二一〇年、またたくまに大帝国を築きあげた秦の始皇帝は、天下巡遊の途中、沙丘《さきゅう》（河北省平郷県東北）で重病にかかり急死した。時に五十歳、皇帝になって十一年目のことだった。巡遊に同行していた末子の胡亥《こがい》、丞相の李斯、宦官の趙高《ちょうこう》は共謀して、長男の扶蘇《ふそ》を後継者に指名した始皇帝の遺書をにぎりつぶし、始皇帝の死をひたかくしにして首都咸陽《かんよう》（陝西省西安市北）に向かった。これと同時に、偽の詔を送りつけて扶蘇を自殺させ、彼の後見役である剛直な将軍蒙恬《もうてん》を逮捕、投獄した（のちに獄中で自殺）。

狡猾な手口でライバルを排除した胡亥ら三人は、咸陽に到着するや、始皇帝の死を公表して胡亥が即位、秦の二世皇帝となる。即位したものの、無能な胡亥は邪悪な宦官趙高の言いなりであり、以後、各地で民衆反乱が頻発、秦王朝は加速度的に滅亡の坂を転がり落ちることになる。

秦末の動乱の引き金になったのは、辺境守備に向かう部隊のリーダー、陳勝《ちんしょう》（?—前二〇八）と呉広《ごこう》（?—前二〇八）の反乱である。陳勝は極貧階層の出身であり、若いころ雇われ労働者として他人の田畑を耕作していた。しかし、彼をみくびる雇い主に向かって、「燕雀《えんじやく》安《いず》くんぞ鴻鵠《こうこく》の志を知らんや（燕や雀のような小鳥にどうして鴻鵠《おおとり》の大いなる志がわかろうか）」とうそぶいたという逸話が示すとおり、野心満々の自信家だった。

始皇帝の死の翌年（前二〇九）、陳勝は徴発され、総勢九百人から成る部隊の小隊長となって、辺境の漁陽《ぎょよう》（北京市密雲県の西南）の守備に向かった。しかし、途中で長雨にあい、期日までに到着することはできなくなる。秦の厳格な法では期日までに到着できなければ斬刑に処せられてしまう。このとき、陳勝はやはり小隊長だった呉広とともに部隊長を殺害し、全員を集めて「王侯将相《おうこうしょうしょう》、寧《いず》んぞ種《しゅ》有らんや（王侯も将軍・大臣も生まれついての区別なぞあるもんか）」と奮起をうながし、ついに秦王朝に反旗をひるがえした。この陳勝・呉広の反乱は燎原《りょうげん》の火のように燃え広がり、各地であいついで反乱が勃発、たちまち群雄割拠の騒乱状態となる。

原劉邦軍団の成立

これより先、劉邦は亭長として、始皇帝の巨大な陵墓、驪山陵《りざんりょう》の造営に従事する部隊を率いて、沛を出発した。しかし、途中で逃亡者が続出、驪山に到着するころには、全員逃亡という事態になりかねなかった。そこで、劉邦は腹をくくり、途中で酒を飲んだあげく全員を解放し、自分自身も職務放棄して逃亡する決心をした。

このとき、腕に覚えのある者十人ほどが志願して劉邦と行をともにする。以後、劉邦は手下を従え、沛にほど近い芒《ぼう》・碭《とう》（江蘇省）の山中に身をひそめていたが、噂を聞いた沛の若者のうち、仲間入りをする者が続出し、またたくまに百人近い反権力集団となった。ちょっとした梁山泊《りょうざんぱく》である。

そうこうするうち、陳勝・呉広の反乱が勃発、各地で郡や県の長官を殺しこれに呼応する動きが起こる。ふるえあがった沛の長官は殺される先に、反乱に加担したほうが得策だと判断し、県役人の蕭何や曹参《そうさん》（?—前一九〇）の勧めによって、武力を強化すべく、山中の劉邦集団を呼び寄せることにする。使者に立ったのは、劉邦と昔なじみの樊噲《はんかい》（?—前一八九）である。

曹参

しかし、招きに応じて劉邦らが到着したときには、長官はすでにころりと心変わりし、城門を閉ざして入城を拒否したばかりか、蕭何や曹参をも誅殺しようとした。蕭何と曹参はすばやく城門を乗り越えて脱出、劉邦・樊噲と合流し、城内の県民と連絡をとって長官を殺害させ、城内へと雪崩れこんだ。

こうして沛は県をあげて反乱に踏み

切り、地方反乱軍のリーダーの一人となった劉邦（沛公と名乗る）は、近辺の腕に覚えのある若者や無頼漢二、三千人を糾合し、動乱の渦中へと飛びこんでゆくことになる。

このとき、劉邦のもとに集まった原劉邦軍団の主要メンバーは、先にあげた県役人の蕭何、曹参、ほとんど無頼漢というべき樊噲のほか、もともと葦《あし》の敷物を編んで売ったり、人の葬式に簫《ふえ》を吹いたりすることを生業としていた周勃《しゅうぼつ》（?—前一六九）、御者出身の夏侯嬰《かこうえい》（?—前一七二）、劉邦の幼なじみの盧綰《ろわん》（?—前一九三）らである。

彼らのうちには、蕭何や曹参のように行政や財政を得手とする文官型もいれば、樊噲や周勃のように軍事を得手とする武官型もいたが、出身はみな劉邦と大同小異、根っからの庶民だった。そんな彼らが、疾風怒濤の秦末に生きあわせ、劉邦という核を中心に結集して戦いの修羅場をくぐりぬけ、みるみる上昇してゆくさまは、まさに一場のドラマというほかない。

軍団としての侠

彼らを結びつけた紐帯《ちゅうたい》は、苦楽をともにし、生死をともにする「侠の精神」である。もっとも、同じく侠の精神とはいうものの、原劉邦軍団における侠の精神のありかたと、前章でとりあげた春秋戦国のそれとは、根本的に異質なものがある。

分裂の季節であった春秋戦国時代においては、「刺客列伝」の五人の刺客の軌跡が端的に示すように、侠の精神の体現者である彼らは基本的に単独者として、大いなる標的に立ち向かっていった。荊軻《けいか》が咸陽の宮殿に乗りこみ、始皇帝（当時は秦王政）の暗殺をはかったのは、その顕著な例である。こうして一対一の対決をめざした刺客たちと対照的に、地位と財力および人格的魅力によって数千人の食客を擁し、戦国世界で活躍した遊侠の大ボス「戦国四君」は、それぞれ君主と匹敵するほどの勢力を誇った。しかし、彼らの場合は刺客たちとは異なり、めざす標的が明確ではなく、それぞれ母国のために貢献しながら、けっきょくは疎外され、不本意な形で政治の舞台から退場せざるをえないケースがほとんどだった。

こうした春秋戦国の分裂時代における侠者と、天下を統一し国家体制を固めた秦王朝に反旗をひるがえした秦末反乱の担い手は、時代状況も意識も行動形態もまったく様相を異にする。秦末反乱の口火を切った陳勝・呉広を嚆矢《こうし》とし、彼らは単独で行動するのではなく、核となる軍団を形成して武装蜂起し、試行錯誤を繰り返しつつも、既成の国家体制そのものに刃を突きつけるのである。秦以後、春秋戦国に出現した権力者に果敢に対峙する単独者としての侠者は、基本的に後を絶つといっても過言ではなかろう。

ちなみに、のちに劉邦の名軍師となる張良《ちょうりょう》（？―前一八六）は祖父も父も、秦に滅ぼされた戦国七雄の一つ、韓の宰相だったという名門の出身である。彼は、秦の始皇帝が東方巡遊したさい、その暗殺を計画、雇い入れた怪力の勇者とともに重さ百二十斤の鉄槌を投げつけたが命中せず、以後、逃亡生活をつづけた。逃亡先の下邳《かひ》（江蘇省邳県）で遊侠の小ボスとなった張良は陳勝・呉広の乱が勃発すると、百人余りの軍団を率いて反乱軍に加わる途中、軍勢を率いた劉邦と出会う。劉邦は張良の立てる作戦をすべて喜んで採用したため、張良は「沛公は殆《ほと》んど天授《てんじゅ》なり（沛公は天命をさずかった英雄といえる）」（『史記』留侯世家《りゅうこうせいか》）と感動し、つき従う決心をした。最初、単独のテロルをはかった張良がこうして劉邦軍団に加わったことも、時代状況の変化を如実に示すものである。

こうして単独者の抵抗から武装集団の抵抗へと、時代状況が変化するなかで、侠の精神はいかなる形で顕現したのだろうか。地縁を軸とし、張良のような遊侠を吸収しながら形づくられた劉邦グループの場合、侠の精神は相互の固い信頼関係となってあらわれた。

のちの話だが、ライバル項羽《こうう》（前二三二―前二〇二）を滅ぼして天下を統一し、漢王朝の皇帝となった劉邦は当初の大らかさを失い、しだいに猜疑心の虜《とりこ》となって、韓信《かんしん》（?―前一九六）、彭越《ほうえつ》（?―前一九六）、黥布《げいふ》（本名は英布《えいふ》。かつて法に触れ、黥つまりイレズミの刑に処されたことから、こう呼ばれる。?―前一九五）など、軍事力をもつ功臣をやつぎばやに粛清していった（後述）。

しかし、実のところ、沛で蜂起した当初から苦楽をともにした原劉邦軍団の主要メンバーは、ただの一人も粛清していない。いかに、相互の信頼関係がつよかったか、わかろうというものである。

項梁のもとへ

劉邦が挙兵したころ、江南の会稽《かいけい》（浙江省紹興市）で、項梁《こうりょう》（?―前二〇八）が甥の項羽とともに、会稽の長官を殺害して挙兵、長江を渡って西方に進撃を開始した。項氏一族は代々、楚の将軍をつとめた名門であり、根っからの庶民である劉邦とはおよそ段違いだった。もっとも、乱世において、家柄など何の保証にもならないのはいうまでもない。項梁・項羽が進撃をつづけるうち、黥布の率いる反乱軍をはじめ、多くの反乱集団が続々と傘下に入り、その勢力はみるみるうちに拡大・強化されていった。

一方、劉邦は挙兵後、豊《ほう》（江蘇省豊県）を根拠地とし、近辺を攻略したが、まもなく配下の雍歯《ようし》の裏切りによって豊を奪われてしまう。根拠地を失った劉邦は以後、苦戦つづきで芽が出ず、けっきょく百人余りの軍団を率いて、薛《せつ》（山東省薛城県）に本陣をおく項梁のもとに赴き、その傘下に入る。ちなみに、劉邦が張良と出会ったのは、この苦境のさなかであ

張良

り、項梁のもとに行ったときには、すでに張良をともなっていた。

こうして項梁のもとに、反乱軍のリーダーが続々と集結したころ、大反乱のさきがけとなり、陳王を名乗っていた陳勝は統率力を失い殺害される。紀元前二〇八年のことである。挙兵してからわずか一年余りで、陳勝は滅び去ったけれども、起爆剤としてのその役割には計り知れないほど大きなものがあった。

陳勝没後、大反乱の核となった項梁はのちに項羽の軍師となる范増《はんぞう》（前二七七―前二〇四）の進言に従って、みずから王とならず、戦国楚の君主の子孫を探しだして王位につけた。これが懐王《かい》、のちの義帝である。楚のみならず、始皇帝に滅ぼされた戦国の各国において、反乱が勃発すると同時に、旧君主の子孫を王に立て自立を誇示する動きが広がった。先行き不透明な激動の時期において、まずは過去の遺産をもちだす、常套的な擬制戦術である。

劉邦、頭角をあらわす

さて、秦に怨み骨髄の楚の象徴、懐王を押し立てて、いざ秦と全面的対決という矢先、思わぬ出来事が起こる。反乱軍の総帥項梁が、定陶《ていとう》（山東省定陶県）で将軍章邯《しょうかん》の率いる秦軍に撃破され戦死したのである。項梁の死後、もと楚の将軍で知謀に長《た》けた宋義《そうぎ》が上将軍、項羽が次将、范増が末将として、秦軍の猛攻にさらされている趙の救援に向かうことになる。

しかし、項羽は指揮権をふりかざす宋義のやり口に不満をつのらせ、なんとみずから宋義

韓信

の首をかき切るという挙に出る。かくして、項羽が代わって上将軍になり、懐王もこれを追認せざるをえなかった。この宋義殺害事件には、強引に後先かえりみず、人の意見にも耳を貸さず、しゃにむに力にものをいわせようとする、項羽の特徴がよく出ている。

このころ、劉邦は軍勢を率い、秦軍と戦いながら、じりじりと秦の首都咸陽《かんよう》に向かっていた。これより先、懐王は咸陽を中心とする関中《かんちゅう》一帯（函谷関以西を指す）の攻略をはかり、「先に入《い》りて関中を定めし者は之《これ》を王とす（関中に一番乗りした者は王とする）」と、諸将に約束した。諸将は依然として強大な力をふるう秦軍に恐れをなして名乗りをあげず、秦軍に撃破されて死んだ叔父項梁の報復を期す項羽だけが名乗りをあげる。しかし、懐王に近い老将たちが、項羽は凶暴残忍で、通過した地点を根こそぎ殲滅するのが常だから、関中には「寛大な長者」の劉邦を派遣すべきだと強く主張し、劉邦が関中攻略に向かうことになる。

ちなみに、「長者」とは当時、「任侠的気節の高度の保持者」（増淵龍夫著『新版中国古代の社会と国家』第一篇第一章の言葉。岩波書店刊）を指したという説があり、その意味では「れっきとした遊侠出身」の劉邦は最適任であった。

この間、秦王朝は加速度的に自壊しはじめた。主導権をにぎった宦官の趙高は二世皇帝三年（前二〇七）、二世皇帝即位劇の共謀者である丞相李斯を反乱のかどで処刑、みずから丞相になり、ついに二世皇帝を追いつめ自殺させる。ついで、みずから帝位につく前段階として二世皇帝の兄の子嬰《しえい》を傀儡《かいらい》に立てるが、ここで趙高の悪運も尽きる。同年（前二〇七）九月、こらえかねた子嬰に隙をつかれ殺害されたのである。

劉邦が秦軍を撃破しつつ、咸陽郊外の覇上《はじょう》に到達したのは、この四十六日後の紀元前二〇六年の十月（当時は十月に新年が始まる）のことだった。もはやこれまでと観念した子嬰は白い車に白い馬、首に紐をかけ、皇帝の印璽《いんじ》と符節に封印をして、無条件全面降伏し、ここに秦王朝はあえなく滅亡した。始皇帝が統一王朝秦を立ててから、わずか十五年後のことである。

咸陽を制圧した劉邦は当初、秦の宮殿に宿泊しようとしたが、張良と樊噲に諫められ、財宝や倉庫に封印して手をつけず、軍勢を率いて覇上の陣に引きあげた。さらにまた、咸陽周辺の諸県の長老や有力者を集め、秦の厳格で瑣末な法律を全廃し、「法三章」すなわち三項目の法律のみとする措置をとった。法三章とは「人を殺す者は死し、人を傷つくるもの、及び盗むものは、罪に抵《あた》る（殺人は死刑、傷害と盗みは処罰）」というものである。略奪はいっさい行わなかったうえ、この簡にして要を得た法的措置は、住民に大歓迎され、劉邦の人気がいやがうえにも高まった。人心掌握のコツを心得た、こうした心憎いまでに鮮やかな手法が、人並み以上に欲望もつよい、無頼の精神の持ち主である劉邦自身のアイデアだとはとうてい考えられない。その頭脳集団、とりわけ張良と蕭何の提言によるものであることは、推測に難くない。

項羽

付言すれば、劉邦軍が咸陽に入城した当初、諸将が目の色を変えて、財宝庫に押し寄せ分どりにかかったとき、蕭何はそんなものには目もくれず、すばやく秦の法律書類を押収したとされる。有能な行政家蕭何のこの機敏な措置によって、劉邦は各地の軍事的要塞、人口、住民の問題点等々を詳細に知り、以後の項羽との戦いやひいては統治政策に生かすことができたのだった。

欠陥だらけの劉邦の大いなる長所

劉邦はいわゆる理想的リーダーのイメージとはほど遠い人物である。遊侠あがりで柄がわるく、傲慢で高圧的、したり顔で蘊蓄《うんちく》をたれる儒者を毛嫌いし、無作法な態度を誇示して相手の神経を逆なでする。また、気に入らないことがあるとすぐ気色ばみ、誰彼かまわず口汚く罵倒しまくる。わが身大事のエゴイストで、生きるか死ぬかの瀬戸際になると、わが子さえ見捨てて自分だけ助かろうとする。

後の話だが、劉邦は項羽に撃破され必死で逃げる最中、息子（恵帝）と娘（魯元公主）に出会い、彼らを拾いあげて馬車に乗せたことがある。しかし、荷が重くなって馬が疲れ、だんだんスピードが落ちて、追っ手が迫ってきたため、焦った劉邦は何度も子供二人を蹴落とそうとした。そのたびに御者役をつとめる夏侯嬰がかばい、抱きかかえたまま馬をゆっくり走らせた。いらついて逆上した劉邦は十回以上も夏侯嬰を斬ろうとしたが、夏侯嬰はなんとかこれをしのぎ、危機を脱したのだった（『史記』「夏侯嬰伝」）。この有名なエピソードは、なりふりかまわぬ劉邦の粗野なエゴイストぶりを活写したものにほかならない。

しかし、こんな欠陥だらけの怪物劉邦には、なまじのリーダーなど足元にも及ばない大いなる長所があった。自分の弱点を熟知していた彼は、けっして自己過信することなく、自分にはない能力をもつ配下を評価し、彼らにその能力を全面的に発揮させようとしたのである。これまた後年、ライバルの項羽を滅ぼし天下を統一した後、宴会の席上で、劉邦は自分が成功した理由について、次のように述べている。

夫《そ》れ籌策《ちゆうさく》を帷帳《いちよう》の中《うち》に運《めぐ》らし、勝ちを千里の外に決するは、吾《わ》れ子房《しぼう》（張良のあざな）に如《し》かず。国家を鎮《しず》め百姓《ひやくせい》を撫《ぶ》し、餽饟《きじよう》を給し糧道を絶たざるは、吾れ蕭何に如かず。百万の軍を連ね、戦えば必ず勝ち、攻むれば必ず取るは、吾れ韓信に如かず。此の三者は皆な人傑也。吾れ能《よ》く之を用う。此れ吾れの天下を取りし所以《ゆえん》也。項羽は一范増有りて、而《しか》も用うる能《あた》わず。此れ其の我れに擒《とら》われし所以也。（『史記』「高祖本紀」）

ここで、軍師としての能力は張良、行政家としての能力は蕭何、軍事家としての能力は韓信に劣るが、この三人の「人傑」を適材適所、存分に使いこなしたのは自分だと、劉邦は誇らかに自負している。臆面もない自画自賛の面もなくはないが、この発言はズバリと核心をついたものである。

時には、いかにも巷の遊侠あがり、辟易するような下品で粗野な面をむきだしにする劉邦のもとに、この三人の人傑をはじめ、多くの有能な人材が結集したのは、彼に過去の時代をくつがえす荒々しいエネルギーと、配下の能力を見ぬき、これを活用しようとする「度量」あるいは「度胸」があったためである。根っからの庶民の多い劉邦グループのなかでも、もっとも巷のはぐれ者たる遊侠の精神を体現していたのは、リーダーの劉邦自身だったともいえる。

鴻門の会

さて、劉邦が上記のように咸陽を制圧し、思いきりよく郊外の覇上に引きあげた後、しばらくして四十万の軍勢を率いた項羽が咸陽の東南、鴻門《こうもん》に到着する。このとき、劉邦の率いる軍勢は十万であり、その軍事力の差は歴然としていた。項羽はここにいたるまで秦軍と激戦を繰り返したが、専横をふるう趙高に身の危険を覚えた、秦の将軍章邯が投降したため、いっきょに展望が開けた。

しかし、このとき項羽は章邯の投降を受け入れながら、不穏な動きがあるとして、その二十万の軍勢を新安《しんあん》（河南省洛陽市西）で生き埋めにして、皆殺しにした。無謀の極みというほかない。こうして累々たる屍を踏みつけにし、咸陽に迫った項羽は間髪を容れず、先手を打った劉邦に猛攻を加えようとした。

このとき、大きな役割を演じたのが項羽の叔父、項伯《こうはく》（？―前一九二）である。項伯は、かつて殺人を犯し逃亡したさい、下邳の遊侠のボスだった張良にかくまわれ、窮地を脱したことがあった。項伯は恩義ある張良の危機を救うために、覇上の劉邦軍の本陣に出向いて彼と会い、項羽が攻撃を開始する旨を告げた。張良にこの話を聞いて仰天した劉邦は、項羽に会って釈明すべく、張良や樊噲をお供に百騎余りの騎馬部隊を引き連れて、鴻門の本陣に駆けつけた。

宴会の席上、項羽の軍師范増はこの機を逃さず、劉邦をしとめるよう促すが、項羽はためらって決断できない。いらだった范増が項羽の従弟の項荘《こうそう》に余興の剣舞にことよせ、劉邦を襲撃させようとすると、項伯も剣を抜いて舞いはじめ、楯になって劉邦をかばう。そのうち、張良の指示を受けた樊噲も宴席に乗りこんでくる。緊張がほどけた隙に、その場を離れた劉邦は樊噲を呼びだし、ともども裏道づたいに逃亡、かろうじてこの絶体絶命の危機を逃れた。人口に膾炙する「鴻門の会」の名場面である。

　このとき、優柔不断の項羽に失望した范増は、「唉《ああ》、豎子《じゅし》ともに謀るに足りず。項王の天下を奪う者は、必ず沛公ならん（小僧っ子とはとてもいっしょにやれない。項羽の天下を奪う者は劉邦にちがいない）」（『史記』「項羽本紀」）と罵り慨嘆した。范増が慨嘆するのも道理、項羽は平然と二十万の降卒を皆殺しにしたにもかかわらず、ライバルの劉邦ひとりを殺すことができず、むざむざ千載一遇の機会を逃してしまったのである。項羽の性格には、決定的に脆弱なところがあったというほかない。

　それはさておき、ここで劉邦の窮地を救うのに、もっとも重要な役割を果たしたのは、項伯である。彼は項羽の叔父でありながら、かつて自分を救ってくれた張良の恩義に報いるために、終始一貫、身体を張って張良の主君劉邦を守りぬいた。このとき項伯は、身内であり主君である項羽よりも、恩義ある張良との関係性を重んじ、行動に踏み切ったのである。これまた、決然たる「侠の精神」というべきであろう。

国士無双・韓信

このドラマティックな「鴻門の会」のあと、項羽は身を引いた劉邦に代わって咸陽に乗りこみ、破壊と略奪の限りを尽くしたあげく、降伏した秦王子嬰を殺害、秦の宮殿に火を放った。その火は三か月も消えなかったというから、なんとも想像を絶する。この徹底した破壊行為により人心が離反し、咸陽ひいては関中の住民が項羽に恨み骨髄となったのも当然である。

これ以後、項羽は表面的には懐王を立てて義帝とし、奉るふうを装いながら、その実、まったく無視して、みずから諸侯の論功行賞をおこなうなど、専横をふるう。かくして漢中王に封じられた劉邦は、僻地ともいうべき任地の蜀に赴いて、ひそかに態勢を立て直し、捲土重来を期すにいたる。紀元前二〇六年（漢の元年）四月のことである。

蜀に向かう途中、劉邦は張良の意見に従って、「桟道《さんどう》（絶壁にかけられたかけ橋）」をすべて焼きはらった。こうして、東方に進撃する意志のないことを誇示し項羽をゆだんさせる一方、劉邦はとびぬけた軍事的才能をもつ韓信を大将に起用し、着々と軍備を固めた。

韓信は若いころ貧しく、ならず者に脅迫されても相手にならず、言われるがままに、その股の下をくぐったとされる。いわゆる「韓信の股くぐり」である。もともと項羽に仕えていた韓信はいっこう芽が出なかった。そこで、劉邦が蜀に向かうとき、項羽軍から逃亡し、劉邦に鞍替えしたものの、劉邦にも重用されず、またまた逃亡する。

しかし、かねてからこの逃げ癖のある韓信の才能に注目していた、劉邦の名参謀蕭何は追いかけて連れもどし、劉邦に彼こそ「国士無双《こくしむそう》（国に二人といない逸材）」だと推薦、劉邦もこれを受け入れて、韓信を大将に大抜擢し自軍の要《かなめ》としたのだった。この劉邦の大胆な賭けはみごとに成功した。これ以後、劉邦が強敵項羽を滅ぼして天下を統一する過程において、韓信は「戦えば必ず勝ち、攻むれば必ず取る」獅子奮迅の大活躍をつづけたのである。

こうして蜀で劉邦がじわじわ力をたくわえていたころ、政治センスのない項羽は致命的なミスを犯した。彼は、劉邦ら秦を滅ぼすのに功績のあった者を王としそれぞれ領地に向かわせると同時に、重要拠点である関中もまた三分し、章邯ら降伏した秦の将軍三人を王にとりたてて治めさせ、みずからは彭城《ほうじょう》（江蘇省銅山県）を首都とする西楚《せいそ》を立てて、覇王《はおう》と名乗った。こうして臨機の支配体制をしくと、項羽は廃都と化した咸陽から引きあげて東へ向かい、ほどなく目の上のコブである義帝を江南に追放し殺害するにいたる。この義帝殺害は、劉邦に項羽攻撃の絶好の口実を与えた。

項羽にしてみれば、劉邦を漢中に追いやり、万一、彼が険しい地勢を乗り越えて、関中に出撃してきた場合でも、ここに強力な軍事力をもつ章邯らを配しておけば、簡単に食い止めることができると、タカをくくったのであろう。しかし、事はそう簡単には運ばなかった。劉邦はいったん漢中に入ったものの、数か月後には早くも関中に進撃、章邯らの三王国を滅ぼしてしまう。この時点で、項羽の義帝殺害を知った劉邦は、「項羽の義帝を江南に放ち殺せしは、大逆無道なり」と諸侯に檄《げき》を飛ばし、正面切って項羽討伐を宣言する。こうして事態は、劉邦と項羽、すなわち漢楚の全面対決へと大きく舵を切ったのである。

項羽と劉邦の対決

項羽と劉邦は以後、足かけ五年にわたってはげしい戦いを繰り返した。当初、劣勢にあった劉邦が、勇猛果敢で圧倒的優勢を誇った項羽に打ち勝つことができたのは、張良をはじめとする頭脳集団をフルに活用した巧妙な知略と、危機につよい韓信の奮戦によるものだ。

ちなみに、韓信は漢楚の戦いも終盤戦に入った紀元前二〇三年、楚に隣接する斉を激戦の果てに平定したさい、滎陽《けいよう》（河南省鄭州市西）に陣をしく劉邦のもとに使者を派遣し手紙を送りつけた。その手紙には、斉は叛服常ない国だから、鎮圧するために、自分を斉の「仮王（臨時の王）」にしてもらいたいと、書かれていた。

おりしも項羽の急襲を受けて包囲され、窮地にあった劉邦は、この手紙を読んだ瞬間、かっと頭に血がのぼり、救援に来ないばかりか、ぬけぬけと王にせよとは何事かと、韓信の使者をどなりつけ、わめきちらした。このとき、そばにいた軍師の張良と陳平《ちんぺい》（?—前一七八）が慌てて、「漢王の足を躡《ふ》み、因《よ》って耳に附きて語《つ》げて曰く、『漢は方《まさ》に利あらず。寧《いずく》んぞ能《よ》く信の王たるを禁ぜんや。因って立てて、善く之《これ》を遇し、みずから為に守らしむるに如《し》かず。然《しか》らずんば、変生《しょう》ぜん』」と、劉邦をなだめたと、『史記』「淮陰侯《わいいんこう》列伝」は記す。すなわち、二人はわめいている劉邦の足を踏み、「わがほうは目下、戦況不利です。韓信が王になるのをとめることはできません。だから、王にしてやって優遇し、自分から進んで斉を守らせるにこしたことはありません。そうしないと、やつは謀反しますぞ」と、耳打ちしたというのである。

無頼漢まるだし、逆上してどなりまくる劉邦、その足を踏んで注意をうながす張良と陳平。これは、劉邦とその知恵袋たる配下のざっくばらんな関係性を如実に示す、たいへんおもしろい話である。軍師や参謀がリーダーの足を踏んで黙らせるなどという話は、めったにあるものではない。これは、彼らの関係性の基底に、遊侠仲間の共生感覚が流れつづけていたことを示すといえよう。

耳打ちされて、はたと悟った劉邦は、また「仮王などとケチくさいことを言うな。真の王になればいいさ」と罵りつつ、韓信を正式の斉王に立てた。劉邦は天下統一後、韓信に警戒心をつのらせ、けっきょく粛清するのだが、その萌芽はすでにこの事件にあったとおぼしい。劉邦が苦境にあるとき、過大な要求を突きつけた韓信の無神経さが、みずから墓穴を掘ったのである。

付言すれば、ここで張良とともに登場する陳平は貧しい家の出身だが、美男で学問好きであり、五回も夫と死別した財産家の娘と結婚、羽振りがよくなったとされる。当時の遊侠によくあるケースである。秦末の動乱のさなか、転変を経て項羽の傘下に入ったものの、誅殺されそうになり逃亡、項羽と激戦中だった劉邦の配下となる。

韓信と類似した転身経験だが、陳平の場合は切れ味鋭い知謀が身上であり、新参者ながら、以後、終始一貫して劉邦の知恵袋となり、しばしば奇策をもって劉邦の窮地を救い、その天下統一に多大の貢献をした。劉邦の死後、呂后が猛威をふるったときも、功臣の多くがこの世を去ったなかで、生き残った陳平は大酒を飲んで韜晦《とうかい》し、慎重に身を処しつづけた。かくて、呂后の死後、周勃《しゅうぼつ》とともにクーデタを起こし、呂氏一族の殲滅に成功する。頭はまわるが、ふてぶてしくも度胸のある、いかにも劉邦好みのタイプである。

さて、滎陽で項羽に包囲され、進退きわまった劉邦は、項羽との和睦をはかるが成功せず、けっきょく陳平の「反間《はんかん》の計（敵に仲間割れを起こさせる計略）」によって、包囲作戦の続行を主張する項羽の軍師范増と項羽の間を引き裂き、かろうじて滎陽を脱出、成皋《せいこう》（河南省汜《し》水《すい》県）へと逃れて、態勢を立て直す。これに対して、范増が劉邦と内通しているかに見せかけた、陳平の計略にもろくも引っかかった項羽は、剛直な軍師范増を失ったこの時点で、敗北への坂を転がり落ちはじめる。ちなみに、疑われた范増は憤然として項羽のもとを去り、まもなく病死したとされる。

劉邦の天下統一

項羽に押しまくられながら、しぶとく粘りぬいた劉邦はじりじりと劣勢を挽回し、項羽と対立し劉邦と同盟関係を保ちながら、自立しつづけた彭越、および項羽との不仲が激化した項羽陣営きっての猛者黥布を傘下に引き入れ、一気に軍事力を強化した。紀元前二〇二年、それぞれ強力な軍勢を率いた韓信、彭越、黥布をはじめ、諸侯の加勢を得た劉邦は、四方八方から項羽を攻めたて、ついに垓下《がいか》（安徽省霊璧《れいへき》県の東南）に追いつめた。

項羽はこのとき、砦を包囲する漢軍の多くの兵士が、みずからの故郷楚の歌をうたうのを聞き、漢軍の兵士にこれほど大勢の楚出身の者がまじっているところを見ると、楚もすでに劉邦の手に落ちたに相違ないと、自分の敗北を悟る。史上名高い「四面楚歌《しめんそか》」である。かくて、項羽は陣中に同行していた愛姫の虞美人《ぐびじん》をいとおしみ、「虞や虞や若を奈何《なんじいかん》せん」とうたって今生の別れを告げた翌日、包囲網を突破して脱出、追撃してきた漢軍と壮絶に戦ったあげく、自刎して果てる。ときに三十一歳。

『史記』「項羽本紀」は、この項羽の死にいたる過程をパセティックに記す。総じて、項羽は陰影に乏しい、むしろ単純なパーソナリティの持ち主だが、司馬遷のほとばしるような筆力による「敗者の美学」に彩られ、死に際だけは文句なし、圧倒的な悲壮美に満ちあふれている。

しかし、いくら悲壮美に満ちていても、現実的に見れば、敗者は単に敗者であるにすぎない。ライバル項羽を滅ぼしたこの時点で、漢王朝は天下を統一、劉邦は皇帝（高祖。前二〇二―前一九五在位）となった。根っからの庶民出身、遊侠あがりの皇帝の誕生である。考えてみれば、春秋戦国の乱世に終止符を打ち、天下を統一した始皇帝にしても、出生にとかく問題はあるにせよ、もともと大国秦の王であり、劉邦のライバルである項羽も楚の名門出身だった。これは、始皇帝が強引に推進した統一政策の深層において、なお春秋戦国以来の階層社会の残滓《ざんし》が依然として存在していたことを示すものである。

始皇帝はこうした旧社会の残滓を濾過しきらないまま、強引に法治政策を推し進め中央集権体制を確立した。その結果、しわ寄せが最下層に生きる者たちに及び、あたかもマグマが噴出するように、陳勝・呉広の乱が勃発、たちまち中国全土に広がり、社会システムから弾きだされていた各地の遊侠が軍団を組織し蜂起した。この秦末の大反乱の渦中から、遊侠の地方ボスの一人だった劉邦がのしあがり、ついに帝位につくのである。つまるところ、劉邦は秦末の下層社会にみなぎっていた反逆のエネルギーを結集し組織化して、春秋戦国以来の旧社会の枠組みを根こそぎくつがえし、階層を攪拌する役割を担ったといえよう。

先にも述べたように、原劉邦軍団の主要メンバーは、韓の名門出身だった張良を例外として、すべて根っからの庶民出身であり、劉邦とは、たとえ火の中、水の中、地獄の底まで行をともにする侠の精神で結ばれていた。原劉邦軍団はまさに遊侠軍団だったのである。貴公子の張良にしても、始皇帝の襲撃に失敗した後、遊侠の小ボスだったのだから、その意味では、これまた紛れもない遊侠の一人であった。

こんな者たちが、天下を取ったのだから、劉邦の即位後も勝手放題、酒を飲んでは手柄を争って怒号し、抜刀して柱に切りつけたりする始末だった。さすがの劉邦もげんなりし、儒者の叔孫通《しゅくそんとう》の申し出によって、猛者連中に特訓をほどこさせたところ、なんと年頭の行事は一糸乱れず挙行された。これを見て、いたく感動した劉邦は、「吾れ迺《すなわ》ち今日、皇帝為《た》るの貴《たっと》きを知る也（私は今日はじめて皇帝の貴さを知った）」（『史記』「叔孫通列伝」）と述懐したのだった。いかにも遊侠あがりの皇帝劉邦らしい率直な発言である。

即位直後は祝祭気分で、こうして持ち前の野放図な磊落《らいらく》さを保ちつづけた劉邦も、やがてがらりと変貌し、項羽を殲滅するにさいして、多大の功績があり王にとりたてた軍事的実力者、梁王彭越、楚王韓信（斉王から国替え）、淮南王《わいなん》黥布らを次々に謀反のかどで粛清した。さすがに、とびぬけて功績の大きい韓信にだけは手心を加え、いったん淮陰侯に降格する処分にとどめたものの、けっきょく処刑してしまう。権力の高みにのぼりつめた劉邦は彼らの軍事力に脅威をおぼえ、文字どおり「狡兎《こうと》死して良狗《りょうく》烹《に》らる（すばやいウサギが死ぬと猟犬は煮て食べられる）」（『史記』「淮陰侯列伝」。もともとは春秋時代の越王句践の名参謀范蠡《はんれい》の言葉）、平時には無用の長物として排除してしまったのである。

もっとも、この三人はいわば「外様《とざま》」であり、双方にどうしても全面的に信頼しあえない、根深い相互不信があったのも否めない事実だ。これとは対照的に、劉邦は、彼がまだ海の物とも山の物ともつかない早い時期から、行をともにした張良、蕭何をはじめとする原劉邦軍団の主要メンバーについては、ただの一人も粛清していない。さすがに、彼らとの間には、最後まで「遊侠の信義」が保たれていたのである。

劉邦が有力な外様を粛清する過程で、劉邦の背中を押したのは、周知のごとくかの剛毅な「糟糠《そうこう》の妻」呂后である。功成り名遂げた劉邦は、呂后と政治的パートナーの関係にはあったものの、すでに愛情のレベルでは冷めはて、若く美しい戚《せき》夫人にすっかり心を移していた。のみならず、呂后の産んだ太子（のちの恵帝）を柔弱だとして評価せず、戚夫人の産んだ如意《にょい》を優秀だと考え、太子を廃して後継者に立てようとした。焦った呂后は張良に相談し、また重臣の多くが太子の擁立にまわったために、ようやく事なきを得たのだった。こうした一連の後継の座をめぐるいざこざも、晩年の劉邦に救いがたくも暗く陰惨なイメージを付与するものである。

劉邦の最期

紀元前一九六年、劉邦はみずから遠征して黥布を撃ったが、そのとき流れ矢に当たり重傷を負った。ようやく首都長安に凱旋したものの、矢傷が悪化し、翌年四月、ついにこの世を去る。即位してから八年目のことである。

重態の劉邦を案じた呂后が腕のいい医者を呼び、診察させたところ、医者は「病《やまい》は治《ち》すべし（病気はなおせます）」と気休めを言った。すると、劉邦は医者をどなりつけ、こう啖呵を切る。

吾《わ》れは布衣《ほい》を以て三尺の剣を提《さ》げ、天下を取る。此れ天命に非《あら》ずや。命《めい》は乃《すなわ》ち天に在り、扁鵲《へんじゃく》と雖も何ぞ益《えき》有らん（私は無位無官の身でありながら、三尺の剣をひっさげて天下を取った。これは天命ではないか。運命は天まかせだ。扁鵲〈戦国時代の名医〉だって役にはたたない）。

いかにも、動乱の世を戦いぬいてきた遊侠らしい、潔いセリフである。このとき、劉邦にとって、なみはずれて権力欲のつよい呂后の手にゆだねられる、漢王朝の不穏な先行きも、ほとんどよそごとのように思えたのかもしれない。「知るところに非《あら》ざるなり」と。劉邦は最後にすべての執着や欲望から解放され、思いきりのいい遊侠として死んだ。これまた、悲壮美に輝く項羽の最期にひけをとらない、あっぱれな最期である。

2　「游侠列伝」

称するに足る者有り

司馬遷は『史記』「游侠列伝」において、高祖劉邦から武帝までの時期に出現した、前漢の遊侠の伝記をまとめて記載し、その序で「漢興《おこ》りて、朱家《しゆか》、田仲《でんちゆう》、王公《おうこう》、劇孟《げきもう》、郭解《かくかい》の徒《と》有り。時に当世の文罔《ぶんもう》に扞《さから》うと雖も、然《しか》れども其の私義は廉絜退譲《れんけつたいじよう》にして、称するに足る者有り（漢が成立してこのかた、朱家、田仲、王公〔王孟《おうもう》〕、劇孟、郭解といった遊侠の徒が出現した。彼らはときには当時の法にさからったけれども、しかし、その個人的道義は清廉かつ謙譲であり、称賛に値する）」と述べている。

ちなみに、班固《はんこ》著『漢書《かんじよ》』にも「游侠伝」が立てられ、『史記』を踏襲するとともに、武帝以降の時代の遊侠に言及する。しかし、遊侠を称揚する司馬遷とは対照的に、「匹夫《ひつぷ》の細を以て、殺生《さつせい》の権を窃《ぬす》む（地位もない人間の数ならぬ身で、生殺の権限を盗む）」者として、遊侠をばっさり断罪するのが、その基本的姿勢だった。ここでは、主として『史記』「游侠列伝」に沿いつつ、話を進めてゆきたいと思う。

『史記』「游侠列伝」には、朱家、田仲、劇孟、王孟、郭解の五人の遊侠がとりあげられている。司馬遷の言によれば、彼らはみな「郷曲の俠」「布衣の俠」「匹夫の俠」であり、終始一貫、民間における遊俠あるいは任俠でありつづけた者たちだった。

巷の大俠——朱家

最初に登場する朱家は劉邦の同時代人である。朱家は俠気《おとこぎ》があることで評判が高く、なんらかの事情で追いつめられた者が逃げこんでくると、委細かまわず受け入れ、かくまってやるのが常だった。朱家のおかげで窮地を脱し、命拾いをした者は何百人にものぼったという。

項羽の部将だった季布《きふ》もその一人である。漢楚の戦いにおいて、さんざん季布に苦汁を飲まされた劉邦は、項羽の敗死後、千金の賞金をかけて季布の行方を捜し求め、彼をかくまった者は三族を処罰すると告示した。最初、季布をかくまったのは、周《しゅう》氏だったが、追及の手が伸びるのを恐れて、季布と相談のうえ、彼を奴隷として魯（山東省）の朱家に売った。朱家は見た瞬間、この奴隷が季布だと直感したが、素知らぬ顔で買い取り、息子に彼を大切に保護するよう言い含めた。

季布の世話を息子にまかせると、朱家はひそかに洛陽に向かい、劉邦の幼なじみで、今や押しも押されもせぬ前漢王朝の功臣となった夏侯嬰《かこうえい》に面会を求めた。巷で名高い大俠、朱家の訪問を受けた夏侯嬰は彼を引きとめて、何日も酒宴を開き、酒を酌みかわした。夏侯嬰も遊俠あがり、おたがいに意気に感ずるところがあったのだろう。気持ちが通じ合ったところで、朱家は談判を開始した。「臣下はそれぞれ主君のためにはたらくものです。季布が項羽のためにはたらいたのも、職務を果たしたまでです」と切り出し、「今、主上（劉邦を指す）は天下を取られたばかりであり、ただ私怨のために一人の男を追及されるのは、天下におのれの度量の狭さを見せつけることではありませんか」とたたみかけて、どうして主上を諫めないのかと、夏侯嬰に詰め寄った。夏侯嬰は朱家が季布をかくまっているのだと悟り、劉邦に話すと請け合った。かくて、夏侯嬰がおりを見て劉邦に朱家の示唆した話を告げたところ、劉邦も納得し、まもなく季布をお咎めなしとした。

その後、季布は劉邦に召されて郎中《ろうちゅう》に任ぜられ、呂后の息子である恵《けい》帝の時代には、中郎将に昇進するなど、前漢王朝の重臣となった。一方、季布の赦免、復活に尽力した朱家は、もともと自分の功績を誇ったり、恩恵を誇示したりすることを好まず、季布が出世した後は、死ぬまで会おうとしなかったという。

ちなみに、季布もまたもともと遊侠出身で、義侠心に富み、いったん請け合ったことは必ず実行したため、故郷の楚では「黄金百斤を得《う》るは、季布の

司馬遷

一諾《いちだく》を得るに如《し》かず（黄金百斤を手に入れるのは、季布の快諾を得ることに及ばない）」（『史記』「季布列伝」）とうたわれ、評判が高かった。そんな季布は朱家の心意気を痛切に感じとり、深い感謝の念を抱いたに相違ない。ここには俠と俠との快い共鳴が見られる。

それはさておき、朱家は困った人間を見ると、けっして見返りを求めず、身銭を切って助けずにはいられない、義俠心の化身のような人物だった。このため、自分自身は余分の財産もなく、粗衣粗食を通した。彼こそ身綺麗このうえない、巷の大俠（大いなる任俠）というべきであろう。当時から朱家の人気は高く、彼と交わりを求める者がひきもきらなかった。

さらにまた、ずっと時代が下った清末の尖鋭な革命家で、「女俠」と自称した秋瑾《しゅうきん》（一八七五―一九〇七）も、その墓誌銘「鑑湖《かんこ》女俠秋君《しゅうくん》墓表」（徐自華《じょじか》著）に、「朱家・郭解の人《ひと》と為《な》りを慕う」と記されているように、この朱家および次に述べる前漢中期の遊俠の大立て者、郭解の生き方を深く敬慕していた（「結びにかえて」参照）。これまた、時代を超えた俠の精神の共鳴というべきであろう。

義俠――郭解①

前漢初期には、皇帝の高祖から巷の遊俠にいたるまで、社会全般に俠の気風が色濃く残っていた。しかし、時間の経過とともに、権力側では、民間で隠然たる勢力をふるう遊俠を警戒し、都市から僻地に強制移住させたり、はなはだしい場合は、第五代皇帝の文帝《ぶん》（前一八〇―前一五七在位）や第六代皇帝の景帝《けい》（前一五七―前一四一在位）のように、一網打尽にして死刑にすることさえあった。むろん遊侠の側にも、都市の盛り場を仕切ってやりたい放題、暴力団まがいの輩《やから》が少なくなかったのは事実である。

しかし、いかに弾圧しても巷の遊侠はけっして根絶されず、支配機構の網の目から漏れた社会の暗部で生きつづけ、なかには道義心の高さによって、「義侠」と呼ばれる者たちも隠然と存在した。『史記』「游侠列伝」は、朱家につづいて、こうした「義侠」四人の伝記を記録している。このうち、田仲、劇孟、王孟の三人については、簡潔に人となりや事迹を記すのみだが、最後に登場する、郭解については、力のこもった筆致で長文の克明な伝記を著している。

郭解は第七代皇帝武《ぶ》帝（前一四一—前八七在位）の時代に生きた人物であり、軹《し》（河南省）の出身だった。軹は戦国時代の刺客聶政《じょうせい》（第一章参照）の出身地でもあり、気性のはげしい侠者を生む土地柄だとみえる。

郭解の母方の祖母許負《きょふ》は有名な人相見であり、薄《はく》太后（文帝の母）や周亜夫《しゅうあふ》（周勃《しゅうぼつ》の息子）の将来を予言したことで知られる。郭解の父は「任侠」だったが、文帝の時代に断行された遊侠弾圧政策によって逮捕、処刑された。

人相見の祖母、任侠の父をもつ郭解は、もともと堅気ならざる家系の出身だったことは明らかだ。それかあらぬか、若いころの彼は陰険かつ凶暴で、殺人、略奪、贋金作り、墓泥棒等々、犯した悪事は数えきれなかった。しかし、いつも巧みに法網をくぐりぬけ、窮地に陥ったときも、うまいぐあいに恩赦に合うというふうに、幸運に恵まれつづけた。ちなみに、郭解は精悍な小男で、酒はまったく飲まなかったとされる。いかにもドスのきいた、端倪《たんげい》すべからざる人物だったとおぼしい。

壮年に達するや、彼は悪事三昧の日々からすっぱり足を洗い、人助けをしても手柄顔をしないことを旨とする、巷の大俠として生まれかわった。しかし、「衣《ころも》の下の鎧」というべきか、「睚眦《がいさい》の怨み（ちょっと睨まれたほどの怨み）」にも過剰に反応するところは、昔ながらだった。そんな郭解を慕いつき従う若者も多く、彼には告げないまま、その憎むべき相手をひそかに始末することもよくあったという。郭解が名をあげた事件は数多いが、洛陽で起こった大がかりなもめごとを、鮮やかに仲裁した一件はその代表的なものである。

洛陽に不倶戴天の仇敵同士の者がおり、町のボスが何十人も間に入って仲裁しようとしたが、どうにもうまくゆかない。そんなとき、片方の男がたまたま洛陽にいた郭解をひそかに訪ね、間に入ってくれるよう依頼した。そこで、郭解が相手方の男に会ったところ、男は郭解の言うことなら何でも聞くとのこと。めでたく手打ちの運びとなったわけである。

このとき、郭解はその男に、「洛陽の親分衆が大勢仲裁に入られたのに、あんたは承知されなかった。わしの言うことなら聞いてくださるそうだが、わしはよその土地の親分衆の顔をつぶすことはできない」と言い、自分が立ち去った後、洛陽のボスに話し、間に立ってもらうようにと、言い含めたのだった。

この話には、他の遊俠の面子《メンツ》を重んずるなど、その道の仁義を心得た郭解の持ち味がよく出ている。同時に、前漢中期における巷の遊俠の役割あるいは存在理由もまた、この話からうかがい知ることができる。それは、おのおのの「縄張り」のなかで、こみいったもめごとを仲裁したり、私闘のけりをつけたり、はなはだしい場合には内々で依頼を受けて、暗殺を含む報復を代行したり、というものだったと考えられる。

郭解はみずから殺しには手を染めなかったものの、この道のベテランであり、ときには役所まで出向いて、逮捕された者の無罪放免を求めるなど、裁判沙汰の交渉をすることもあった。そんなときも、けっしてごり押しはせず、穏当な解決をはかったため、巷の大俠、郭解の名声は高まる一方、近隣の遊侠のボスや若者が押しかけ、食客にしてほしいと頼みに来る凶状持ちも少なくなかった。

曲学阿世による断罪で——郭解②

しかし、郭解の最期は悲惨だった。元朔《げんさく》二年（前一二七）、武帝は中央集権体制を強化するため、地方で威勢をふるう者や資産家を茂陵《もりょう》（武帝の御陵予定地）に集団移住させる決定を下した。郭解は資産がなく、当初、リストからはずされていたが、彼を恐れる軹の役人楊《よう》氏が彼の名をリストに載せたため、一家をあげて茂陵に移住させられる羽目になる。彼が出発するとき、大勢の遊侠のボスが見送り、彼らが渡した餞別は合わせて一千万銭以上になったとされる。余談ながら、郭解がいかなる形で収入を得ていたか、伝記にも明記されないが、おそらくこうした餞別や礼金という形で、おりおりに相当の報酬を得ていたと考えられる。こうした収入獲得のスタイルは、生業をもつ者以外、他の遊侠も大同小異だったのであろう。

さて、茂陵に向かう途中、郭解のあずかり知らないところで事件が勃発する。彼の兄の息子が汚い手口を使った役人の楊氏を殺害し、さらに、楊氏の遺族が事件を告発しようと、使者を首都長安に派遣したところ、別の者が宮廷の門前でその使者まで殺害してしまったのである。このため、逮捕状の出た郭解はただちに逃亡、彼の逃亡を助ける者が次々にあらわれたものの、けっきょく逮捕、投獄されるにいたる。

取り調べにあたり、郭解の故郷軹の儒者が同席したが、この儒者は「郭解は専《もっぱ》ら姦《かん》を以《もっ》て公法を犯す（悪事ばかりやって法を犯す男だ）」などと、取調官の心証をわるくすることを言いつのった。これを知った郭解の食客は、この儒者を殺害し、その舌を切りとってしまう。これが郭解の命とりになった。取調官は郭解の関知しないことだとして、無罪を上奏したが、当時、御史大夫《ぎょしたいふ》（検察長官）だった公孫弘《こうそんこう》（前二〇〇―前一二一）が、この儒者殺しは郭解自身が手を下さなかったとはいえ、日ごろから権勢をふるってやりたい放題であり、「大逆無道」の罪にあたると断罪した。このため、郭解はもとより一族皆殺しの刑に処せられてしまった。

公孫弘も儒者だが、「曲学阿世《きょくがくあせい》（邪道の学問によって世間に媚びる）」と酷評されるエセ学者である。このエセ学者が巧みに身を処して、武帝に信任され出世したのだから、儒者嫌いの劉邦が聞いたら、きっと口をきわめて罵りちらしたに相違ない。「大いなる遊侠」が「腐れ儒者」に断罪されたこの事件は、情勢が流動的だった秦末漢初から、政治システムが確立した前漢中期へと、時代状況がいかに大きく変化したかを、如実に映しだしている。

官と侠の癒着

郭解以後、特記すべき遊侠は出現せず、朱家が恥とするような、ろくでなしの遊侠ばかりになったと慨嘆しつつ、司馬遷は「游侠列伝」を締めくくる。『漢書』「游侠伝」は司馬遷没後、前漢後半の遊侠群像を付加しているが、ここに見られる遊侠のほとんどは、もはや遊侠ともいえない存在である。官界と持ちつ持たれつ、遊侠から官僚へと転身する者も多く、それも劉邦らのような小役人ではなく、地方長官や中央の高官になる者もめずらしくなかった。まさに「官」と「侠」の癒着というしかない。

秦末の乱世において、劉邦を中心とする遊侠軍団は反逆のエネルギーを結集し、新しい時代を切り開く前衛として縦横に活躍した。しかし、前漢王朝が軌道に乗り、平穏な時代が到来すると、権力側にとって、民衆に支持される義侠心あふれた遊侠は危険な存在と化し、排除すべき対象となった。こうして時代の経過とともに、おおかたの遊侠は矜持高い「侠の精神」を失って退廃し、権力の補完装置となるケースも増加した。

いずれにせよ、前漢以後も遊侠は絶えることなく社会の裏側で連綿と存在しつづける。そんな遊侠が本来の「侠の精神」をとりもどし、敢然と歴史の前面に躍り出て活躍するのは、つねに時代と時代の境目たる乱世だといえよう。

3　反乱する俠——後漢

宣帝の辣腕

前漢王朝は第七代皇帝武帝の時代に最盛期を迎えた。しかし、半世紀以上も帝位にあった武帝は老境に入るにつれて衰え、失政が目立つようになり、これを境に前漢王朝じたいも活力を失ってゆく。それでも武帝の曾孫にあたる第十代皇帝宣《せん》帝（前七四―前四九在位）はすこぶる有能であり、屋台骨の傾いた前漢王朝をしばし立て直した。

宣帝は数奇な運命をたどった人物である。彼は、歌手出身だった衛《えい》皇后の息子で、武帝の後継者と目された戻《れい》太子の孫にあたる。晩年の武帝が李《り》夫人なる絶世の美女に心を移し、衛皇后との仲も冷えきったおりもおり、戻太子が武帝を呪詛したかどで摘発されそうになった。身の危険を覚えた太子は母の衛皇后と相談しクーデタを起こすが、たちまち武帝に鎮圧されてしまう。武帝はあくまで非情であり、衛皇后母子を抹殺したのみならず、衛氏一族を皆殺しにした。征和《せいわ》二年（前九一）に起こった、いわゆる「巫蠱《ふこ》の乱」である。

この「巫蠱の乱」をくぐりぬけ、ただ一人生き残ったのが、まだ赤ん坊だった戻太子の孫（戻太子の息子が後宮の女性に産ませた子供）、すなわち宣帝だった。母方の祖母に養育され、十八歳まで民間で過ごした宣帝は、一通り教養も身につけていたものの、遊俠とのつきあいを好み、世の裏表をつぶさに知った。この間、武帝が「巫蠱の乱」の四年後に死去すると、重臣たちの激烈な権力闘争がつづき、幼くして即位した昭《しょう》帝（前八七—前七四在位）がその渦中で死んだ後、若干の曲折を経て、宣帝に白羽の矢が立てられ、即位したのである。民間育ちの宣帝は官民双方にはびこる悪の構造を熟知しており、その辣腕をもってびしびし締めあげる厳罰主義を旨とした。みずから慣れ親しんだ遊侠の世界も例外ではなく、けっして彼らを野放しにすることはなかった。

こうした宣帝のシビアな政策によって、混乱しはじめた前漢王朝はしばし平穏をとりもどしたけれども、いったん崩壊へと傾斜しはじめたものを根本的に立て直すことは、不可能だった。かくして宣帝以後、元《げん》帝（前四九—前三三在位）、成《せい》帝（前三三—前七在位）と、前漢王朝は代を重ねるごとに衰退し、ついに外戚《がいせき》の王莽《おうもう》（前四五—後二三）によって息の根をとめられるにいたる。

宣帝

王莽の没落と呂母の乱

長年にわたって準備を重ねた王莽は、西暦八年、前漢王朝を滅ぼしてみずからの王朝新《しん》（八—二三）を立て、皇帝におさまる。王莽はもともと時代錯誤の復古主義者であり、『周礼《しゅらい》』や『礼記《らいき》』など儒教の経典に合わせて制度改革をしたり、新しい貨幣を発行し、塩・鉄・酒を専売にする経済改革をはかったりした。これらの新政策は建て前としてはりっぱだが、内実は現実を無視した机上の空論にすぎず、かえって社会の混乱を深めるばかりだった。かくて中国各地で不満をつのらせた民衆反乱が勃発、王莽の新王朝はたちまち窮地に追いつめられる。

新末の大反乱の引き金になったのは天鳳《てんほう》四年（一七）、琅邪《ろうや》（山東省）で起こった「呂母《りょぼ》の乱」である。県の長官に息子を殺された呂母は復讐を期し、莫大な資産を使って、数年の間、近隣の貧しい若者に酒や衣服を提供するなど親切の限りを尽くした。さしもの巨万の富も底をつきかけたとき、呂母が息子の話をうちあけたところ、彼女に深い恩義を感じていた若者たちは恩返しすべく、数百人の仲間を集め、復讐に協力する約束をした。かくてこの若者軍団に数千人の亡命者が加わり、いっせいに県役所を襲撃して長官を血祭りにあげ、呂母の復讐は成就された。

しかし、呂母の私的制裁という当初の目的を遂げた後も、軍団は解散せず、王莽体制そのものに刃向かう反乱軍団へと変貌していった。呂母軍団に参加した大多数の者は、貧窮にあえぐあぶれ者やなんらかの事情で故郷を捨て流浪する亡命者であり、これまた端的にいえば、遊侠無頼軍団であったことは論をまたない。

赤眉の乱へと激化

王莽政権の矛盾が激化するにつれ、憤懣をつのらせた者たちが各地で呂母軍団と類似した軍団を結成し、やがてこれらが結集して、山東方面では琅邪出身の樊崇《はんすう》らをリーダーとする大反乱軍へと膨れあがってゆく。地皇《ちこう》三年（二二）、この反乱軍は成昌《せいしょう》（山東省東平県東）で、王莽の派遣した官軍と戦って撃破、いっきょに十万余りの大勢力となる。この戦いにおいて、反乱軍の兵士は官軍側と区別すべく眉を赤く染めたため、以後「赤眉《せきび》」と呼ばれるようになる。このころ呂母が死去し、その軍団もそっくり赤眉軍に加わった。

山東方面で蜂起した赤眉軍が勢力を拡大し、「赤眉の乱」が華北を席捲したのと前後して、南のかた湖北方面でも火の手があがる。まず、困窮した流民が結集し、荊《けい》州の緑林山《りょくりんざん》（湖北省天門県）を拠点として反乱（緑林の乱）を起こし、たちまち数万の大軍団に膨れあがる。

しかし、軍中に疫病が蔓延したため解散し、地皇三年、「下江兵《かこうへい》」と、「新市兵《しんしへい》」の二軍団に分かれて活路を探った。このうち後者（新市兵）に呼応したのが、平林《へいりん》（緑林山の東北）で結成された軍団「平林兵」である。当時、平林には南陽《なんよう》（河南省南陽市を中心とする地域）の大豪族劉氏一族（後述）の出身で、遊侠的性格をもつ劉玄《りゅうげん》（?―二五）が法に触れて逃げこんでいたが、彼もまたこの平林兵に加わり、しだいに新市・平林軍団の中核となってゆく。

一方、劉玄の母胎である南陽の劉氏一族にも大きな動きがあった。この一族の始祖は前漢第六代皇帝の景《けい》帝（前一五七―前一四一在位）の子、長沙《ちょうさ》王劉発《りゅうはつ》だが、その後、一族をあげて南陽に移住し、しだいに強大な勢力をもつ土着大豪族となった。

この南陽の劉氏一族のなかから、王莽体制に反旗をひるがえし、劉氏の漢王朝を復興することをめざして、舂陵《しょうりょう》（湖南省寧遠県）を地盤とする劉縯《りゅうえん》（?―二三）・劉秀《りゅうしゅう》（前六―後五七）兄弟が手勢を集めて蜂起するのである。ちなみに、兄の劉縯は大勢の食客を養う任侠肌の人物だったが、弟の劉秀はもともと勤勉な働き者で農作業にいそしむ一方、首都長安に遊学し『尚書《しょうしょ》』を学んだこともある勉強家だった。

この地皇三年には、まじめな勉強家の劉秀もついに意を決して、当時、寄寓していた新野《しんや》（河南省新野県）で蜂起、先に挙兵していた兄劉縯と合流して、南陽の豪族李《り》氏、鄧《とう》氏らと連携しつつ、舂陵で武装蜂起した。当初は準備不足であり、劉秀は牛に乗って出陣し、官軍から馬を奪ってようやく乗り換えるありさまだった。しかし、この牛に乗った知性派豪族、劉秀は戦いにはめっぽうつよく、めきめきと頭角をあらわすのだが、それはもう少し後の話である。

初期段階において主導権をとったのは、知謀も度胸もある兄劉縯だった。南陽の豪族だけでは力不足だと考えた劉縯は、まず新市・平林軍団を呼び寄せ、ついで緑林軍のもう一派である下江軍団をも呼び寄せて、大合体を果たし、格段に戦力を強化するのである。かくて王莽の派遣した大軍を次々に撃破して進撃をつづけるうち、豪族・流民連合軍はまたたくまに十数万に膨れあがった。

新皇帝を立てたが……

地皇四年（二三）、王莽に対抗して漢の皇帝を立てるべく、豪族・流民連合軍の幹部が会議を開く。このとき、南陽豪族の間では劉縯を推す意見がつよかったが、流民軍の頭目たちは術策を弄し新市・平林軍団と関係の深い劉玄を押し立てた。主導権を発揮する剛毅な劉縯よりも、脆弱で動かしやすいと考えたのだ。

劉縯自身は、山東の赤眉軍においても漢王朝の一族を皇帝に立てるという情報もあるおりから、反乱勢力の分裂を招きかねず、また自分たちの軍勢も南陽を勢力下に収めただけなのだから、時期尚早だとして、そもそも皇帝を立てることじたいに反対だった。正論である。しかし、劉玄を推す勢力はこの正論を無視し、強引に劉玄を即位させた。いわゆる更始《こうし》帝（二三―二五在位）である。

この不愉快な即位劇のあとも、劉縯・劉秀兄弟は戦闘意欲を失わず、劉縯は王莽側の軍事拠点である宛《えん》（河南省南陽市）を攻め落とし（以後、劉玄はこの宛を首都とする）、劉秀は宛に大攻勢をかけてきた王莽側の公称百万の大軍を、途中の昆陽《こんよう》（河南省葉県）で食い止め、わずか一万余りの軍勢で殲滅、王莽に回復不能のダメージを与えた。劉玄一派はこの劉縯兄弟、とりわけ剛毅な兄劉縯の声望がますます上がることを警戒し、口実を設けて殺害してしまう。兄が殺されたとき、劉秀は劉玄に向かって兄の罪を詫びるなど、内心のはげしい動揺をおさえて、ひたすら隠忍自重した。

一方、日の出の勢いの反乱軍に押しまくられ、宮廷内部の混乱も深まるなど、坂道を転が

劉秀、光武帝

りつづけた王莽の命脈も尽きるときがくる。地皇四年（更始元年）、劉玄の派遣した軍勢が進撃を開始し、進軍中に雪だるま式に膨れあがりながら、長安に殺到、王莽を血祭りにあげたのである。これを受けて劉玄の本隊が宛から進撃して洛陽を攻略、翌更始二年には長安に入る。それまで別行動をとっていた赤眉軍も、劉玄が洛陽を制圧した時点で、いったん降伏しその傘下に入った。

長安に入城し、名実ともに皇帝になった劉玄は、王莽の旧臣が宮殿にずらりと居並ぶと、気おされて顔もあげられないほどだったとされ、実際には小心翼々たる臆病者であった。こんな人物が目もくらむほどの権力の高みにのぼったのだから、とても持ちこたえられるはずがない。政治機構を整備するどころか、たちまち酒色に溺れ、身を持ち崩してゆく。流民軍あがりの配下も似たものであり、略奪、暴行に明け暮れ、漢王朝の再興に期待をかけた住民も失望し、これなら王莽時代のほうがましだったと、怨嗟の声が高まるばかりだった。

劉玄にいったん降伏した赤眉軍もまた絶望を深めて離反、長安を立ち去る。兄を殺され煮え湯を飲まされた劉秀は、劉玄が洛陽を制圧したとき、劉玄の支配をよしとしない河北《かほく》豪族の征伐を命ぜられ、長安へは同行しなかった。これをもっけの幸いに、以後、劉秀は彼を支持する南陽豪族とともに劉玄の傘下を離れ、自立の道を歩むのである。

更始三年（二五）九月、退廃しきった劉玄は、内部からも離反者が続出し、孤立無援となったところで、態勢を立て直し長安に猛攻をかけてきた赤眉軍に追いつめられ、単騎脱出したものの捕らえられ、けっきょく殺害される。劉玄すなわち更始帝が王莽を追いはらい、長安の主となった期間は、わずか一年七か月にすぎなかった。付言すれば、先に長安を立ち去った後、赤眉軍は別途、漢王朝の一族とおぼしき劉盆子《りゅうぼんし》なる少年を捜しだし皇帝の座に据えて、不十分ながら劉玄と対抗する王朝体制を作り、これによって勢いを盛り返したのだった。

劉秀、光武帝となり、民衆反乱を終息させる

劉玄の傘下を離れ、自立した劉秀は、まず、王郎《おうろう》なる者をいただき、河北に根を張る豪族連合軍を激戦のあげく徹底的に滅ぼした。このとき、彼は長安にもどるよう命じた劉玄に背いて、河北にとどまった。「河北未《いま》だ平《たいら》がず」というのが表向きの理由であったが、実際、当時、河北にはもろもろの流民反乱軍が割拠し、猛威をふるっていた。

劉秀はこのうちもっとも大勢力であった銅馬《どうば》軍をまず撃破し、降伏した多数の将兵を自軍に吸収した。この結果、劉秀軍は総勢数十万に膨れあがったという。その後、劉秀はさらに残った流民軍を次々に撃破、河北を名実ともに平定することに成功する。ほどなく更始三年（建武《けんぶ》元年）六月、配下の諸将のつよい要請を受けて、劉秀は帝位につく。後漢王朝成立、名君光武《こうぶ》帝（二五―五七在位）の誕生である。劉玄が赤眉軍に長安を追われたのはこの三か月後だった。この時点で、光武帝は洛陽に入城、後漢の首都とする。

一方、長安を制圧した赤眉軍は食糧不足となり、建武二年（二六）初めから故郷の山東めざして退却を開始した。光武帝は翌建武三年初め、この退却する赤眉軍に総攻撃をかけようとしたが、光武帝配下の諸将の攻撃をかわしつつ退却を続行してきた赤眉軍は、このとき刀折れ矢尽きて、十数万にのぼる全軍をあげて降伏した。少数のリーダー格の者を除き、降伏した赤眉軍の大多数はこれまた光武帝軍に吸収された。

この後、光武帝はなおも残存する流民軍を制圧し、王莽の新王朝末期に勃発した民衆反乱を終息させたのだった。

「柔道」をもって天下を治める

王莽の新王朝末期から、「赤眉の乱」や「緑林の乱」をはじめ、各地で頻発した民衆反乱は、困窮した民衆と腕に覚えのある遊侠無頼の徒が結びついて軍団を形成し、権力体制に反旗をひるがえした点では、秦末の大反乱と基本的に変わらない。

しかし、秦末民衆反乱の場合は、まさにその渦中から、遊侠的性格のつよい根っからの庶民である劉邦グループが浮かびあがり、ついに前漢王朝を「創立」し天下を支配するにいたった。しかし、新末の反乱の場合は、民衆軍団の蜂起と踵を接して、南陽の豪族グループが、前漢王朝の子孫である劉氏一族を中心に挙兵、紆余曲折を経ながらも先行する民衆反乱軍と連合して、ついに王莽を打倒、漢王朝を「再興」した。

つまるところ、民衆反乱と豪族反乱が結合して、膨大な規模に膨れあがり、にわか作りの王莽の新王朝を押し倒したのである。

王莽の滅亡後、主導権をとったのは豪族側であり、先述のごとく、ほとんど茶番というべき更始帝劉玄が退場させられた後、真の主役である南陽豪族のホープ、光武帝劉秀が前面に登場して、残存する種々の反乱勢力を抑えこみ、これを吸収して後漢王朝を立て新しい時代を切り開いてゆく。

後年、劉秀が南陽に帰郷し一族と宴《うたげ》したとき、彼の叔母たちは、「文叔《ぶんしゆく》（劉秀のあざな）は少《わか》き時に謹信、人と款曲《かんきよく》せず。唯《た》だ直柔《ちよくじゆう》なる耳《のみ》。今は乃《すなわ》ち能《よ》く此《か》くの如《ごと》し（文叔は若いころ慎み深くてまじめ一方、人とうちとけてつきあうこともなく、ただ生まじめで穏やかなだけだった。それが今はなんとこんなになるとはねえ）」（『後漢書』「光武帝紀」）と感嘆することしきりだったという。

これを聞いた光武帝は大笑いしながら、「吾《わ》れは天下を理《おさ》むるも、亦《ま》た柔道《じゅうどう》を以《もっ》て之を行わんと欲す（私は天下を治めるときも、やはり穏やかなやりかたをしたいと思う）」（同上）と答えたという。

このエピソードが示すように、光武帝はいかにも派手で豪快な兄劉縯とは対照的に、地道で控えめな性格だった。しかし、それとはうらはらに、軍事的能力は抜群、王莽の大軍を粉砕した昆陽の戦いが顕著に示すように、戦場では別人のように勇猛果敢となり、絶体絶命の危機を乗り切ってきた。この軍事的センスがあったればこそ、四分五裂の乱世を勝ちぬき、最後の勝利を手にすることができたといえよう。

侠の絆から同郷の絆へ

それにしても、前漢の劉邦には張良、蕭何、陳平をはじめ多士済々の配下があり、彼らと死生をともにする固い「侠の精神」で結ばれていた。これに対し、光武帝と配下の結びつきには、そうした情緒的な要素は見られない。

光武帝配下の主要メンバーのほとんどは、鄧禹《とうう》、岑彭《しんほう》、呉漢《ごかん》らのような南陽豪族出身者や、耿弇《こうえん》、竇融《とうゆう》らのようにおりおりに傘下に入った各地の豪族出身者である。彼らは意気に感じて光武帝のもとに結集したというより、地縁もしくは情勢の変化によって結びついた要素がつよい。

清の趙翼《ちょうよく》（一七二七―一八一四）はその著『廿二史箚記《にじゅうにしさつき》』（巻四）において、「西漢開国の功臣は、多く亡命・無頼に出づ。東漢中興にいたれば、則ち諸将帥《しょうすい》は皆な儒者の気象《きしょう》を有す（前漢創業の功臣には亡命者や無頼漢の出身者が多い。後漢中興になると、その重臣にはみな儒者のおもむきがある）」と述べている。

この指摘のとおり、光武帝自身も配下の主要メンバーも劉邦の配下に比べれば、出身階層が高く、相当の知性と教養を備えており、その結びつきかたも「亡命・無頼」から成る劉邦グループとは異質だった。ちなみに、光武帝の重臣のうち、もっとも武勲赫々たる馬援《ばえん》は隴西《ろうせい》（甘粛省）に依拠する隗囂《かいごう》に仕えた後、光武帝の傘下に入った転身経験の持ち主だが、彼も若いころ「斉詩《せいし》（斉に伝わる『詩経《しきょう》』の解釈）」を学んだとされ、これまたなかなか教養があった。

さらにまた、先の故郷の叔母たちの言葉にもあるように、光武帝自身、無防備に他人とうちとける性格でなかったことも、配下との関係をクールなものにしたのかもしれない。もっとも、光武帝がとりわけ同郷の功臣を大いに重んじたのも確かである。

彼は若いころ、南陽豪族陰《いん》氏の娘で、美貌の誉れ高い陰麗華《いんれいか》にあこがれ、「仕宦《しかん》しては執金吾《しつきんご》（近衛長官）、妻を娶《めと》りては陰麗華」（『後漢書』「皇后紀」）と切に望んだ。かくて更始元年（二三）、念願かなって彼女と結婚したものの、翌年、王郎をいただく河北豪族軍と戦ったさい、敵の内部分裂をはかって有力豪族郭《かく》氏の娘と結婚、これを正夫人とし、即位後は皇后に立てた。

しかし、後漢王朝が盤石となった建武十七年（四一）、この郭皇后を廃して陰麗華を皇后に立て、彼女の産んだ子を後継の太子（のちの第二代皇帝明《めい》帝）に指名する。この一事をもってしても、光武帝がいかに同郷の昔なじみを大切にし、長年の好みを重んじたか、うかがい知ることができる。

名実ともに、儒教が国教になる

後漢王朝創設後、光武帝は隴西の隗囂や蜀の公孫述《こうそんじゅつ》など、残存する敵対勢力を征伐する一方、前漢末以来、乱れきった政治機構の整備に乗り出す。かくて、うちつづいた内乱によって、荒廃した社会や財政を回復させるために、官吏を十分の一に減らした「小さな政府」をめざし、官吏の腐敗を容赦なく断罪するとともに、ひんぱんに奴隷解放令を出して、悲惨な状況にある人々の救済をはかった。

こうした光武帝の姿勢は、先にあげた清の歴史家趙翼も指摘するとおり、赤眉の乱をはじめ、貧窮のどん底から爆発した民衆反乱を目の当たりにした、痛切な体験によるところ大だといえよう。こうして膨張政策をとらず、内政の安定をはかった結果、疲弊しきった社会状況は、しだいに平穏をとりもどし、ゆるやかに回復してゆく。光武帝はまさに「柔道」をもって天下を治めたのである。

これと同時に、もともと勉強家で学問好きの光武帝は、首都洛陽に太学《たいがく》を建てて大勢の学生に儒家思想・儒教を学ばせ、また、官吏登用のために「孝廉《こうれん》」の制度を設置して、親孝行や清廉潔白という儒教倫理を体現した秀才を推薦・登用するよう定めた。この結果、儒教は後漢において名実ともに国教となったのである。

ちなみに、太学生の数は時代の経過とともに、増加の一途をたどり、後漢成立から百二十有余年後の本初《ほんしょ》元年（一四六）には、なんと三万人に達したとされる。こうして上質の儒家思想を身につけ、高い道義性をもつ知識人が厚い層をなした結果、孔子を祖とする原始儒家思想が理想とした、節度ある社会が招来されたかといえば、事はそう簡単に運ばなかった。その後、後漢王朝は、機構整備を重視した光武帝が予想もしなかった事態に立ちいたるのである。

後漢では、光武帝、明帝（五七―七五在位）、章《しょう》帝（七五―八八在位）の三代以降、皇帝が夭折して幼少の皇帝の即位がつづき、なかには、第五代の殤《しょう》帝（一〇五―一〇六在位）のように生後百日余りで即位（翌年死去）する極端な例もあった。幼い皇帝は自分で政治にたずさわることができず、母（皇太后）およびその一族（外戚。後漢創業の功臣一族が多い）が後見役となり、実権を掌握することになる。

皇帝が成長すると、こうした外戚がわずらわしくなり、なんとか排除しようとする。そのとき、皇帝の手足となって動くのは正規の官僚ではなく、宮殿の奥深くに巣くう側近の宦官だった。こうして政治機構の枠外に位置する外戚と宦官がはげしい主導権争いを繰り返し、後漢王朝の基盤をしだいに掘り崩していったのである。とりわけ後漢末に主導権をとった強欲で邪悪な宦官グループは、悪徳官僚と結託してやりたい放題のありさまだった。

清流派知識人と侠の精神

こうした政局の腐敗に対し、敢然と異議を唱えたのは、太学に学ぶなどして、儒家思想のエッセンスを過激に体得した、いわゆる「清流派」知識人である。彼らは、全国に広がるネットワークを通じて連帯をつよめ、「清議《せいぎ》」と呼ばれる批判的言論をもってはげしいレジスタンス運動を展開した。

形勢不利とみた宦官派は、延熹《えんき》九年（一六六）と建寧《けんねい》二年（一六九）の二度にわたって「党錮《とうこ》の禁」を断行、清流派知識人の多くを逮捕・処刑し、徹底的に弾圧した。この凄まじい逆流のなかで生きのびた清流派知識人は、なおも厳重な監視をかいくぐってひそかに連携しながら、苦しい逃亡や地下潜行を続行したのだった。このように、個人的利害はさておき、理念を共有する人々と連帯し、権力悪、政治悪を批判しつづけようとする清流派知識人には、明らかに侠の精神が見られる。

南朝劉宋《りゅうそう》の范曄《はんよう》（三九八—四四五）が著した、後漢一代の歴史書『後漢書《ごかんじょ》』には、『史記』や『漢書』と異なり、「游俠伝」は立てられていない（以後の正史も同じ）。このことは、むろん巷の遊俠が絶滅したということではなく、前漢のように層としての遊俠のうちから、特記すべきユニークな存在が出現しなかったことを意味する。

「游侠伝」はなくなったものの、『後漢書』には前二史には見られなかった、気骨ある知識人群像の伝記を記載した「党錮伝」や「独行伝《どくこう》」等々が立てられており、これらの人々の間に、何よりも信義を重んじる侠の精神が見られるのは、まことに興味深い事実である。

もっとも、巷の庶民や遊侠のなかにも、宦官派によって追いつめられた清流派知識人を、身の危険をかえりみず支援した人々は大勢いた。たとえば、『後漢書』「党錮伝」によれば、著名な清流派知識人の張倹《ちょうけん》は逮捕されそうになり、とるものもとりあえず逃亡した。

張倹は秦末の遊侠から群雄の一人となった張耳（本章第一節参照）の子孫だとされるが、はるかな祖先の遊侠無頼の血のなせるわざか、逃亡中、大胆にも通りすがりの家に飛びこんでは、一夜の宿を借りた。すると、どの家でも彼の反骨精神あふれる生き方に敬意を表し、一家皆殺しを覚悟で敢然とかくまってくれた。こうして東萊《とうらい》（山東省）まで逃げのび、李篤《りとく》なる「義を好む」人物の家に身を落ち着けたが、まもなく県の長官が捕縛にやってくる。このとき、李篤は長官を説得して立ち去らせた後、自分も張倹とともに出奔したとされる。この李篤はどうやら遊侠のボスとおぼしい。

このように張倹は巷に生きる人々の義侠心に助けられて、中平元年《ちゆうへい》（一八四）、党錮の禁が解除されるまで二十年近く逃げきり、その後、まずは平穏無事な生涯を終えた。しかし、党錮の禁のただなかで、彼の逃亡を助けた人々のうち、死刑に処せられた者は数十人にのぼり、その一家は皆殺しにされたという。『後漢書』の著者范曄は、これらの人々を、季布《きふ》を庇護した前漢の大侠朱家《しゆか》にたとえているが、史書に名も記されない、これら無名の人々に見られる命がけの侠の精神は、朱家に勝るとも劣らない鮮烈さをもつ。

秦末の乱世に縦横無尽の活躍をした劉邦の遊侠軍団から、後漢末の乱世に果敢なレジスタンス運動をおこなった清流派知識人、および彼らを陰から支えた義侠心あふれる人々にいたるまで、前・後合わせてほぼ四百年にわたる漢代において、侠の歴史は曲折にみちた展開をたどった。この大いなる古代帝国漢が根底から揺らぎはじめた、二世紀後半の後漢末、またも大乱世の幕が切って落とされる。次章では、この大乱世のなかで侠の歴史がいかに展開していったかを、探ってゆきたい。

第三章　三国志の英雄——三国六朝時代

1　群雄割拠のなかを戦う——後漢末から三国分立へ

黄巾の乱で幕を開ける

後漢末、桓《かん》帝（一四六—一六七在位）から霊《れい》帝（一六八—一八九在位）の時代は、宦官天下であり、悪徳官僚や地方豪族と結託して、一族郎党を実入りのいい地方官の職につけ、賄賂は取り放題、さんざん私腹をこやしては贅沢三昧にふけるなど、宦官の専横ぶりには凄まじいものがあった。

後漢王朝の基盤を掘り崩す、この悪しき宦官派に対抗して、清流派知識人グループは論陣を張り、激烈なレジスタンス運動を展開したが、したたかな宦官派は延熹《えんき》九年（一六六）と建寧《けんねい》二年（一六九）に、二度にわたる「党錮《とうこ》の禁」を発動、その活動を徹底的に封じこめ圧殺した（第二章第三節参照）。

こうしてしゃにむに上層の抵抗を抑えこんだものの、腐敗した政局のもと、社会不安は激化する一方であり、やがて思わぬところから火の手が上がり、後漢王朝は存亡の危機に見舞われる。中平元年《ちゆうへい》（一八四）、道教の一派、太平道《たいへいどう》の教祖張角《ちようかく》が「蒼天《そうてん》（蒼つまり青色は後漢王朝のシンボルカラー）已《すで》に死す、黄天当《こうてんまさ》に立つべし」を合い言葉に、武装蜂起したのである。

張角の太平道はもともと呪術的な病気治療を旨とする新興宗教だった。すなわち、九つの節《ふし》のある杖を持った巫師《みこ》がまじないをして、病人に叩頭《こうとう》させ過去を反省させてから、まじないの水を飲ませる。これによって、病人が短期間で快癒すると、信心深いからだとし、治癒しない場合は、信心しなかったせいだとする（『三国志』「張魯伝」の裴松之注《はいしょうし》『典略《てんりゃく》』）。いかにも眉唾《まゆつば》のうさんくさい話だが、病も気からというわけで、ご利益もあったのか、これが世情不安のおりから、寄るべない民衆の心をとらえ、爆発的な勢いで流行した。意をつよくした張角は数十万の信者を再編成して三十六の方《ほう》（軍管区）に分け、全国各地で蜂起、いっせいに地方の役所を襲撃するなど、敢然と後漢王朝に反旗をひるがえした。いわゆる「黄巾の乱《こうきん》」である。「黄巾」とは黄色のターバンを指し、張角の信者たちが戦場において黄色のターバンを頭に巻き、仲間を識別したことに由来する。

黄巾の乱は宗教を核とするとはいえ、困窮した民衆を主体とする蜂起であり、第二章でとりあげた陳勝《ちんしよう》・呉広《ごこう》の乱に端を発する秦末の民衆反乱、赤眉《せきび》の乱にはじまる新末の民衆反乱と、もともと深い同質性をもつ。付言すれば、元末明初に成立した大歴史小説『三国志演義』は、この後漢末の民衆反乱、黄巾の乱をもって幕を開ける。

それはさておき、黄巾軍の大攻勢に慌てふためいた後漢王朝は、まず「党錮の禁」を解除し、獄中の清流派知識人を釈放した。これは上層知識人階層の反体制派である清流派と、民衆反乱の担い手である黄巾軍が、一致協力することを恐れた緊急措置である。歴史的に見ても、赤眉や緑林《りよくりん》などの下層民衆反乱と劉秀《りゆうしゆう》らの上層豪族反乱が結びつき、王莽《おうもう》の新王朝を打ち倒した前例もあり、後漢王朝が警戒をつよめたのもむしろ当然だった。結果的に見れば、この緊急措置が功を奏し、後漢王朝は清流派と黄巾軍が結びつく可能性を断ち切ることに成功した。いずれにせよ、これを機に、獄中にいた者も長らく逃亡生活を送っていた者も日の目を見、清流派知識人が公然と社会の前面に出られたのは確かである。

　清流派を容認し、後顧の憂いを断った後漢王朝は、黄巾討伐の正規軍を組織する一方、各地に檄《げき》を飛ばして義勇軍を募り、体制の強化をはかった。

「三国志世界」第一世代の英雄、曹操《そうそう》（一五五—二二〇）、劉備《りゆうび》（一六一—二二三）、孫堅《そんけん》（一五七？—一九三？）はいずれもこの黄巾討伐を機に世に出た人々である。もっとも、当時の立場は三者三様だった。

治世の能臣、乱世の姦雄——曹操

　曹操あざな孟徳《もうとく》は勢力ある宦官の養子の息子であり、忌み嫌われる宦官系の出身であることへの反発もあって、少年時代は「任侠放蕩《にんきようほうとう》」（『三国志』「武帝紀」）、つまり手のつけられない暴れ者であった。

　しかし、清流派名士の橋玄《きようげん》（一〇九—一八四）はそんな無頼の少年曹操のもつ可能性に注

黄巾の乱

目し、「天下将《まさ》に乱れんとし、命世《めいせい》の才に非《あら》ずんば済《すく》う能《あた》わず。能《よ》く之《これ》を安んずる者は、其《そ》れ君に在らんや（天下はまさに乱れようとし、一世を風靡する才能がなければ救済できないだろう。よく乱世を鎮められるのは、君であろうか）」（同上）と太鼓判を押した。

宦官派に直結する家系の出であるにもかかわらず、こうして清流派の名士橋玄に認められ、その薫陶を受けたことは、曹操の人生を大きく変えた。橋玄の交友関係を通して、さまざまな清流派名士の知遇を得るうち、曹操は無目的な任侠放蕩の日々に終止符を打ち、猛然と読書に励み、みるみるうちに知力を強化していった。

やはり清流派名士で、「汝南月旦《じよなんげつたん》」で知られる、人物鑑定の名手許劭《きよしよう》（一五〇―一九五）から、のちの曹操のトレードマークともいうべき「子は治世《ちせい》の能臣、乱世の姦雄《かんゆう》」という卓抜な評を与えられ、わが意を得たりと大笑したのもこのころのことである（「武帝紀」裴《はい》注『異同雑語《いどうざつご》』）。

それにしても、橋玄ら清流派名士は、まだ海の物とも山の物ともつかず、しかも清流派と敵対関係にある宦官系出身の無頼少年曹操に、なぜそこまで肩入れしたのであろうか。党錮の禁の大弾圧をくぐりぬけて生き残った、筋金入りの清流派の猛者《もさ》たちは、今後、到来するであろう大乱世を乗り切り、社会に安定をもたらすためには、文武両道、清濁あわせのむことのできる強靱な資質の持ち主が必要だと痛感し、奔放不羈《ほんぽうふき》の少年曹操にはるかにその可能性を見たというほかかない。

清流派名士のお墨付きを得た曹操は、猛勉強のかいあって、熹平《きへい》三年（一七四）、二十歳

曹操

のときに狭き門の「孝廉《こうれん》」に推挙され、官界にデビューした。かくしてエリート官僚へのコースに乗り、首都洛陽の北部《ほくぶ》尉《い》（警察署長）に任命された曹操は、規則違反を容赦なく摘発し、霊帝の寵愛厚い宦官の親類が夜間交通禁止令を破ったときも、即座に棒殺するなど、辣腕をふるった。恐れ入った朝廷の宦官派は、そんな曹操を頓丘《とんきゅう》（河南省清豊県西）の令《れい》（知事）に推薦し、ていよく洛陽から追いはらったのだった。

光和《こうわ》元年（一七八）、従妹の夫が事件を起こして処刑されたため、連座して頓丘の令を免職になるが、まもなく「古《いにしえ》の学問」に明るいとの理由で復職、議郎《ぎろう》となる。しかし、就任当初は、張り切って上奏文を捧げ、宦官や外戚の不正や堕落をきびしく追及するが、ほとんど無視され、すっかりやる気をなくしてしまう。

官界に入ったあとも、曹操はこのように終始一貫、腐敗した宦官派を批判して、意識的に清流派寄りのスタンスをとりつづけた。この態度が清流派人士の彼に対する信頼度をいや増しにしたことは、推測に難くない。こうして培われた曹操と清流派の連帯関係にもとづき、やがて清流派の若きホープ荀彧《じゅんいく》（後述）が曹操の軍師になったのを皮切りに、若い世代の清流派が大挙して曹操の傘下に入ることになる。

それはまだ先のこと、曹操が議郎としてやる気をなくしたころ、黄巾の乱が勃発、曹操は騎都尉《きとい》に任ぜられ、後漢の正規軍を率いて黄巾討伐に乗りだし、後漢軍のリーダーである皇《こう》甫嵩《ほすう》や朱儁《しゅしゅん》と協力してその主力軍を撃破する戦功をあげる。

腕と度胸——孫堅

江東の孫堅あざな文台《ぶんだい》（孫策、孫権の父）の場合は、エリート官僚から後漢正規軍の幹部となった曹操とはかなり様相を異にする。孫堅は呉《ご》郡富春《ふしゅん》県（浙江省富陽県）の小豪族の出身だが、少年のころから、海賊退治で勇名を馳せるなど、度胸満点で腕っぷしのつよさもとびきり、武闘派の任俠そのものだった。政情不安のおりから、腕と度胸を買われた孫堅は故郷の地方役人に現地採用される。

おりしも会稽《かいけい》（浙江省）で「妖賊《ようぞく》（反乱を起こした宗教結社）」が蜂起、孫堅は呼びかけに応じて集まった千人余りの荒くれ軍団を率いてこれを撃破し、大いに名をあげる。これを機に、朝廷にも名を知られるようになり、塩瀆《えんとく》・盱眙《くい》・下邳《かひ》など長江の北側に位置する諸県の丞《じょう》（副知事）を歴任する。このとき、妖賊討伐のさいに集まった荒くれ者の多くも孫堅に従って移動し、すでに孫堅軍団の中核が形成されていた。

黄巾の乱が勃発すると、後漢正規軍のリーダーの一人、朱儁は勇名高い孫堅を自軍の司馬《しば》

（属官）に任じ、血気あふれる孫堅は千人余りの軍団を率いて馳せ参じる。孫堅自身も剛勇無双だが、もともと腕に覚えのある無頼の荒くれ者から成る孫堅軍団のつよさは並みはずれていた。

親分の孫堅が率先して城壁を乗り越え、黄巾軍に占領された町に突入するや、つづいて荒くれ軍団が猛攻を加えるという具合で、まったく向かうところ敵なしだった。

ちなみに、孫堅自身は曹操に比べれば格段に位は低いものの、まずは後漢正規軍の小幹部に位置づけられる。しかし、彼の率いる荒くれ軍団は私兵であり、孫堅はいわば私兵軍団を率いて黄巾討伐に参戦し、多大なる戦果をあげたといえよう。

只者ならぬ雰囲気——劉備

同じく黄巾の乱討伐を機に世に出たとはいえ、劉備あざな玄徳《げんとく》はエリートの曹操や、まがりなりにも正規軍に繋がる孫堅とは異なり、文字どおり無位無官、後漢王朝の義勇軍募集に応じて参戦しており、三人のうちもっとも条件がわるかった。

劉備は真偽のほどは定かでないが、前漢第六代皇帝、景帝《けいてい》（前一五七—前一四一在位）の子、中山靖王《ちゅうざんせいおう》劉勝《りゅうしょう》の子孫だとされる。しかし、劉備が生まれたころには涿《たく》県（河北省涿州市）の生家はすっかり没落し、幼くして父を亡くした彼は母とともにワラジや蓆《むしろ》を作っては売りに出す、極貧の暮らしだった。それでも十五歳のとき、親類に学資を出してもらって、同郡出身の盧植《ろしょく》（?—一九二）のもとで学ぶ。ここでのちに群雄の一人となる公孫瓚《こうそんさん》（?—

一九九）と同門となり、親交を結ぶ。

ただ、「先主《せんしゅ》（劉備を指す）は読書がそんなに好きでなく、犬、馬、音楽を好み、衣服を美々しくととのえていた」（『三国志』「先主伝」）とされるように、もともと劉備は学問が不得手で遊び好き、派手な遊侠型の人物だった。

ちなみに、はるか古代から鬼面《きめん》人を驚かす派手な衣装は遊侠の属性にほかならない。かの

劉備

孔子の高弟子路《しろ》も孔子に弟子入りするまでは遊侠であり、「おんどりの羽を冠につけ、豚皮を腰の剣の飾りにする」(『史記』「仲尼弟子列伝《ちゅうじていしでんれつでん》」)という、けばけばしい出で立ちだったとされる。

劉備は服装のみならず、「身長七尺五寸、手を下げると膝までとどき、ふりかえると自分の耳を見ることができた」(「先主伝」)と、極端に長い手、異様な大耳と、体つきも目立ってはなばなしかった。しかし、「口数は少なく、よく人にへりくだり、喜怒を表に出さず、好んで天下の『豪侠《ごうきょう》』と交わったので、若者たちが争って彼に近づいた」(同上)という。只者ならぬ雰囲気を備えた劉備には、すでに存在するだけで人をひきつけるところがあったことがわかる。

ここで、陳寿《ちんじゅ》著『正史三国志』は、劉備が「豪侠」との交際を好んだとは記しているものの、劉備自身が「侠」だったとは一言も述べていない。これは注目に値する。先述のように、曹操については若いころ「任侠放蕩」だったと記しているにもかかわらず、「遊侠」あるいは「任侠」的要素を歴然とそなえた劉備を、「侠」と規定しないのはなぜだろうか。

実は、『正史三国志』においては、曹操のほか「侠」と形容される人物は、なんとあの暴虐非道の董卓《とうたく》、箸にも棒にもかからないエセ群雄の袁術《えんじゅつ》等々なのである。すなわち、董卓については「少《わか》くして侠を好む」(「董卓伝」)とあり、袁術については「侠気を以《もっ》て聞こゆ」(「袁術伝」)とあるのだ。こうして見ると、少なくとも『正史三国志』で用いられる「侠」の字義には、「派手な暴力的ポーズで人を威嚇し、威勢をふるう」といったむしろ負性のニユアンスがあるといえよう。こうした暗黙の認識があるために、陳寿は劉備にはあえて「俠」の語を用いなかったとおぼしい。

桃園結義——関羽と張飛

『正史三国志』における独特の「俠」の字義はさておき、ここでは、春秋戦国以来の「一諾千金」、命がけで信義を守った、後漢末から三国時代にかけての、真の意味における俠者の軌跡をたどってみよう。前漢王朝の末裔という看板とはうらはらに、極貧のなかで成長しながら、不思議に人をひきつける魅力をもつ劉備の前に、やがてとてつもない二人の豪傑が出現する。関羽《かんう》（？—二一九）と張飛《ちょうひ》（？—二二一）である。

関羽は河東《かとう》郡解《かい》県（山西省臨猗《りんい》県）の出身だが、事件を起こして出奔、涿郡に流れついたとされる（「関羽伝」）。この出奔については、さまざまな民間伝承がある。故郷にいたとき、土地の娘を手ごめにしようとした太守の息子を殺害し、追っ手を振り切って逃げる途中、聖母廟《せいぼびょう》のかたわらの泉で顔を洗ったところ、顔が真っ赤に変色し、おかげで見破られずに逃げ切れたという話も、その一つである。

大歴史小説『三国志演義』は、関羽の猛々しい風貌について、「身長九尺、顎《あご》ヒゲの長さ二尺、重棗《ちょうそう》（熟したナツメ）のような赤い顔、紅をさしたような赤い唇、鳳凰の眼に蚕のような眉。姿かたちは堂々とし、凜々たる威厳に満ちあふれている」（第一回）と描写している。ここに見える関羽のトレードマークともいうべき「重棗のような赤い顔」のイメージ

関羽

張飛

は、古くからの民間伝承を踏まえて形づくられたといえよう。

一方、張飛は劉備と同じく涿郡出身だが、『正史三国志』の本伝は、その生家や生業、さらに風貌等々についてまったく言及しない。これまた民間伝承によれば、春秋戦国以来の多くの任侠と同様、精肉業と関わりがあり、生家はそう貧しくなかったようだ。また、その風貌については、宋元の語り物や戯曲で流布した、荒々しくも素っ頓狂なイメージを受け継ぎ、『演義』は、「身長八尺、豹《ひょう》のような頭にドングリ眼《まなこ》、燕のような顎に虎ヒゲ、雷のような大音声、暴れ馬のような勢いがある」（第一回）と描写している。

『演義』では、いずれ劣らぬ人目をひきつける異相の持ち主である劉備、関羽、張飛の三人が、くしくも涿郡でめぐりあうや、たちまち意気投合して、張飛の家の桃園で天地の神々を祭り、次のように義兄弟の契りを結ぶ。「われら劉備・関羽・張飛の三人は、姓を異にするとはいえ、すでに義兄弟の契りを結んだ以上、心を一つにし力を合わせて、困難な状況にある者を救い危険な状態にある者を助け、上は国家に報い、下は民衆を安らかにしたい。同年同月同日に生まれなかったことは是非もないとしても、ひたすら同年同月同日に死なんことを願う（以下略）」（第一回）。「桃園結義《とうえんけつぎ》」の名場面である。これはまさに、生死をともにすべく、「固めの盃」をかわす任侠の「神聖な儀式」にほかならない。

『正史三国志』には、これほど直接的な叙述は見られない。しかし、「関羽伝」に「先主《せんしゅ》（劉備）が故郷で徒党を糾合したとき、張飛とともにその護衛にあたった。（中略）劉備は二人と同じ寝台にやすみ、兄弟のような恩愛をかけた」とあり、また「張飛伝」に、「若いときに関羽とともに先主に仕えた。関羽が数歳、年長であったので、張飛は兄として彼に仕えた」とあるのを考えあわせると、彼ら三人は兄弟同然、侠の精神にもとづく絶対的な信頼関係で結ばれていたことは明らかである。

千人余の私兵軍団と北方異民族の騎兵を引き連れて

こうして固い契りを結んだ三人は、まもなく付近の若者を集め、急ごしらえの軍団を編成して、後漢王朝の黄巾討伐義勇軍の募集に応じ、乱世に乗り出してゆく。軍団を立ちあげるには資金が必要だが、幸い馬商人の張世平《ちょうせいへい》と蘇双《そそう》なる者が、劉備を傑物だと見こんで多額の資金を出してくれたため、人を集め軍備をととのえることができた（「先主伝」）。

寄せ集めのオンボロ無頼軍団を率いた劉備は黄巾討伐でそこそこの手柄を立て、安喜《あんき》県（河北省定州市東南）の尉《い》（警察署長）となる。無位無官から身分は低いとはいえ、ようやく官職についたわけだが、まもなく劉備主従はこの官職を放棄して逃亡する。たまたま視察にやってきた督郵《とくゆう》（上級機関である郡長官の属官）が鼻もちならない傲慢な男だったため、頭にきた劉備はこの督郵を縛りあげ、杖で二百回も打ちすえて半殺しにし、その首に官綬《かんじゅ》（官印をかけるヒモ）をぶらさげて、逐電してしまったのである。

ひたすら劉備を恩愛あふれる仁君として描く『演義』世界では、督郵を半殺しにする役割を暴れ者の張飛にふりかえているが、実際の劉備はここぞというときに力を爆発させる、凄みのきいた任侠型の人物だったことがわかる。

その後、劉備は転変を経て、かつての学友で、幽《ゆう》州（河北省）を根拠地とする群雄の一人となった公孫瓚《こうそんさん》と手を組み、公孫瓚と対立する袁紹《えんしょう》と戦ってしばしば戦功をあげ、平原《へいげん》（山東省平原県一帯）の相《しょう》（長官）にとりたてられる。興平《こうへい》元年（一九四）、徐《じょ》州（山東省から江蘇省にわたる地域）を支配する陶謙《とうけん》の配下に父を殺され激怒した曹操が徐州に猛攻をかけ、窮地に陥った陶謙は劉備らに救援を要請する。これを受けて劉備は千人余りの私兵軍団と北方異民族の騎兵を引き連れて、徐州に向かう。転変を繰り返すうち、劉備もかなり強力な自前の軍団を擁するようになっていたのである。

猛将に庇を貸して母屋取られる

猛将呂布《りょふ》（？——一九八）が根拠地の兗《えん》州（河南省東北から山東省西部にわたる地域）に攻めこんできたため、足元に火がついた曹操はまもなく撤退するが、おりしも重病にかかった陶謙は、「劉備でなければ、この州を安定させることはできない」と、劉備に徐州の支配権を譲ろうとする。やはり劉備にはよほど人を引きつける不思議な魅力があったと見える。

しかし、以後もしばしばそうなのだが、劉備は他人の土地を奪い取ることをやみくもに忌避し、何度も辞退したあげく、ともに徐州救援に来ていた北海《ほっかい》の相《しょう》、孔融《こうゆう》に「天の与うるに取らざれば、悔ゆるも追う可《べ》からず（天が与えた機会なのに取らなかったならば、後悔しても追いつきませんぞ）」と発破をかけられ、ようやく承知した。

ともあれ、底辺から這いあがった劉備は、この時点で僥倖に恵まれて徐州の支配者となり、押しも押されもしない群雄の一人となった。しかし、それも長くはつづかなかった。曹操に撃破され、徐州に逃げこんできた呂布をうかうか受け入れたために、まさに庇《ひさし》を貸して母屋を取られ、せっかく手に入れた根拠地徐州から追い出されて、またも流転の身となるのである。

三国志世界でも屈指の猛将呂布はもともと後漢王朝を実質的に滅ぼした董卓《とうたく》の養子だった。話はさかのぼるが、中平六年（一八九）、霊帝が死去し幼い少帝《しょうてい》が即位すると、少帝の叔父にあたる何進《かしん》が実権を掌握し宦官派の一掃をもくろんだ。後漢王朝の宿痾ともいうべき宦官と外戚の主導権争いである。

何進は袁紹《えんしょう》（?—二〇二）ら朝廷の高官と結託する一方、涼州《りょうしゅう》（甘粛省を中心とする地域）を根拠地とする獰猛な軍閥董卓に協力を要請、これに応じて董卓は精鋭部隊を率い洛陽郊外まで進撃した。しかし、宦官一掃のクーデタ計画は未然に発覚し、何進は宦官に殺害されるが、この情報を得た袁紹らは宮中に突入し、宦官を皆殺しにしてしまう。この大混乱に乗じて、董卓は一気に洛陽を制圧、暴虐の限りを尽くした。

洛陽を脱出した袁紹や曹操らはそれぞれ軍団を組織して董卓討伐連合軍（盟主は袁紹）を結成したものの、なかなか足並みがそろわない。その間、董卓は少帝を退位させ異母弟の献《けん》帝（一八九—二二〇在位）を即位させたうえ、洛陽から長安（陝西省西安市）に遷都を強行するなど、その専横はエスカレートする一方だった。しかし、董卓の悪運もやがて尽きるときがくる。初平《しょへい》三年（一九二）、剛勇を見こんで養子にした呂布に殺害されたのだ。董卓の死後、いよいよ袁紹、曹操ら群雄がしのぎをけずる大乱世開幕のはこびとなる。

劉備一筋の関羽

劉備が徐州の主になったのは、董卓の死の二年後だった（興平元年＝一九四）。ここで、武勇は抜群だが知力に欠ける呂布が、董卓の残党に蹴散らされて長安から逃亡、転々としたあげく、曹操の根拠地兗州に攻めこんで撃退され、劉備のもとに逃げこんでくるのである。厄病神のような呂布を受け入れたために、せっかくの根拠地を失った劉備は進退きわまって、曹操のもとに駆けこみ救援を求めるにいたる。曹操も弱小群雄の張繡《ちょうしゅう》に不覚の惨敗を喫するなど、多事多難であり、ようやく徐州に総攻撃をかけて手ごわい呂布を討ち取ったのは、建安三年（一九八）末のことだった。

呂布滅亡後、劉備主従はいったん曹操とともにその根拠地許《きょ》（河南省許昌市）に帰還した。しかし、劉備は翌年、袁術討伐を口実に許を離れて徐州にもどり、曹操が任命した徐州刺史《しし》の車冑《しゃちゅう》を殺害して自立する。曹操はこの恩を仇で返すやりくちに激怒して、劉備に猛攻をかけ、これを境に曹操と劉備は不倶戴天の仇敵となるのである。翌建安五年（二〇〇）、曹操の猛攻を受けた劉備はこてんぱんに撃破され、妻も臣下も見捨てて、単身、袁紹のもとに逃げこむ体たらくだった。このとき、下邳《かひ》を死守していた関羽は取り残され、やむなく曹操に降伏、捕虜となる。

剛直な武将が大好きな曹操は関羽に惚れこみ、これを機に、なんとか彼を傘下に収めようと贈り物攻めにするなど、親切の限りを尽くした。しかし、関羽はかねて因縁の深い曹操傘下の部将張遼《ちょうりょう》に、「曹公が私を厚遇してくださるのは、よく知っていますが、しかし、私は劉将軍から厚い恩誼を受けており、いっしょに死のうと誓った仲です。あの方を裏切ることはできません。私は絶対に留まりませんが、曹公に恩返ししてから立ち去るつもりです」(関羽伝)と断言し、テコでも劉備一筋の態度を変えようとはしなかった。

その言葉どおり関羽は、曹操と袁紹の天下分け目の「官渡《かんと》の戦い」の前哨戦にあたる「白《はく》馬《ば》の戦い」で、袁紹の猛将顔良《がんりょう》を討ち取り、これを置き土産にして曹操に別れを告げ、居場所の判明した劉備のもとへ向かう。その心意気に感動した曹操は、追撃しようとする配下を制止して、「彼は彼なりに主君のためにしているのだ。追撃してはならない」と言い、立ち去るがままにさせたのだった。上り坂の曹操をきっぱり袖にし、何の展望もなくただ逃げまどうだけの劉備に、思いこんだら命がけ、信義を立て通す関羽の姿は、まさに俠の論理、俠の精神の化身というほかない。また、袖にされながら、一途な関羽に心うたれ、思うままにさせた曹操もさすがであり、姦雄呼ばわりされる彼の爽快な一面をうかがわせる。

付言すれば、『演義』はこの一幕に盛大な虚構を加え、曹操のもとを立ち去った関羽は、劉備の二人の夫人を守りながら、行く手を阻む曹操側の五つの関所を突破、六人の守将を血祭りにあげる壮絶な逃避行を敢行したとする。「美髯公《びぜんこう》　千里　単騎を走らせ、漢寿侯《かんじゅこう》　五関に六将を斬る」(第二十七回)の名場面である。

正史には、劉備の二夫人が関羽とともに曹操のもとにいたという記述も、関羽が関所破りをした記述というも、いっさい見られない。しかし、阿修羅のように荒れ狂い、ひたすら劉備のもとへ急ぐ関羽の姿を描くこのくだりが、小説『三国志演義』の大いなるハイライトであることは論をまたない。

劉備、曹操に粉砕される

それはさておき、曹操と訣別した関羽はまもなく汝南《じょなん》（河南省平輿県北）で、袁紹のもとを脱出した劉備、および徐州陥落後、行方をくらましていた（『演義』では山賊になっていたとする）張飛と首尾よくめぐりあう。さらに、かねて劉備に心酔していた趙雲《ちょううん》（？—二二九）も合流し、ここに劉備軍団の中核メンバーがせいぞろいする。

ちなみに、趙雲はこの十年余り前に、劉備と出会ったが、当時は公孫瓚の部将であり、劉備の傘下に入ることはできなかった。建安四年、公孫瓚が袁紹に滅ぼされたため、ようやく念願かない、ここに天下晴れて劉備配下の部将となったのである。いずれも一徹な侠の精神の体現者であるこれらの配下とは異なり、劉備は変転する状況のなかで、節操もへったくれもなく、昨日の敵は今日の友とばかりに、公孫瓚、曹操、袁紹と実力者の間を渡り歩き、なんとか生きのびてきた。しかし、頼もしい配下と再会し、態勢を立て直した直後、劉備を決定的に追いつめる事態が発生する。

建安五年十月、曹操は劣勢をくつがえして、官渡の戦いでライバル袁紹の大軍を壊滅させ、華北の覇者となった。翌年、曹操は汝南で勢力を拡大しはじめた劉備を攻撃し、こっぱみじんに粉砕した。こうして曹操の天下となった華北から弾きだされた劉備主従は、荊《けい》州（湖北省）の支配者劉表《りゅうひょう》に身を寄せる羽目となる。

三顧の礼——劉備、諸葛亮に出会う

荊州に身を寄せた劉備は、以後、建安十二年（二〇七）まで六年にわたって鳴かず飛ばずの状態がつづく。劉表ははじめのうちこそ軍勢をふやして新野《しんや》に駐屯させるなど、厚遇してくれたものの、劉備が勢力を拡大するにつれ、しだいに警戒心をつのらせる。長年、馬に乗って戦場に出る機会がないため、髀《もも》に肉がついてしまったと、劉備が「髀肉《ひにく》の嘆《たん》」を発したのは、この時期のことだ。こうして長らく空しい居候生活をつづけた劉備にやがて大きな転機がおとずれる。「臥龍《がりょう》」と称される荊州の逸材諸葛亮《しょかつりょう》（一八一—二三四）との出会いである。

諸葛亮あざな孔明《こうめい》は琅邪《ろうや》郡陽都《ようと》県（山東省沂南県南）の出身だが、幼くして父を失い、叔父の諸葛玄《しょかつげん》について江南に渡り荊州に移り住む。長兄の諸葛瑾《しょかつきん》（一七四—二四一）は早くから呉の孫氏政権に仕えたが、諸葛亮は世に出ず、叔父の死後、隆中《りゅうちゅう》（湖北省襄樊《じょうはん》市付近）で隠遁生活を送っていた。しかし、その抜群の政治的センスは知る人ぞ知る、荊州土着豪族の黄承彦《こうしょうげん》が惚れこんで娘を嫁がせるほどだった。

劉備のもとには、関羽、張飛、趙雲のような一騎当千の部将はそろっていたが、いかんせん、全体状況を見わたし戦略を立てる有能な軍師がいなかった。このため、ただ場当たり的に戦うだけで、展望を切り開くことができず、ずるずると下降する一方だった。

そんなおり建安十二年（『演義』では十三年）、諸葛亮の存在を知るや、劉備は猛然と行動を開始する。正史「諸葛亮伝」に「（劉備は）およそ三度の訪問のあげく、やっと（諸葛亮に）会った」とあり、また後年、諸葛亮自身が著した「出師《すいし》の表《ひょう》」に、「三たび臣を草廬《そうろ》に顧み」云々とあるように、劉備は「三顧《さんこ》の礼」を尽くして、ようやく諸葛亮と対面することができた。その熱意に心を動かされた諸葛亮は、滔々《とうとう》と自説の「天下《てんか》三分《さんぶん》の計」を説き、劉備のとるべき道を示唆する。これを聞いて、目からウロコが落ちた劉備の懇請を受け、諸葛亮はついに劉備の軍師となった。

諸葛亮の獲得はまさに劉備の一世一代の賭けだった。彼は何とかわが道を切り開くべく、なりふりかまわず、不屈の意志をもって三顧の礼を敢行した。それまで譲りつづけ、逃げつづけてきた劉備は不退転の熱意をもって諸葛亮と向き合い、その意気に感じた諸葛亮もまた不遇のどん底の劉備と死生をともにする決断をする。まさしく俠の心意気である。

以来、諸葛亮は寸土も持たない劉備のために知恵の限りを尽くして、数々の難局を乗り越え、ついに三国の一つ蜀王朝を立て、劉備を皇帝にまで押しあげた。蜀の章武《しょうぶ》元年（二二一）四月、諸葛亮が劉備の軍師となってから十四年後のことである。自分より二十も若い諸葛亮を全面的に信頼して存分に腕をふるわせた劉備も只者ではないが、その信頼にこたえた諸葛亮の才能と力量にはまさに想像を絶するものがある。

劉備の遺言

しかし、劉備は無比の軍師諸葛亮の大活躍によって、ようやくわがものとした帝位に安閑とおさまっていることができなかった。義弟の関羽が、蜀王朝成立の二年前にあたる建安二十四年（二一九）、孫権に殺害されたことに対する憤激で、いても立ってもいられなかったのである。

ちなみに、関羽は、建安十九年、諸葛亮、張飛、趙雲ら劉備軍団の主要メンバーがすべて蜀に進撃した後も（劉備はこの三年前に入蜀）、劉備側の軍事責任者として荊州に残留し、荊州北部を支配する曹操および荊州東南部を支配する呉の孫権の勢力と対峙しつづけた。建安二十四年、荊州北部の樊《はん》に駐屯する曹操軍団きっての猛将曹仁《そうじん》が南下の構えを見せたため、関羽は先手を打って北上し曹仁に猛攻をかけた。当初、関羽の勢いには当たるべからざるものがあったが、呉の軍事責任者である呂蒙《りょもう》（一七八―二一九）の計に翻弄されたうえ、曹操と孫権が手を組んだために、けっきょく挟み撃ちにされたあげく、孫権に生け捕りにされ殺害されるにいたった。

無惨な最期を遂げた関羽のことを思いつづけ、鬱々として楽しまなかった劉備は、即位の二か月後（蜀の章武元年六月）、趙雲ら重臣の反対を押し切り、関羽の報復を期して呉に出撃する。もう一人の義弟張飛はむろん「すわ、出陣だ」と勇みたつが、なんとその矢先、恨みをもつ部下に暗殺されてしまう。劉備は悲嘆にくれつつも、この不吉な前兆をはねのけて呉に攻めこむが、案の定、呉の知将陸遜《りくそん》（一八三―二四五）にさんざんに打ち破られ、翌章

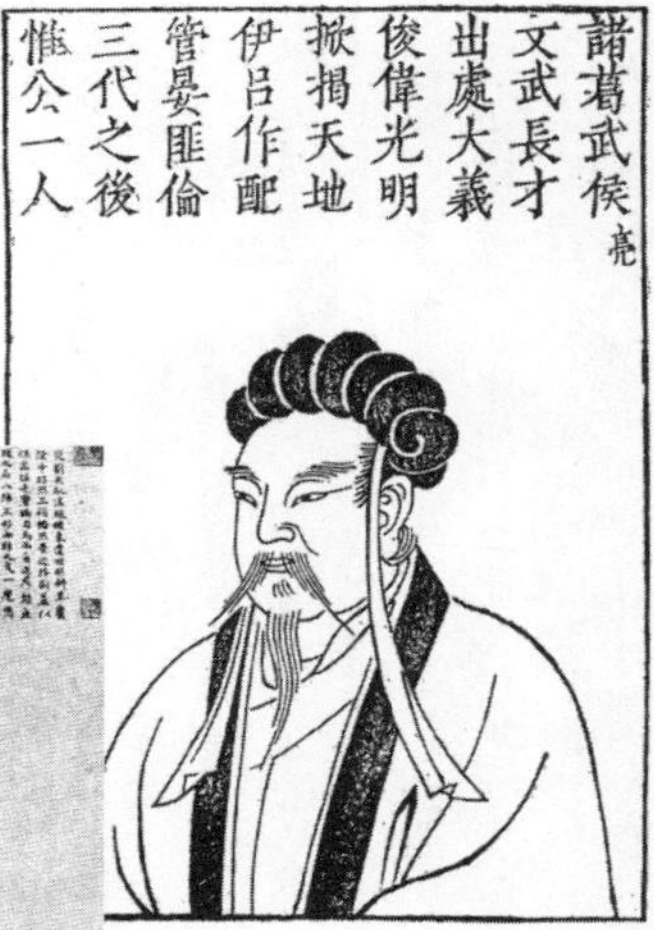
諸葛武侯亮
文武長才
出處大義
俊偉光明
掀揭天地
伊呂作配
管晏匪倫
三代之後
惟公一人

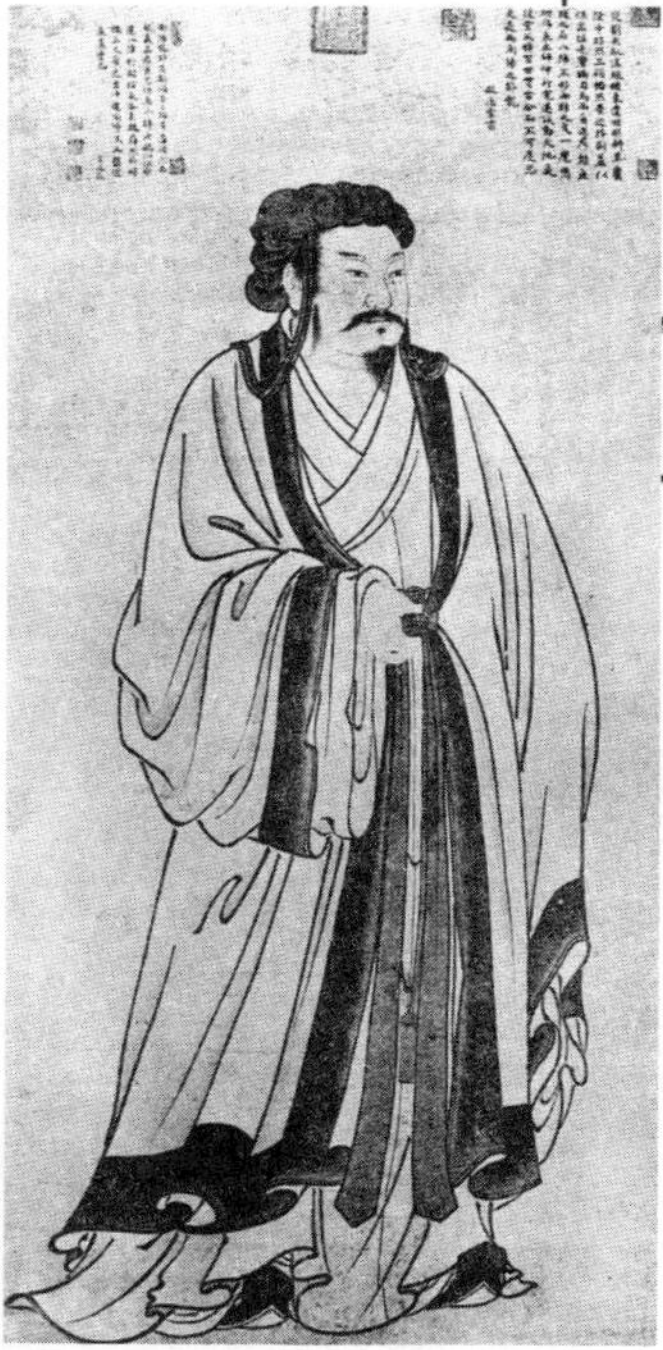

諸葛亮（上下とも）

武二年、ほうほうのていで敗走し、命からがら白帝城《はくていじょう》(四川省奉節県)に逃げこむしまつだった。

こうして結果は大失敗だったものの、関羽を殺した孫権への復讐の一念に凝り固まった、劉備の呉出撃は明らかに侠の精神、侠の論理にもとづくものである。皇帝になったことより、死なばもろともと、固い契りを結んだ関羽や張飛との関係性を論議の余地なく重視し、しゃにむに呉へ攻めこむ劉備はまさに侠のなかの侠、表看板の仁愛あふれる君主のイメージをかなぐり捨てて、旗あげ当初の荒々しい無頼のリーダーに立ちもどった感がある。

白帝城に逃げこんだあと、劉備はしだいに体調を崩して再起不能となり、諸葛亮に後事を託して絶命するにいたる。蜀の章武三年(二二三)四月、時に劉備六十三歳。臨終にあたり、劉備はこう諸葛亮に遺言する。

君の才、曹丕《そうひ》に十倍す。必ず能《よ》く国を安んじ、終《つい》に大事を定めん。若《も》し嗣子《しし》輔《たす》く可《べ》くんば、之《これ》を輔けよ。如《も》し其れ不才ならば、君自《みずか》ら取る可し(君の才能は曹丕の十倍はあり、きっと国家を安んじ、最後には大事業を成し遂げることができよう。もし後継ぎが輔佐するに足る人物ならば、これを輔佐してやってほしい。もし才能がないならば、君が国を奪うがよい)。(「諸葛亮伝」)

「人の将《まさ》に死なんとするや、其《そ》の言や善し」(『論語』泰伯篇《たいはく》)というけれども、この劉備の遺言もまた、いかにも度胸満点、凄みを帯びた迫力がある。劉備は後継ぎの劉禅《りゅうぜん》が不肖の息子であることを百も承知でありながら、諸葛亮ならきっと信頼を裏切らないだろうと確信して、率直に本音をさらけだし、すべてをゆだねたのである。

これに対して、諸葛亮は涙ながらに、「臣敢《あ》えて股肱《ここう》の力を尽くし、忠貞の節を効《いた》し、之に継ぐに死を以てせん（私は心から股肱の臣としての力を尽くし、忠義と貞節を捧げ、最後には命を捨てる覚悟です）」（「諸葛亮伝」）と誓う。この言葉どおり、諸葛亮は劉備の全面的な信頼にこたえ、みずからの死にいたるまで、愚かな後継者劉禅を誠実に輔佐しつづけた。ここに見られるのは、主従関係というより、二人の大いなる男、劉備と諸葛亮の間に結ばれた絶対的な信頼関係、すなわち俠の精神の共鳴にほかならない。

三国志世界において、俠の論理、俠の精神を体現した存在として突出しているのは、なんといってもこの劉備、関羽、張飛、そして諸葛亮である。この劉備グループと比べれば、曹操や孫権の場合は、かなり様相を異にする。

華北の覇者へ——曹操と荀彧

曹操が華北ひいては北中国を制覇し、最大の実力者となることができたのは、智謀すぐれた軍師荀彧《じゅんいく》（一六三—二一二）によるところ大であった。

荀彧は清流派知識人の拠点の一つ、潁川郡《えいせんぐん》（河南省許昌市を中心とする地域）の出身である。潁川の荀氏一族には清流派の名士が多く、各地の清流派と広く繋がりがあった。名声高

荀彧

い荀氏一族の若きホープだった荀彧は当初、戦乱を避け、一族を引き連れて冀《き》州（河北省）へ移住し、冀州を支配したばかりの袁紹《えんしょう》に身を寄せた。しかし、袁紹は大事を成し遂げる器ではないとすぐに見切りをつけ、当時、東郡《とうぐん》（河南省濮陽県南）を拠点としていた曹操のもとへと移る。初平《しょへい》二年（一九一）のことである。荀彧を得た曹操は、「吾《わ》が子房《しぼう》（前漢の高祖劉邦《りゅうほう》の名軍師張良《ちょうりょう》のあざな）なり」と、大喜びしたのだった。

先述したように、若くして清流派名士から、乱世向けの逸材として高く評価された曹操はその後も、終始一貫して反宦官派の旗幟《きし》を鮮明にしつづけた。こうした態度が、頼みがいのある存在として、清流派の曹操評価をますます高めたのはいうまでもない。だからこそ、清流派のサラブレッド荀彧も逡巡することなく曹操の傘下に入る決断をしたのであろう。曹操にとって幸いだったのは、荀彧を得たことにより、その推薦で荀攸《じゅんゆう》（荀彧の従子《おい》）、鍾繇《しょうよう》、郭嘉《かくか》をはじめ、清流派の優秀な人材が続々と傘下に入ったことだった。こうして強力な頭脳集団、ブレーンを有した曹操は、早くから軍事のみならず政治的かつ経済的な基盤をもつ政権を築くことができた。

荀彧らブレーンは次々にめざましい戦略によって、曹操を華北の覇者に押しあげていった。まず建安元年（一九六）、荀彧は「董卓の乱」後、流転をつづけ、ようやく洛陽にもどった後漢の献帝を、曹操の根拠地である許に迎えその後見人になるよう進言、曹操は見通しよくこれに従う。こうして錦の御旗をかついだ曹操は、袁紹ら群雄に画然とした差をつけた。鮮やかな政治的アクロバットというほかない。ちなみに、この時点で首都となった許は、荀彧の出身地でもある。

ついで建安五年、「官渡《かんと》の戦い」において、曹操は奇襲戦法を駆使し、数のうえでは圧倒的優勢に立つ袁紹の大軍を殲滅し、名実ともに華北の覇者となる。この「官渡の戦い」において、戦いが長引き膠着状態になって、兵糧も底をつきかけ、参った曹操は許で留守をあずかる荀彧に手紙をとどけて、撤退したいと弱音を吐く。すると、荀彧は「此《こ》れ奇策を用うるの時、失う可《べ》からず（今こそ奇策を用いる時です。逃してはなりません）」（「荀彧伝」）と発破をかける。これによって気をとりなおした曹操は、袁紹の食糧基地に奇襲をかけたのを手始めに、その大軍をこっぱみじんに粉砕した。こうして官渡の戦いに奇跡的大勝利を得るまでが、曹操と荀彧の関係性のもっとも緊密な黄金時代だった。

総大将と軍師の関係

今しばらく曹操の軌跡を追えば、攻勢をつよめた曹操は、建安九年（二〇四）、袁氏一族の根拠地鄴《ぎょう》（河北省臨漳県西南）を陥落させた後（袁紹はこの二年前に病死）、みずから軍勢を率いて北方に遠征、袁氏の残党を徹底的に追撃し、建安十二年（二〇七）、ついにこれを完全に滅ぼして、北中国全体を制覇した。勢いに乗った彼は翌建安十三年、天下統一をめざし、公称百万の大軍を率いて南下する。

しかし、「赤壁《せきへき》の戦い」で周瑜《しゅうゆ》（一七五―二一〇）の率いるわずか二万の呉軍に殲滅され、ほうほうのていで逃げ帰る羽目になる。予期せぬ大敗を喫し、天下統一の野望は頓挫したものの、政治・文化の中心である先進地帯の華北、ひいては北中国を支配する曹操の優位は小揺るぎもせず、立ち直りの早い曹操は以後ますます威勢をふるう。

こうした曹操の軌跡を通してみると、実のところ、苦戦の連続であった北方遠征において、曹操と苦楽をともにし、臨機応変の戦略を立てて勝利に導いた最大の功労者は、曹操にいたく愛された参謀の郭嘉であり、最良の軍師荀彧は留守をあずかる役割にまわり、行をともにしていない。惨憺たる敗北に終わった赤壁の戦いのさいも事情は同じだった。

つまるところ、官渡の戦い以来、つねに総大将の曹操がみずから出陣し、軍師たる荀彧は後方でしっかり留守をあずかるというパターンだったのである。戦場慣れした曹操と戦場に出ない知恵袋の荀彧という、役割分担がうまく機能している間は問題ないが、一つ歯車が狂いだすとこじれる一方、修正不能となってしまう。

察するところ、予期せぬ大敗を喫した赤壁の戦いあたりから、曹操と荀彧の間の雲行きが怪しくなりだしたとおぼしい。『正史三国志』「荀彧伝」も、建安十三年、曹操が南下したさい、荀彧の意見に従って進軍のルートを定めたと記すのみで、以後の経緯にはまったく言及せず、数年の空白をおいて、曹操の魏公昇格に荀彧が反対した事件（後述）の記述に移る。実はこの空白の時間にも、曹操は西涼《せいりょう》（甘粛省を中心とする地域）や江南に向けてたびたび出陣しており、この間、荀彧がどうしていたのか不明なのも、妙といえば妙だ。

軍師・荀彧との悲劇的訣別

さて、赤壁の敗北など歯牙にもかけず、ますます意気軒昂となった曹操はしだいに権力欲をむきだしにし、建安十七年、皇帝の座を射程に入れつつ、まず魏公になろうとする。これに対し敢然と異を唱えたのが荀彧である。

その反対の主旨は、「（曹操が）義兵を起こしたのは、もともと朝廷を救い国家を安定させるためであり、けっして利益を求めてのことではないゆえ、そんなことをするのはよろしくない」というものだった。彼は、曹操があくまでも後漢王朝の後見人であることを期待したのである。ちなみに、荀彧の出身母胎である清流派グループの基本姿勢は、皇帝を取り巻く悪しき宦官派を排除し、混乱を収束させようとするものであり、もともと後漢王朝じたいを否定する発想はない。

この改良主義的な皇帝擁護、後漢擁護の清流派精神を受け継ぐ荀彧と、正面切って自己権力拡大を打ちだした曹操の考え方の根本的相違が、やがて悲劇を生む。この年（建安十七年）、曹操の不興を買った荀彧は追いつめられて服毒自殺するのである。荀彧の死の翌年、

赤壁の戦い（『三国志演義』）

曹操は魏公となり、三年後の建安二十一年、さらに魏王に昇格、皇帝の座にあと一歩と迫る。

最悪の結果に終わった曹操と軍師荀彧の関係は、劉備と諸葛亮の「俠の精神」にもとづく全人格的信頼関係とおよそ対照的なものである。先にも述べたように、たしかに曹操は清流派名士に認められた若き日以来、意識的に清流派寄りのスタンスをとりつづけ、清流派のホープ荀彧を軍師に得たときは、わが事成れりと大喜びした。

しかし、曹操は類まれな知性をもつ荀彧を、自分に役立つ有能な人材として高く評価したのであり、けっして存在まるごと全面的に受け入れたわけではない。一方、荀彧のほうも、曹操に理屈抜きで惚れこみ、生死をともにしようとしたのではなく、彼には乱世をおさめる稀有の知力と軍事的才能があると判断し、尽力する決心をしたのである。彼らの関係性の核になったのは、それぞれの立場における有効性を最重視する乾いた知的認識であり、そこには、意気に感ずといった任俠的かつ情緒的な要素は見られない。

曹操と他の文官ブレーンの関係性も、荀彧の場合と大同小異、基本的に有効性の論理にもとづく主知的なものだった。これに対して、旗あげ当初から行をともにした曹仁《そうじん》（曹操の従弟）、曹洪《そうこう》（曹操の従弟）、夏侯惇《かこうとん》（曹操の父の従子《おい》）、夏侯淵《かこうえん》（夏侯惇の族弟）ら血縁の部将や、命がけで曹操を守った典韋《てんい》、許褚《きょちょ》ら側近の猛将との関係性にはたしかに主情的な一体感が見られはする。しかし、せんじつめれば、曹操と血縁の部将との間にあったのは、運命共同体としての強固な同族意識であり、側近の猛将との間にあったのは、強い紐帯で結ばれた縦の関係、つまりは主従関係である。総じて曹操は冷徹な知性の人であり、文武を問わず、配下との関係性も主情的な俠の精神、俠の論理とは無縁だったといえよう。

孫策・孫権と周瑜・魯粛など

孫策（一七五―二〇〇）・孫権（一八二―二五二）兄弟の父孫堅は先述したとおり、もともと任俠肌の地方ボスであり、並はずれた腕っぷしのつよさによって、江南で名をあげた人物である。黄巾の乱が勃発するや、孫堅は朝廷のお召しに応じ、荒くれ私兵軍団を率いて駆けつけ大奮戦した。そんな孫堅と荒くれ軍団の中核を成す程普《ていふ》・黄蓋《こうがい》・韓当《かんとう》は、死生をともにする固い信頼関係、つまりは俠の精神によって結ばれていた。

その後、孫堅は董卓討伐連合軍が組織されたときも率先して参加、大活躍した。しかし、まもなく群雄の一人で、何かと因縁の深い袁術《えんじゅつ》の指示によって荊州に攻め寄せ、支配者劉表の部将黄祖《こうそ》と対戦中、不慮の死を遂げた。なお、孫堅の没年については、初平二年（一九一）、三年、四年など諸説があり、一定しない。

こうして孫堅が死んだ後も、固い絆で結ばれた配下の程普・黄蓋・韓当らは「宿将」として、孫堅の長男孫策、二男孫権を誠実に支えつづけ、俠の精神を堅持しつづける。

孫堅の死後、長男の孫策はまだ十代の少年だった。初平元年、孫堅が董卓討伐に出陣したとき、孫策は母や弟を連れて舒《じょ》（安徽省廬江県西南）に移住、ここで生涯の盟友周瑜と出会う。周瑜の一族からは代々、高官が出ており、この地方きっての名門だった。たまたま同じ年だったこともあって、孫策と周瑜はたちまち意気投合し、周瑜は自家の所有する日当たりのいい大きな屋敷に孫策一家を住まわせて、ひんぱんに往き来し、孫策の母からも息子同然の扱いを受けるようになる。

孫策一家はまもなく舒を去り、移住を繰り返すが、孫策と周瑜が少年時代に育んだ友情は、やがて大きな実を結ぶ。興平元年（一九四）、二十歳になったとき、孫策は袁術の拠点寿春《じゅしゅん》（安徽省寿県）に赴き、袁術の傘下に入ることを条件に、父の死後、あずけてあった軍団を返してもらう。おそらくこの時点で、程普・黄蓋・韓当も孫策のもとにもどったのであろう。

軍団はとりかえしたものの、まもなく孫策は狡猾な袁術に愛想をつかし、なんとか自立すべく、混乱をきわめる江東《こうとう》平定を口実に袁術と交渉し、出撃する態勢をととのえる。かくて、父譲りの軍団、袁術から借り受けた軍勢、および孫策を慕ってつき従う者などを合わせ、総勢五、六千の軍勢を率いて、長江北岸の歴陽《れきよう》（安徽省和県）まで来たとき、孫策の挙兵を知った周瑜が手勢を引き連れて駆けつける。周瑜と再会した孫策は、「吾《わ》れ卿《けい》を得て諧《かな》う也（きみを得て、私の思いはかなった）」（「周瑜伝」）と大喜びしたのだった。

以後、孫策と周瑜は力を合わせて快進撃をつづけ、わずか二、三年のうちに江東制覇を成し遂げる。思いきり若いエネルギーを燃焼させた彼らの奮戦ぶりは爽快というほかない。こうして当面の目標を達成し、さらなる飛翔をめざす段階まで来たとき、孫策は刺客に襲われて瀕死の重傷を負い、弟の孫権に後事を託して死去するにいたる。時に建安五年（二〇

孫策

〇)、孫策はまだ二十六歳だった。孫策の死後、周瑜は率先して自分より七つも年下の孫権を守り立て、孫氏政権の維持、強化に努める。

むしろ同志的感情

ここに見られる孫策と周瑜の関係性もまた相互信頼にもとづくものである。しかし、彼らの結びつきの根底にあったのは、相手を対等な存在と見なし、その長所を認識したうえで芽生え、はぐくまれた「友情」もしくは「同志的感情」にほかならない。

ちなみに、周瑜は孫策の死後、曲阿《きょくあ》（江蘇省丹陽県）にいた友人の魯粛《ろしゅく》（一七二―二一七）が誘いを受け、長江を渡って北へもどり、鄭宝《ていほう》なる人物に身を寄せようとしたとき、次のように述べて、引きとめた。

孫権

昔、馬援《ばえん》は光武《こうぶ》に答えて云う、「当今《とうこん》の世は、但《た》だ君の臣を択《えら》ぶのみに非《あら》ず、臣も亦《ま》た君を択ぶ」と。今 主人は賢に親しみ士を貴《たつと》び、奇を納め異を録す（昔、馬援は光武帝に答えて、「当今の世では、主君が臣下を選ぶだけでなく、臣下も主君を選ぶのです」と言った。現在、わが主君〈孫権を指す〉は賢者に親しみりっぱな人物を尊重し、すぐれた才能をもつ者を招き任用しておられる）。（「魯粛伝」）

この言葉を聞いて納得した魯粛が出発を中止したため、周瑜はさっそく「この人物を失ってはならない」と、孫権に魯粛を推薦し、引き合わせた。孫権は一目で気に入り、以後、ブレーンとして厚遇したのだった。

この魯粛に対する言葉から、周瑜自身もまた、盟友孫策の弟だというだけで、理屈抜きに孫権に仕えたわけではなく、孫権が主君とするに足る器であり、彼のもとでなら自分も存分に力を発揮できると判断したうえで、率先して守り立てたことが読みとれる。こうした周瑜の姿勢は、後継ぎの劉禅が暗愚だと重々承知しながら、劉備との俠の精神にもとづく信頼関係によって、誠心誠意、その輔佐役をつとめた諸葛亮のそれとはおよそ異なるものである。

周瑜の判断に誤りはなかった。その後、彼は呉の孫権政権の軍事責任者として、赤壁の戦いで曹操の大軍を粉砕して奇跡的大勝利を遂げ、また荆州の領有権をめぐって諸葛亮と丁々発止の頭脳戦を展開しつつ、着々と蜀進撃の布石を打つなど、思う存分、腕をふるった。しかし、建安十五年（二一〇）、周瑜は志なかばで病に倒れ、自分の後任に魯粛をあてるよう遺言して、この世を去る。時に三十六歳。

周瑜の遺言を受け、後任の呉軍事責任者となった魯粛は臨淮《りんわい》郡東城《とうじょう》県（安徽省定遠県東南）の出身であり、もともと大資産家の御曹司だった。乱世のおりから、彼は盛大に財産をばらまき、田畑を売りに出して困窮した人々を救い、また、ひとかどの人物と交わりを結ぶことを求めた。このため、郷里ではたいへん人気があったという。一種、任侠あるいは義侠の典型のような人物だったのである。

周瑜は孫策と行をともにする以前、居巣《きよそう》県（魯粛の故郷、東城県の北）の長官になったことがある。彼は就任すると、さっそく評判の高い魯粛のもとに挨拶に出向き、同時に資金や食糧の援助を求めた。これに応じて魯粛は自家の二つある倉庫の一つを指さし、そっくり周瑜に与えた。倉庫一つにつき三千斛《こく》（一斛は十斗。一斗は約二リットル）の米が貯蔵されていたというから、なんとも気前のいい大盤振る舞いである。これに感じ入った周瑜は魯粛と親交を結び、死にいたるまで深く信頼しつづけた。

もっとも、彼らの人となりは、周瑜

周瑜

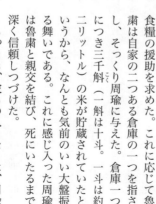

が攻撃的で激しやすいのに対し、魯粛はつねにのほほんと大らか、という具合に、まったく対照的であった。だから、劉備・諸葛亮側と孫権・周瑜の呉側でもつれにもつれた荆州問題も、周瑜が前面に出ていた間、呉側は非妥協的な対決路線をつらぬいたが、魯粛が後任になったとたん、穏やかな調整路線に転換し、けっきょく劉備側が実力で奪取した荆州南部を、呉が貸与するという形で決着した。こうして荆州問題が軟着陸したのも、魯粛が以前から劉備や諸葛亮に好意を寄せ、尽力したことによる。もともと任侠型の魯粛は、劉備主従が発散する侠の雰囲気に親近感を抱いたのかもしれない。

周瑜の後任となった七年後の建安二十二年、この魯粛も病没し、呉の軍事責任者は呂蒙《りょもう》に交代する。呂蒙は二年後の建安二十四年、猛威をふるった劉備側の荆州軍事責任者関羽を敗北させた直後、これまた病死し、陸遜《りくそん》が後任となる。呂蒙も陸遜もすこぶる有能だが、孫権子飼いの部将である呂蒙は、もともと孫権とは完全な縦型の主従関係にあり、一方、呉の有力豪族の出身である陸遜は、土着豪族連合体の性格をもつ呉政権において、主君とはいえ孫権との関係性にも微妙な距離があった。

こうして孫策と周瑜、孫権と周瑜および魯粛、さらに孫権と呂蒙および陸遜の関係のありかたをたどってみると、各種各様とはいえ、いずれの場合も手放しで相手に惚れこみ、全人格的に結びついたとは言いがたいところがある。

曹操と配下、孫策および孫権と配下との、もろもろの要素を含んだ関係性と比べてみると、劉備と関羽・張飛、劉備と諸葛亮の、全存在をかけた結びつきが、ますます突出したものとして浮かびあがってくる。後漢末から三国の乱世において、一途に俠の花を咲かせたのは、底辺から這いあがった蜀の劉備主従にほかならなかったのである。

2　流民軍団の長——西晋末から東晋初期

西晋から東晋への激動期

建安二十五年（二二〇）、曹操はついに皇帝にならないまま死去した。そのわずか九か月後、長男曹丕《そうひ》は後漢最後の皇帝献帝から型どおりの禅譲を受けて即位（文帝。二二〇―二二六在位）、魏王朝（二二〇―二六五）を立てる。翌年、劉備も即位して蜀王朝（二二一―二六三）を立て、孫権も呉王となり（正式に即位し、呉王朝を立てたのは、この八年後）、実質的に魏・蜀・呉の三国分立時代となる。

曹氏の魏王朝は代を重ねるごとに弱体化し、嘉平《かへい》元年（二四九）、諸葛亮のライバルだった司馬懿《しばい》（一七九―二五一）がクーデタを起こし実権を掌握した。

以後、司馬氏は司馬懿の長男司馬師《しばし》（二〇八―二五五）、二男司馬昭《しばしょう》（二一一―二六五）、司馬昭の長男司馬炎《しばえん》（二三六―二九〇）と、三代四人がかりで周到な簒奪計画を推し進め、泰始《たいし》元年（二六五）、司馬炎がこれまた禅譲の形式にのっとり魏を滅ぼして即位（武帝。二六五―二九〇在位）、西晋王朝（二六五―三一六）を立てる。

一方、蜀は頼りない劉禅をいただきながら、劉備の死後四十年、諸葛亮の死から数えても

司馬懿

司馬炎

約三十年もちこたえたが、魏滅亡の二年前、景元《けいげん》四年（二六三）、実力者司馬昭の支配下にあった魏軍の攻撃を受け、先んじて滅亡した。

唯一残った呉も、咸寧《かんねい》六年（二八〇）、西晋の攻撃を受けて滅亡、ここに魏・蜀・呉の三国はすべて滅び、西晋が中国全土を統一するにいたる。

しかし、魏王朝簒奪の過程で策謀の限りを尽くし、周到かつ残忍な手段で敵対勢力を排除して成立した西晋の全土統一は、けっきょく三十年余りしかつづかなかった。当初から根深い病根を抱えた西晋は、呉を滅ぼした時点から、武帝みずから奢侈と享楽に耽溺し、政権の中枢を担う貴族階層の間にも拝金主義が蔓延するなど、早くも退廃と崩壊の兆しがあらわれる。

ちなみに、曹操政権の中核をなした清流派知識人の子孫はしだいに世襲貴族化し、曹氏の魏から司馬氏の西晋へと王朝が交替しても、何事もなかったように政権の中心に位置しつづけた。こうして形成された貴族社会は、以後めまぐるしく王朝が交替した六朝時代を通じて基本的に維持されてゆく。

話が先走ったが、西晋の内部崩壊の兆しは、永熙《えいき》元年（二九〇）、武帝が死去し、無能の極みの息子恵帝《けいてい》（二九〇—三〇六在位）が即位したとたん顕在化する。権勢欲の権化である恵帝の妻賈后《かこう》が猛威をふるい、これに反発した諸王があいついで武装蜂起したのに端を発し、やがて諸王の間で奪権闘争が激化、泥沼の血肉間抗争がうちつづく。えんえん十数年にわたった、この「八王《はちおう》の乱」によって死に体となった西晋王朝の息の根をとめたのは、華北に侵攻してきた北方異民族である。永嘉《えいか》五年（三一一）、西晋の首都洛陽は匈奴《きょうど》軍の攻撃を受けて陥落、恵帝の死後、即位した懐帝《かいてい》（三〇六—三一一在位）は拉致され、この時点で西晋は事実上、滅亡する。この「永嘉の乱」以後、長安で愍帝《びんてい》（三一三—三一六在位）が即位、西晋の命脈を細々と受け継ぐが、建興《けんこう》四年（三一六）、長安もまた陥落、愍帝は匈奴軍に拉致され、西晋はついに完全に滅亡した。こうして華北は五胡十六国が乱立する異民族の天下となるのである。

一方、八王の乱につづく永嘉の乱で華北が大混乱に陥ると、大勢の人々が続々と長江を渡って江南に避難し、いちはやく江南を拠点としていた西晋の一族琅邪《ろうや》王司馬睿《しばえい》（二七六—三二二）を中心に結束を固める。かくして、西晋が滅亡した翌年（三一七）、司馬睿が即位（元帝。三一七—三二二在位）、その支配圏を江南に限った亡命王朝東晋《とうしん》（三一七—四二〇。都は建康。江蘇省南京市）を立てる。東晋は実際には北来貴族の連合政権であり、主導権をにぎったのは「琅邪の王氏」を筆頭とする貴族階層だった。

夜中の鶏鳴に心たかぶる——祖逖①

この西晋から東晋への激動期において、困窮した人々を敢然と救った侠の精神の体現者が登場する。祖逖《そてき》（二六六—三二一）と郗鑒《ちかん》（二六九—三三九）である。

祖逖は范陽郡《はんようぐん》（河北省）の名門出身。六人兄弟で兄の祖該《そがい》と祖納《そのう》は評判の秀才だったが、祖逖は気ままで勉強嫌いであり、十四、五になっても書物を手に取ろうともせず、兄たちの頭痛の種であった。しかし、気前がよくて任侠肌の彼は荘園に行くたび、兄の言い付けだと称して、貧しい人々に穀物や絹をばらまき与えたため、郷里の一族郎党の間で人気が高かった。

その後、一念発起して勉学に励み、博学多識となるが、西晋の混迷が深まるなか、推薦されても官界入りしようとはしなかった。そんなころ、西晋の姻戚である劉琨《りゅうこん》（二七一—三一八）と知り合って意気投合し、寝食をともにするほどの仲になった。あるとき、とつじょ夜中に鶏が鳴く声が聞こえると、祖逖は同衾していた劉琨を蹴とばして跳ね起き、「これは悪い声ではないぞ」と言って踊りだしたという（『晋書』「祖逖伝」）。夜中の鶏鳴は兵難をあらわし、不吉なものとされる。これを聞いて心をたかぶらせるとは、祖逖はまさに動乱の渦中で生きる風雲児にほかならなかった。

八王の乱が勃発した当初は、祖逖も招聘に応じて斉王冏《せいけい》、長沙《ちょうさ》王乂《がい》などの諸王に仕えたが、抗争が収拾不能の段階に入ると、いっさい関与を拒否し、どの王にも仕えなかった。事態が八王の乱から永嘉の乱へと移行し、華北が大混乱のるつぼとなったとき、祖逖は一族郎党を中心とする数百家の流民を率いて南へと避難した。

このとき、足弱の老人や病人を車馬に乗せて、自分は徒歩でつき従い、また食糧、衣服、薬等々はすべて共有としたため、その義俠心と果敢な行動力に感動した人々は、祖逖をリーダーと仰ぎ敬愛したのだった。永嘉六年（三一二）、徐州《じょ》の泗水《しすい》（江蘇省揚州市）まで来たとき、即位前の元帝から徐州刺史に任命され、さらに南下して、建康近郊の京口《けいこう》（江蘇省鎮江市）に駐屯した。

風雲児の不幸な結末——祖逖②

祖逖の率いた流民集団にはむろん任俠無頼の猛者も多数入っていた。京口に駐屯したとき、物資不足のおりから、なんとこの軍団の猛者に略奪行為をはたらかせていたという話が、魏晋の名士のエピソード集『世説新語《せせつしんご》』任誕篇《にんたんへん》に見える。

祖車騎《しゃき》（祖逖）は江南に渡った当時、公私ともに物資不足で、身のまわりにもろくなものがなかった。王導《おうどう》や庾亮《ゆりょう》など諸公が祖逖のもとを訪ねたとき、ふと見ると、皮の衣や礼服が積み重ねられ、めずらしい装飾品がずらりと並べてあった。諸公がいぶかしんで聞くと、祖逖は言った。

「昨夜、またちょっと南塘《なんとう》（建康を流れる秦淮河《しんわいが》の堤）に出ばってみたのさ」

祖逖は当時、いつも手下の若者に命じ、太鼓を打ち鳴らして出向かせ、強盗をさせていたのである。当局の人々もそれを黙認していたのだった。

いかにも任侠流民軍団のボスらしい人を食った話である。ときにはこうして脱線も厭わぬものの、その実、祖逖はあくまでも華北奪還の志を堅持し、建興《けんこう》元年（三一三）、江南の地盤固めに忙殺され、華北をかえりみる暇のない琅邪王司馬睿を説得して北伐を敢行するにいたる。司馬睿に進軍の許可を得たとはいえ、いくばくかの食糧や布が給付されただけで、軍勢も兵器も与えられず、祖逖は自前の流民軍団を率いて出撃し、進軍しながら武器や兵員を増強するほかなかった。

こんな悪条件のもとで出撃しながら、彼は華北一帯で勢力をつよめていた羯《けつ》族のリーダー石勒《せきろく》の甥、石虎《せきこ》らと奮戦して、しばしば勝利を収め、やがて黄河以南の軍事拠点（河南省）をことごとく奪還することに成功する。

しかし、東晋成立の四年後、太興四年（三二一）、黄河を渡ってさらに北上しようとした矢先、東晋政権の中枢部は、祖逖軍を指揮する最高権限をもつ司令官戴若思《たいじゃくし》を派遣し、勢いに乗る祖逖を牽制した。この仕打ちにいたく失望した祖逖はふさぎこんで体調を崩し、駐屯地の雍丘《ようきゅう》（河南省杞《き》県）で死去してしまう。

混乱の華北から江南の安全地帯まで流民集団を引き連れ移住させ、休む間もなく、華北奪還の思いに突き動かされ、わずかの手勢を率いて北伐を敢行するなど、祖逖は生涯にわたって、自己一身の利害とは関わりのない、やむにやまれぬ義侠心をつらぬいた人物であった。政治的な駆け引きやタクティクス（術策）とはてんから無縁な彼が、その支配圏を江南に限局した東晋王朝の基盤が固まったとき、不安定要因として、行政を担う老練な貴族政治家に切り捨てられたのも、むしろ当然かもしれない。風雲児は安定期には無用の長物なのである。

付言すれば、祖逖の親友劉琨は滅びゆく西晋の死に水をとったというべきか、滅亡直前の西晋の大将軍（軍事最高責任者）となり、最後まで華北に踏みとどまった。しかし、東晋成立の翌年、太興元年（三一八）、協力関係にあった鮮卑《せんぴ》族のリーダー段匹磾《だんひってい》と決裂し殺害されてしまう。

こうして侠の気風を体現した二人の風雲児はそろって不幸な結末にいたったけれども、めいっぱい生きた彼らに悔いはなかったことだろう。

儒雅の士——郗鑒①

西晋末、祖逖と同様、流民集団のリーダーとなった郗鑒は、もともと高平《こうへい》郡金郷《きんきょう》県（山東省）の名門出身だが、幼くして父を亡くし、貧窮のなかで成長した。しかし、彼は農作業にたずさわりながら、経書を博覧して高い教養を身につけ、郷里において「儒雅《じゅが》の士（儒学的教養を備えた高潔な人物）」として日増しに名声が高まった。このため、八王の乱が勃発すると、諸王から競って招聘されたが、郗鑒は頑として応じず、門を閉ざして蟄居しつづけた。

その後、永嘉の乱に巻きこまれて異民族軍に捕らえられ、かろうじて脱出し郷里に逃げ帰ったものの、食にも事欠くありさまだった。やがて郷里の有力者たちが、そんな郗鑒の窮状を見かねて援助してくれるようになる。郗鑒は自分が得た物を惜しげもなく一族郎党や郷里の人々に分かち与えたため、いつしか大勢の困窮した人々が集まり、彼をリーダーと仰ぐようになった。郗鑒はこうして結集した一千家以上の流民を率いて、魯の嶧山《えきざん》（山東省鄒《すう》県東南の山）に移動し、即位前の司馬睿から兗《えん》州刺史に任命される。

ここまでの展開は祖逖の場合とほぼ同様だが、郗鑒の場合にはさらに状況は苛酷だった。当時、山東地方には異民族を含め、さまざまな勢力が入り乱れて、連日のように戦闘がうちつづいたうえ、深刻な食糧不足に見舞われ、嶧山に立てこもる郗鑒軍団は野鼠を掘り出して食べるほど逼迫した状態だったのである。しかし、郗鑒軍団は一人の脱落者も出さず、このどん底状態に耐えぬいて砦を死守し、三年後には数万の大軍団に膨れあがった。儒雅をもって鳴る郗鑒が軍事的リーダーとしても、いかに卓越していたか知れようというものだ。

東晋王朝成立後も郗鑒はこの自前の大軍団を擁したまま、なかなか動こうとせず、永昌《えいしょう》元年（三一二）、おりしも王敦《おうとん》（二六六—三二四）が挙兵し、狼狽した元帝の命を受けて、ようやく嶧山の軍団を率いて南下、合肥《がっぴ》（安徽省合肥市）に駐屯した。強大な軍事力をもつ郗鑒は以後、一貫して東晋王朝のために尽力し、東晋初期の大立て者の一人となる。のちに東晋を支える一大軍事勢力となった「北府《ほくふ》軍団」は、この郗鑒軍団を基礎にしたものにほかならない。

東晋王朝はけっして順風満帆ではなく、成立後十年もたたないうちに、二度にわたって大規模な内乱に見舞われた。このとき、ものをいったのは郗鑒の読みの深い戦略と軍事力であった。まず永昌元年正月、琅邪の王氏出身で、従弟の王導（二六七—三三九）とともに元帝を守り立て、東晋王朝を立てた王敦が野望を膨らませ、君側《くんそく》の姦《かん》、すなわち元帝の寵臣として王導を疎外するなど、目に余る専横をふるった劉隗《りゅうかい》と刁協《ちょうきょう》の討伐を名目に挙兵した。いわゆる「王敦の乱」である。

東晋王朝は卓越した政治センスの持ち主である王導と、軍事的能力抜群の王敦が中核となり、幾多の困難を乗り越えて成立させたものにほかならず、軍事権をにぎる元勲王敦の反乱は、成立まもない東晋王朝を根こそぎ揺さぶった。元帝の要請を受けた郗鑒が軍団を率いて南下したのは、この王敦の乱勃発の半年後である。ショックを受けた元帝はまもなく死去、息子の明帝司馬紹《しばしょう》（三二三—三二五在位）が即位するにいたる。

三巨頭の一人となる——郗鑒②

明帝即位後、王敦は長江中流域の軍事拠点、荊《けい》州地域の武昌《ぶしょう》（湖北省鄂城《がくじょう》市）から都建康に近い姑熟《こじゅく》（安徽省当塗《とうと》県）に根拠地を移して、明帝を威圧しつつ虎視眈々と帝位をうかがい、太寧《たいねい》二年（三二四）には水陸合わせて五万の大軍を繰り出して建康に攻め寄せた。

郗鑒らは東晋軍を率いてこれを迎え撃ち、激戦してその前鋒部隊を撃破した。この激戦のさなか、体調を崩していた王敦は思いどおりにゆかない戦局に憂憤をつのらせ、絶命するにいたる。東晋王朝を揺さぶった王敦の乱はこの時点で終息し、傾きかけた東晋はなんとか持ち直す。王敦の乱平定後、功績によって郗鑒は車騎将軍に昇格、合肥から広陵《こうりょう》（江蘇省清江市）に鎮（軍営）を移した。

明帝は聡明な君主だったが、王敦の乱平定に力を使い果たしたかのように、太寧三年、この世を去った。在位わずか三年、二十七歳の若さだった。臨終に先立ち、明帝は王導、郗鑒、庾亮《ゆりょう》（二八九—三四〇）ら重臣を呼びよせて、後継者の五歳の長男、成《せい》帝司馬衍《しばえん》（三二五—三四二在位）の輔佐を託した。

付言すれば、このとき郗鑒とともに王導も明帝の遺命を受けたが、王導は従兄王敦が反乱したとき、内実は不明ながら、表向きはひたすら身内の不始末を陳謝する姿勢をとりつづけた。この結果、王敦の乱後も依然として王導は東晋政権トップの座を占めたのである。なんとも老練というほかない。

その後、郗鑒は娘を王導の従子《おい》、王羲之《おうぎし》と結婚させて、琅邪の王氏の姻戚となり、以後も王導と協力しながら東晋政権の中枢を担ってゆく。付言すれば、郗鑒の娘婿となった王羲之は「書聖」と呼ばれる書の名手であり、政略結婚ながら妻となった郗鑒の娘といたって仲睦まじく、七男一女をもうけ幸福な家庭を築く。

それはさておき、今ひとり明帝の遺詔を受けた庾亮は、幼い成帝の後見役となった皇太后（明帝の正夫人）の実兄であり、また辣腕の持ち主だったため、王導をしのぐ威勢をふるった。独断専行型の庾亮は、やはり北来の軍団長で王敦の乱平定に功績のあった蘇峻《そしゅん》、および祖逖の弟祖約《そやく》をやみくもにうとんじ冷遇した。けっきょくこの強引なやりくちが不測の事態を招くことになる。庾亮の心ない仕打ちに憤激した蘇峻は、咸和《かんわ》二年（三二七）、兄祖逖とは比べものにならない、小者で俗物の祖約と手を結んで挙兵、とつじょ建康を襲撃したのである。「王敦の乱」の余燼も消えないうちに、勃発した「蘇峻の乱」は、暴徒と化した軍勢が建康に侵入し、無差別に放火、略奪、殺人をはたらくなど、なんとも凄惨な災禍をもたらした。

王導

無秩序に荒れ狂ったこの蘇峻の乱は、咸和四年（三二九）、郗鑒と、王敦に代わって荆州に駐屯し、半独立的な勢力を有する軍事リーダー陶侃《とうかん》（二五九―三三四。東晋の大詩人陶淵明の曾祖父）が協力し、ようやく鎮圧される。王敦の乱、蘇峻の乱とあいつぐ反乱に揺さぶられた東晋王朝は、これ以後、政治手腕抜群の王導と、強固な軍事力を有する郗鑒および陶侃の三巨頭が中心となって、ようやくしばし安定期に入るのである。ちなみに、郗鑒は蘇峻の乱平定後、広陵からさらに南下、建康のすぐ北の京口に鎮を移した。東晋をバックアップする「北府軍団」の誕生である。

こうしてみると、スケールの大きさこそ異なるものの、祖逖、弟の祖約、蘇峻と、流民軍団を率いて南下した北来の軍団長はすべて滅び去り、唯一、郗鑒だけが勝ち残り、東晋の大立て者として輝かしい栄光を手にしたことになる。祖逖も郗鑒も義侠心を発揮して、戦乱の渦中から困窮した人々を救済し組織して、もろともに生きぬいた。ただ、風雲児祖逖は華北奪還の夢に賭けて志なかばで挫折し、儒雅の士郗鑒は冷静に状況を把握して、江南の亡命王朝東晋存続のために全力を投入し、栄光を手にした。同じく侠の精神を体現しながら、この二人の生きかた、身の処しかたはまことに対照的というほかない。

東晋貴族の賭博狂い

東晋王朝は二つの内乱をなんとか抑えこんだものの、王導、郗鑒、陶侃の第一世代の大立て者があいついで死去した後、またも雲ゆきが怪しくなる。

東晋初期の名士桓彝《かんい》（蘇峻の乱の渦中で戦死）の息子桓温《かんおん》（三一二―三七三）が、明帝の娘南康《なんこう》公主との結婚を機に、しだいに頭角をあらわし、永和《えいわ》元年（三四五）、荊州の長官となって、長江中流域を拠点とする陶侃以来の「西府《せいふ》軍団」を掌握し、強力な軍事力を有するようになったのである。

以来、桓温は約三十年にわたり、じわじわと勢力をつよめて東晋を威圧し、簒奪を狙ったけれども、東晋朝廷が最後の切り札として対抗馬に立てた、度胸満点の謝安《しやあん》（三二〇―三八五）に翻弄され、寧康《ねいこう》元年（三七三）、けっきょくあえなく病死してしまう。ちなみに、謝安は「王謝」と称され、「琅邪の王氏」と並ぶ大貴族、「陽夏《ようか》の謝氏」のリーダーだった。

東晋は長らく桓温の脅威にさらされたとはいえ、桓温自身、洗練された東晋貴族社会の一員であり、その圧倒的な軍事力を発揮して、王敦のように粗暴、野蛮に内乱を起こすにはいたらなかった。このため、東晋は不安定要因を抱えながらも、とにもかくにも存続し、貴族たちもうっとうしい現実を等閑視して、清談や人物批評にうち興じ、自分自身の快楽を徹底的に追求する日々を送ったのだった。

こうした東晋中期の貴族社会において、祖逖や郗鑒が体現したような俠の精神や行動形態は、当然のことながらすっかり影をひそめる。あえて東晋中期の貴族と俠の世界の接点を求めるとすれば、それは賭博にほかならない。一見、優雅な東晋貴族には巷の遊俠も顔負け、度し難い賭博好きが多かったのである。『世説新語』には、そんな賭博マニアの東晋貴族をとりあげた話がいくつか見える。

たとえば、かの東晋中期の実力者桓温は若く貧しかったころ、大の賭博好きだった。あるとき、負けがこみ、貸し主から耳をそろえて払えときびしく請求されて、進退きわまり、賭博の名人だと評判の高い友人の袁耽《えんたん》に救いを求めた。このとき、袁耽は親の喪中だったにもかかわらず、快く承知し、葬式用の帽子を懐にねじこんで、さっそく駆けつけ、くだんの貸し主との勝負にのぞんだ。以下、『世説新語』「任誕篇」を引用してみよう。

……耽《たん》は素《もと》もと芸名《げいめい》有り。債主《さいしゅ》は局《きょく》に就《つ》きて曰く、「汝は故《もと》より当《まさ》に袁彦道《えんげんどう》を作《な》すことを弁ぜざるべけんや」と。遂に共に戯《ぎ》して、十万を一擲《いってき》にし、直《ただ》ちに百万数に上《のぼ》る。馬《こま》を投じて絶叫し、傍らに人無きが若《ごと》し。布帽《ふぼう》を探り対人に擲《なげう》ちて曰く、「汝竟《つい》に袁彦道を識《し》るや不《いな》や」と（……袁耽はかねてから名人芸の持ち主だと評判が高かった。〈袁耽を知らない〉貸し主は対局すると言った。「あんたなんかに袁彦道〈袁耽のあざな〉のまねなんかできるわけがないさ」かくていっしょに勝負し、袁耽はいっぺんに十万銭を賭け、たちまち百万銭にまでなった。袁耽はサイコロを投げて絶叫し、傍若無人のありさまだった。懐にねじこんでいた葬式用の帽子をさぐりだして、相手に投げつけ言うことには、「おまえ、これでおれさまが袁彦道だとわかったか」）。

喪中もなんのその、大儲けになると、興奮の極に達し、絶叫するわ、帽子は投げるわ、開き直るわ、いやはや、なんともたいへんな騒ぎである。この袁耽もれっきとした東晋貴族なのだから恐れ入るほかない。

桓温もどうやら賭博は下手の横好きで、勝負には弱かったようだが、ライバルの謝安もその点では似たようなものだった。次にあげるのも、『世説新語』「任誕篇」にみえる話である。

謝安《しゃあん》は始めて西に出で、戯《ぎ》して車牛を失い、便《すなわ》ち策《つえ》を杖《つえ》つきて歩みて帰る。道に劉尹《りゅういん》に逢い、語りて曰く、「安石《あんせき》も将《は》た傷《きず》つく無からんや」と。謝は乃《すなわ》ち同《とも》に載《の》って帰る（謝安は隠棲先の会稽《かいけい》から西のかた首都建康に出てきたころ、賭博に負けて車と牛をとられ、そこで杖をつきながら歩いて帰途についた。途中で劉尹〈劉惔《りゅうたん》〉に出会ったので言った。「安石〈謝安のあざな〉だってケガをしないとはかぎらんさ」謝安はそこで車に乗せてもらって帰った）。

政界への出馬を要請され、重い腰をあげて都に向かった謝安は、到着したとたん、賭博に負けて車と牛をとられ、トボトボと歩いて帰る羽目になる。地獄で仏、途中で知り合いの劉《りゅう》惔《たん》（清談の名手として名高い）に出会い、車に同乗させてもらったのに、まだ「安石（謝安のあざな）だってケガをしないとはかぎらんさ」と、強がっているところが、なんともおかしい。

このように、彼ら東晋貴族は、知的遊戯たる清談を楽しむ一方、イチかバチか、気分を高揚させる賭博にも熱中した。古くから、賭博は巷の侠の属性であり、また生計を立てる手段

謝安

でもあった。しかし、東晋貴族は純然たる楽しみ、遊戯の一種として、賭博を愛好したのだった。これはまさに「俠の身ぶり」というほかない。

東晋の幕切れ

さて、桓温の没後、とぼけた持ち味の大政治家謝安の巧みな舵取りによって、東晋はようやくしばし安定をとりもどす。しかし、桓温に遅れること十二年、太元《たいげん》十年（三八五）に謝安が死去すると、孝武《こうぶ》帝（三七二―三九六在位）の弟司馬道子《しばどうし》が専横をふるい、東晋王朝はみるみるうちに衰亡の坂を転がりはじめる。太元二十一年（三九六）、孝武帝が変死し、生まれつき重度の障害をかかえた第十代皇帝の安《あん》帝が即位した後は、司馬道子打倒のクーデタ、道教系の五斗米道《ごとべいどう》を奉ずる孫恩《そんおん》をリーダーとする大規模な民衆反乱等々があいつぎ、大混乱のなかで東晋は滅亡の淵に追いつめられる。

末期症状に陥った東晋にとどめをさしたのは、桓温の息子桓玄《かんげん》（三六九―四〇四）である。「孫恩の乱」がなんとか鎮圧された翌年、元興《げんこう》二年（四〇三）、父桓温にゆかりの深い長江中流域の西府軍団を掌握し、機をうかがっていた桓玄は、またたくまに長江を攻めくだって首都建康を制圧、安帝を退位させ、みずから帝位についた。桓玄は混乱に乗じて、父の果たせなかった夢をあっというまに実現したものの、その天下は百日しかもたなかった。孫恩の乱討伐に功のあった北府軍団の中堅将校、劉裕《りゅうゆう》を中心とするクーデタによって、建康を追われ殺害されたのである。この後、安帝は復位したけれども、むろん名のみの皇帝にすぎず、東晋は実質的に滅亡同然だった。

東晋の命脈を完全に絶ったのは、桓玄を追放した叩きあげの軍人劉裕である。劉裕は十七年に及ぶ周到な準備期間を経て、永初《えいしょ》元年（四二〇）、東晋から禅譲を受けて即位（武帝）、宋《そう》王朝（のちの宋王朝と区別するため、劉宋《りゅうそう》と称される）を立てる。こうして、しだいに下降しながらも、俠の身ぶりを楽しむ謝安ら豪胆な貴族によってかろうじて支えられてきた東晋は、幕切れを迎えたのだった。

多様なる俠の体現者たち

春秋時代、趙氏孤児を守りぬいた二人の俠者、公孫杵臼《こうそんしょきゅう》と程嬰《ていえい》を皮切りに、春秋時代から戦国時代にかけて出現した先鋭な刺客、太っ腹の戦国四君、根っからの庶民あがりだった前漢の高祖劉邦グループ、前漢に輩出した義俠心あふれる巷の大遊俠、後漢末の乱世に俠の花を咲かせた劉備主従、西晋末、大動乱の渦中で、俠気をもって困窮した流民を救った祖逖と郗鑒、そして俠の身ぶりを楽しむ東晋貴族にいたるまで、長い時間の経過のなかで、多種多様の俠の体現者が出現し、俠の歴史を形づくってきた。

この後も、とりわけ転換期には、俠の精神を体現した人々が登場し活躍することが多い。さらにまた、いわゆる巷の俠はいついかなる時代においても、連綿と存在しつづけたのはいうまでもない。

しかし、四百年に及ぶ三国六朝、政治史的な言い方をすれば魏晋南北朝の分裂の季節に終止符を打って、中国全土を統一した隋《ずい》王朝が短命に終わり、ついで成立した唐王朝が長期にわたって中国全土を支配した後、瞠目すべき俠者のイメージは、史実よりむしろ小説や戯曲などのフィクショナルな世界において、よりいきいきした圧倒的な臨場感をもって立ちあらわれるようになる。以下、虚の部においては、唐代以降の物語世界における俠のイメージを追跡したいと思う。

虚の部　物語世界の俠

第四章　超現実世界の物語——唐代伝奇の俠

1　俠女　聶隠娘

作者は進士派

中国小説史の流れにおいて、作者が意識的に虚構の物語世界を構築するという意味で、「小説」というジャンルが生まれたのは、八世紀後半、繁栄を誇った唐王朝が下り坂にさしかかった中唐《ちゆうとう》（七七〇—八三五）以降である。「唐代伝奇《とうだいでんき》」と総称される短篇小説群がこれにあたる。唐代伝奇はすべて文言《ぶんげん》（書き言葉）で書かれており、作者のほとんどは科挙に合格した進士《しんし》階層、およびその予備軍に属する。このように唐代伝奇の作者に進士派が多い理由について、程千帆《ていせんはん》（一九一三—二〇〇〇）はその著『唐代進士行巻《こうかん》と文学』（上海古籍出版社、一九八〇年刊）において、はなはだ興味深い説を展開している。

これによれば、唐代の科挙は宋代以降に比べれば、制度的に完備しておらず、受験者は「行巻」、すなわち自作の詩文を清書し、これを巻物にして有力者に送りとどけるのが習いだった。行巻によって文才が認められると、有力者が科挙を主宰する礼部侍郎《れいぶじろう》に推薦してくれ、おのずと合格の可能性が高くなる。かくして、受験者は腕によりをかけて行巻に励むことになるが、大量の行巻を受けとる有力者のほうは食傷して、おもしろくないものは身を入れて読む気にもならない。

そこで、なんとかその関心を引くべく、最初は正統的な詩文ばかりだった行巻もさまがわりして、読んで楽しい伝奇小説が主流になったというものである。この程千帆の説は、唐代伝奇になぜ進士派が多いか、その外的条件を端的に指摘するものとして、大いに説得力がある。

いずれにせよ、高度の知性と教養をもつ作者の手になる「唐代伝奇」には、超現実的な怪異譚から、恋愛や復讐など、現実の人間社会におけるさまざまな「奇」、すなわち奇抜で不可思議な事件を描いたものまで、多種多様の作品が含まれるが、総じて、文章表現は緻密にして精彩に富み、短篇小説としての完成度はすこぶる高い。

この唐代伝奇のなかに、鮮烈な俠者を描いた秀作がある。女俠あるいは俠女と呼ばれる、女性の俠者を主人公とする「聶隠娘《じょういんじょう》」（裴鉶《はいけい》著。裴鉶は九世紀中ごろの人）の物語は、その筆頭に数えられる。

術は完成した

聶隠娘の物語世界は以下のように展開される。

聶隠娘は、唐の貞元《ていげん》年間（七八五—八〇五）の魏博《ぎはく》（魏州と博州。河北省南部から山東省西北部にわたる地域）節度使《せつどし》、聶鋒《じようほう》の娘だったが、十歳のとき、尼僧に誘拐された。五年後、ふたたび尼僧が出現し、「すべて教えました」と告げると、彼女を両親に引きわたし、姿を消した。両親が何を習ってきたのかと問いつめたところ、聶隠娘は不思議な体験を語りはじめる。

尼僧は深い山の洞窟に彼女を連れていき、修行を積ませた。まず、木登りと鋭利な長剣の扱いかたを学び、修練を重ねること一年。身体は風のように軽くなり、猿はむろんのこと、虎や豹など猛獣の頭も難なく切り落とせるようになった。

三年たつと、空中を飛びながら、目にもとまらぬ早さで短剣をふるって、鷹や隼《はやぶさ》のような猛禽を刺し、必ずしとめられるようになった。四年目、尼僧は彼女を都会に連れていき、ある男を指さして、彼がしでかした悪事を数えたて、「あの男を刺して首をとってきなさい。度胸をきめてやれば、飛ぶ鳥を刺すように簡単だからね」と命じ、羊の角で作った刃わたり三寸の匕首《あいくち》をわたした。聶隠娘は言われたとおり、真っ昼間、大都会のどまんなかで、その男を刺殺した。尼僧は彼女が持ち帰った首を薬で溶かし、水に変えてしまった。

五年目、尼僧は「高級官僚の某は無実の者を何人も殺した悪人だ。夜、やつの部屋にしのびこんで首をとってきなさい」と命じた。聶隠娘は匕首を手に侵入して、天井の梁《はり》の上にひそみ、夜中になってから、ようやくその首を切りとって持ち帰った。尼僧が遅いと激怒するので、聶隠娘は「あの男が子供をあやしているのを見て、あまりにかわいいので、すぐ手を下すにしのびなかったのです」と弁解した。

すると、尼僧は、「以後、こんな連中にでくわしたときは、まずやつらが愛している者を始末してから、しとめるがいい」と教えた。かくして、尼僧は彼女の後頭部を切り開いて匕首を埋めこみ、必要なときに引きだして使うようにと命じ、「おまえの術は完成したから帰ってよろしい」と帰宅させてくれたのだった。

つまるところ、魔法使いの尼僧は聶隠娘を徹底的にしこみ、「天に替わって不義を討つ」侠の精神を植えつけて、超能力的な刺客に生まれかわらせたのである。この話を聞いた両親は、娘が異形《いぎょう》の殺人器械と化したとふるえあがり、悲嘆にくれた。

鏡磨きの夫

家にもどった後も、聶隠娘はしばしば夜になると行方をくらまし、夜明けになると帰ってくることがあった。悪人を成敗しているのだろうと、うすうす事情を察した父は恐れをなし、もはや追及しようとはしなかった。

聶隠娘

そんなある日、聶隠娘は門前を通りかかった鏡磨きの若者に目をとめ、父を説得して結婚した。この若者は鏡磨きのほか、何の取り柄もなかったので、父は別に住まいを用意し、娘夫婦の衣食のめんどうをみてやった。

聶隠娘の夫を鏡磨きだとするこの設定は、彼もまた超現実的な存在だということを暗示する。隋末唐初の怪異譚「古鏡記《こきょうき》」(王度《おうど》著)には、古い鏡が怪異現象を呼びおこすさまが描かれているが、ことほどさように、その内部に現実とは次元を異にする世界が存在するかに見える鏡は、神秘的な器物であり、これと関わる鏡磨きにもこの世の者ならぬイメージがつきまとう。

数年後、聶隠娘の父が死去し、聶隠娘の術の噂を伝え聞いた後任の魏博節度使は、彼女を身辺警護の役人に任命した。かくして数年、魏博節度使は不仲だった陳許《ちんきょ》(陳州と許州。河南省東部)節度使、劉昌裔《りゅうしょうえい》の首をとってくるよう、聶隠娘に命じた。そこで聶隠娘は夫を引き連れ、それぞれ白と黒のロバに乗って出発した。ところが、標的の劉昌裔には未来予知能力があり、部下に命じて途中まで丁重に出迎えさせた。感服した聶隠娘は心の狭い魏博節度使を見限って、みずから進んで劉昌裔のもとにとどまり、その身辺警護にあたることを決意する。

その後も執念深い魏博節度使は超能力者の刺客を派遣し、劉昌裔および彼についた聶隠娘の命を狙わせた。そんなことは先刻承知の聶隠娘は警戒態勢をつよめ、最初の刺客精精児《せいせいじ》を難なく撃ちとって、身体や頭をバラバラに粉砕してしまう。

しかし、二人目の刺客空空児《くうくうじ》は強敵だった。聶隠娘は、まず劉昌裔の首のまわりに于闐《うてん》(西域の国)の玉《ぎょく》をかけて寝かせ、自分は小さな蠓虫《ぼうちゅう》(ブヨに似た小虫)に変身して劉昌裔の腹中にひそみ、空空児の襲撃にそなえた。果たせるかな、真夜中、首のところで鋭い音がした。間髪を容れず聶隠娘が口のなかから躍り出て言った。「もう大丈夫です」空空児は非常にプライドの高い魔術師であり、一発でしとめられないときは、失敗を恥じて遠くへ飛び去ってしまう習性があったのである。

劉昌裔が調べてみたところ、なるほど首にかけた于闐の玉に鋭利な匕首で切りつけた跡があった。これを最後に、刺客もあらわれなくなり、聶隠娘夫婦は劉昌裔に手厚く遇され、平穏な日々を送る。

行方をくらました後

元和《げんな》八年（八一三）、劉昌裔は中央にもどることになり、同行するよう聶隠娘に勧めた。しかし、彼女は「これからは自然の風景を楽しみ、至高の境地に達した人を訪ね歩きます」と言って辞退し、夫に名目上の官位と俸給を支給してほしいと頼むと、忽然と一人、行方をくらました。

その後、彼女は二度だけ人々の前に姿をあらわす。一度目は劉昌裔が死んだときだった。ロバに乗って長安に駆けつけた彼女は、柩の前ではげしく慟哭し、すぐ立ち去った。二度目は開成《かいせい》年間（八三六—八四〇）、劉昌裔の息子が陵州《りょう》（四川省）の刺史《しし》（長官）に任命され、赴任するときだった。蜀の桟道でばったり彼女と出会ったのだが、その容貌は二十年以上前に別れたときと、まったく変わりはなかった。このとき、聶隠娘は大禍が迫っていると言って、息子に薬を一粒飲ませ、さらに、この薬は一年しかきかないから、陵州行きをやめてただちに辞職し、洛陽に帰るようにと勧めた。それではじめて禍から逃れられるというのである。息子は眉唾だと思いつつ、彼女に絹などを贈ろうとしたが、彼女は受けとろうとせず、ただ、もてなしの酒をしたたかに飲んで深く酔い、そのまま立ち去った。息子は聶隠娘の警告を聞き流し、陵州で在職しつづけたところ、ちょうど一年で死んでしまった。その後、聶隠娘の姿を見た者は誰もいない。

純粋な侠の化身

この唐代伝奇に登場する「天に替わって不義を討つ」侠者、聶隠娘のイメージは先に見た歴史世界のそれとはまったく様相を異にする。もっとも見やすい最大の相違点は、女性だということである。

これまで登場した歴史世界の侠者のなかに、女性は一人も存在しなかった。もっとも、司馬遷の『史記』「刺客列伝」に登場した戦国時代の刺客、聶政《じょうせい》の姉は、弟の名誉のためにあえて名乗りでて、みずから命を絶つという一種、鮮烈な侠の精神の持ち主であった（第一章第二節参照）。この物語のヒロインが聶隠娘と名付けられたのは、この聶政の姉にもとづくものだったに相違ない。

こうして史書からヒントを得ながら、作者の裴鉶は、聶隠娘のイメージを現実とは異質な地平で展開されるフィクショナルな物語世界の存在にふさわしく、思いきり誇張し極端化した形で描いたのである。

聶隠娘の特性は、彼女自身とは関わりのない悪なる者に対して刃をふるうところにある。つまるところ、彼女は純粋な俠の化身として立ちあらわれるのだ。彼女の師匠役を演じる正体不明の尼僧はきびしい修行を積ませ、ついには空中飛行まで体得させて、その心身を超人的なものに作りかえる。そのあげく、頭のうしろを開いて匕首を埋めこむという人体改造まで施す。かくて、聶隠娘は俠の化身、あるいは俠器械に変身するのである。

こうして師匠について修行を積み、肉体を純化して超能力を体得するにいたるプロセスは、前漢の劉向《りゅうきょう》が著したとされる『列仙伝《れっせんでん》』や、東晋の神仙思想家葛洪《かっこう》の手になる『神仙伝《しんせんでん》』などの仙人伝に描かれる仙人修行のそれに酷似する。この物語の作者裴鉶は、超能力俠女、聶隠娘のイメージを創出するにあたり、過去の仙人物語から大いにヒントを得たとおぼしい。劉昌裔の護衛をやり遂げた後、忽然と姿を消した彼女が歳月を経てもなお、若さを保ちつづけたとされるところも、ますます不老長生を保つ仙人（仙女）を思わせる。

現代のSF的な劇画の登場人物にも劣らぬ鮮烈でシュールな聶隠娘のイメージは、その後の俠女物語の原型となるが、時代がくだるとともに俠女像も微妙にさまがわりしてゆく。

2　後世の俠女たち

十一娘の物語

十七世紀初め、明末に凌濛初《りょうもうしょ》（一五八〇—一六四四）が編纂した白話短篇小説集『拍案驚《はくあんきょう》

程元玉店肆
代償錢

韋十一娘（『初刻拍案驚奇』第四巻。右ページも）

奇《き》』に収められた、「程元玉《ていげんぎょく》　店肆《りょうりや》にて代《か》わりに銭《ぜに》を償《はら》い、十一娘《じゅういちじょう》　雲岡《うんこう》にて縦《ほしいまま》に俠《きょう》を譚《ふる》うこと」（第四巻）は、聶隠娘の明末版ともいうべき、韋《い》十一娘なる俠女の姿を描いた物語である。

この物語は、十一娘がたまたま出会った誠実な商人の程元玉をこれと見こんで、雲岡《うんこう》という険しい嶺の頂上にある庵《いおり》に案内し、自分は超越的な存在の「剣俠《けんきょう》」だと名乗り、ベールに包まれた剣俠について説き明かす形で展開されている。

彼女はまず剣俠の役割とその歴史から語りはじめる。はるか古代から神秘な術を使う刺客すなわち剣俠は絶えることなく存在しつづけ、唐代の聶隠娘はそのもっともすぐれた一人であること。剣俠は私怨のために行動することなく、天に替わって不義を討つ役割を担うこと。

不義とは、具体的には民衆を害する強欲な役人、まっとうな部下を迫害する傲慢な高級官僚、私腹を肥やすことに汲々とする軍隊の指揮官、下劣な小人物ばかり重用する宰相、賄賂をとって平然と不正入試を実施する科挙の試験官等々を指し、剣俠はこの憎むべき悪人どもを制裁するのだという。標的が悪人というだけで、曖昧模糊としていた聶隠娘に比べると、十一娘の標的はすこぶるリアルにして具体性を帯びているのが見てとれる。

聞き手の程元玉が、これまでそんな者どもが剣俠に殺されたという話は聞いたことがないと言うと、十一娘はにっこり笑ってこう答える。「いろいろなやりかたがあります。いちばん許せない者は首をかき切り、妻子もろとも殺してしまいますが、喉や腸に傷をつけて急死させたり、術を使って魂を抜きとり、狂死させせたりする場合もあります。そんなときは、まわりの者は原因不明の病気で急死したとしか思わないのです」これまた、首斬り一点張りだった聶隠娘に比べると、十一娘の述べる暗殺方法ははるかにテクニカルで巧妙になっている。

さらに、程元玉に問われるがまま、十一娘は「事多くして愧《は》ずべし」と言いつつ、剣俠になるにいたった自分の経歴を語る。貧しい家に生まれ育った彼女は軽薄な男と結婚したが、夫は出奔してしまい、夫の兄にしつこく言い寄られたため、傷つけてしまう。そこで、やむなく趙道姑《ちょうどうこ》という術使いの女性のもとに逃げこみ、山中で修行を積んで、ついに一人前の剣俠になったというものである。俗世間で辛酸を嘗め尽くした十一娘は、苦しい修行を経て純化され、ひたすらこの世の不義を討つ剣の精、剣俠に変身したというわけだ。

剣俠について詳細な知識を与えられた程元玉は十一娘に別れを告げて山を下り、ぶじわが家に帰りつく。十年後、商売のために四川《しせん》に行く途中、彼は若い夫婦に出くわす。その妻のほうはなんと十一娘の庵にいた弟子の青霞《せいか》であり、それから数日後、十一娘の世話で結婚し、夫婦そろって「公用」のため四川に赴くとのことだった。それから数日後、四川で悪徳官僚が急死したという噂が流れる。これを聞いた程元玉は、なるほど青霞の告げた「公用」とはこのことだったのかと、納得したというのが、この物語のオチである。

この十一娘の物語は、聶隠娘のそれに見られる夢の文法に似た物語展開に比べれば、はるかに説得的に組み立てられている。また、十一娘のイメージも超越的な剣俠とはいえ、魔女あるいは妖精を思わせる聶隠娘とは異なり、生身の女性の面影を濃厚に漂わせる。

明末に作られたこの侠女物語は、限りなく俗化した侠女像を描きつつ、こんな侠女が存在し、憎むべき悪人どもをばっさり成敗してくれたなら、どんなにせいせいするだろうと、うっぷん晴らしを求める読者の願望充足にこたえる作品に仕立てられているのである。

『聊斎志異』の侠女物語

十七世紀後半の清代初期、蒲松齢《ほしようれい》（一六四〇―一七一五）の著した怪奇短篇小説集『聊斎《りようさい》志異《しい》』にも、凄絶な侠女の姿を描いた作品がある。『聊斎志異』に収められた短篇小説群はすべて唐代伝奇と同様、文言で書かれており、ずばり「侠女」と題されたこの傑作も文言小説である。「侠女」の物語展開はあらまし以下のとおり。

金陵《きんりよう》（南京）に住む顧生《こせい》（二十五歳）は教養ゆたかな青年だが、親一人子一人だったため、老母のもとを離れるに忍びず、売文売画で生計を立てていた。そんなある日、向かいの貸家に一組の母娘が引っ越してくる。娘は十七、八の毅然とした美少女だ。母娘の生活は極端に貧しく、娘はしばしば顧生の母に日用品などを借りにくるようになり、息子のいい相手だと見こんだ母は向かいの家を訪れて、縁談を申しこんだ。しかし、病身の母親は異存がないようだが、娘は黙りこみ、不承知のようすだった。顧生の母は「あの娘は桃か李《すもも》のようにきれいだけど、霜か雪のように冷たいね」と言い、縁談は立ち消えになった。

そんなこともあって、顧生は画を買いにきた美少年といつしか懇ろになった。この美少年

蒲松齢

は、向かいの娘を気にして、「とてもきれいだけど、なんだかこわい感じがする」と敵視した。この間《かん》も、縁談はだめになったけれども、顧生母子と娘の往来はつづいた。顧生の母は食べる物にも事欠く母娘の生活を見かねて、顧生に命じて米などを持っていかせ、娘のほうも顧家の家事を手伝ったり、顧生の母が病気になると、かいがいしく介抱したりしてくれた。母も顧生もますます彼女に好意をもったが、縁談の話になると、娘はやっぱりとりつくしまがなかった。

　しかし、どうしたことか、ある日突然、娘は顧生に艶然とほほえみかけ、天にも昇る心地になった顧生は魅せられたように彼女の家に入りこみ、二人は結ばれた。娘は「一度だけですよ」と言い、その言葉どおり、それ以後は冷然と顧生を無視しつづけた。しばらくたったある夜、ふいに娘が顧生の部屋に入ってきて、笑いながら言った。「わたしとあなたの縁はまだ切れていなかったのね。運命だわ」

　喜んだ顧生が娘を引き寄せようとしたとたん、例の美少年があらわれ娘を罵った。怒りに燃えた娘が上衣の内側にひそめた匕首を取りだしたと見るや、美少年は街路に飛びだし姿をくらましたが、後を追った娘は空中高く匕首を飛ばした。そのとたん、ギャッという悲鳴とともに、ドサッと何かが落下してきた。顧生が灯りを近づけてみると、首と胴が切断された一匹の白狐であった。なんと顧生は白狐の妖怪に化かされていたのだ。

娘は「あなたの孌童《れんどう》（男色相手の美少年）だから手加減していたのに、勝手に死にたがったのだから、しかたないわ」と言いながら、このバケモノのせいで興ざめになったと、その夜は帰っていった。

この事件で、彼女が只者でないことが明らかになるが、顧生は気にもとめず、翌晩、ふたたび訪れた娘と一夜をともにする。これを最後に、娘はかたくなに顧生を拒否しつづけたが、彼のために繕い仕事をしたり食事を作ったりしてくれ、その点では妻も同然であった。

数か月後、娘の母が亡くなり、顧生はできるだけのことをして葬ってやった。母の死後、娘はしばしば夜になると出歩くようになり、顧生は誰か約束した相手でもいるのかと疑いを深めた。そんなある日、顧生の部屋を訪れた彼女は思いがけないことをうちあける。すでに八か月の身重であり、顧生のために出産するつもりだが、事情があって自分では育てられないので、顧生の母にわけを話して、養子をもらったと世間体をつくろい、引きとってもらいたいとのこと。顧生から話を聞いた母は、縁談は断ったくせに、子供を産むなんてと笑いながら、後継ぎができたと大喜びだった。

それから一か月余りたったころ、娘はひそかに子供を産み、顧生の母は約束どおりその子を引きとった。数日後の夜中、娘は手に革袋をさげ、ひそかに顧生に会いにきて、にっこり笑ってこう告げた。「本望を遂げましたので、これでお別れします」

驚いてわけをたずねると、亡母を大切にしてくれた顧生に恩返ししたいと思い、貧乏で結婚もできない彼に後継ぎを与えるために結ばれたが、一度で身ごもらなかったため、やむなくもう一度、契りをかわしたのだと言い、「いまはあなたに恩返しもしたし、志も遂げたので思い残すことはありません」と言い切った。

なんと革袋のなかに入っていたのは、彼女の父を陥れ、家財産を奪った憎い仇の首だったのだ。彼女はひそかに復讐の機会を狙いつづけていたが、病身の老母がおり、また子供ができたために、決行が遅れてしまったということだった。また母の死後、夜しばしば外出したのも、仇の居場所を確認し、失敗しないようにするためだったとのこと。別れぎわに、顧生は夭折する運命だが、息子は幸運に恵まれるだろうと言い残すと、彼女は稲妻のように去っていった。

その言葉どおり、顧生は三年後に死去するが、息子は十八歳で科挙に合格し、祖母すなわち顧生の母は安楽な老後を送ったと、常套的なハッピーエンドの後日談を付記しつつ、この鮮烈な俠女の物語は結ばれる。

生きつづける俠女のイメージ

この物語のヒロインである俠女は、作中でただ「女」と記されるだけの無名の存在であり、また公憤のために刃をふるう聶隠娘や十一娘と異なり、純粋に私怨のために行動する存在にほかならない。にもかかわらず、彼女の鮮烈なイメージはその後、思いもかけない形で蘇り、注目を浴びる。

満州族の清王朝が中国全土を支配してから三代目の皇帝にあたる雍正帝《ようせい》（一七二二―一七三五在位）は、厳格な統治政策を断行し、批判者を徹底的に抹殺、排除したが、在位十四年目に急死した。

そのとき、処刑された批判者の孫娘に暗殺されたという噂が広がり、この孫娘こそ『聊斎志異』の俠女だと喧伝された。いうまでもなく、この俠女は虚構の存在であり、しかも『聊斎志異』が書かれたのは、雍正帝の死の数十年前である。にもかかわらず、ここに描かれた無名の俠女のイメージが人々の心に生きつづけ、時を超えて苛酷な権力者の死と結びつけられたというわけだ。こうして彼女の私怨による復讐は、人々のかくあれかしという願望によって、聶隠娘や十一娘の「天に替わって不義を討つ」俠女の系譜にみごと繋がることになる。

付言すれば、実はこの『聊斎志異』の「俠女」の物語には下敷きがある。唐代伝奇の「崔《さい》慎思《しんし》」（皇甫氏著）がそうだ。委曲を尽くした「俠女」の物語展開に比べれば、「崔慎思」の展開ははるかに粗削りでおおざっぱだが、基本的な筋立ては一致している。ただ、俠女がわが子を残して立ち去るのに対して、「崔慎思」の「婦人」はいったんわが子を残して去るものの、気がかりの種を残すべきではないと立ちもどり、乳飲み子の息の根をとめてから、行方をくらますという衝撃的な結末になっている。これは、唐代伝奇にまま見られる「残酷童話」的な側面をあらわに示す語り口だといえよう。

3　男の俠者

崑崙奴——裴鉶のもうひとつの物語

さて、話を唐代伝奇にもどそう。唐代伝奇にはむろん男性の俠者を主人公とする物語もある。やはり「聶隠娘」の作者裴鉶が著した「崑崙奴《こんろんど》」がこれにあたる。「崑崙奴」の物語世界はあらまし次のように展開される。

唐の大暦《たいれき》年間（七六六—七七九）、高級官僚の御曹司、崔生《さいせい》は眉目秀麗、内気でおっとりした青年だった。ある日、父と親しい一品官《いっぴんかん》（最高の等級にランクづけられる高級官僚）が病気になったため、崔生は父の言い付けで見舞いに出向いた。

一品官はたいそう喜んで、彼を自室に招じ入れ、その場にいた三人の美しい家妓（個人の家で養っている妓女）に果物を持ってこさせるなど、手厚くもてなした。やがて崔生が暇を告げると、一品官は紅い衣装をまとった家妓に表まで見送らせた。別れた後、ふりかえってみると、その紅衣の家妓は三本の指を立て、また三度、掌を返してから、胸にかけた小さな鏡を指さし、「覚えておいてくださいね」と告げたのだった。

帰宅した崔生はともあれ父に見舞いの報告をすませると、そそくさと自分の書斎にもどったが、それからというものは夢うつつだった。口もきかずげっそり衰え、ただ考えこむばかりで食事ものどを通らない。典型的な恋わずらいだが、召し使いも誰ひとりとして崔生の心のうちを測ろうとする者はいなかった。

ただ、磨勒《まろく》という崑崙奴（崑崙人の下僕）だけが親身になって心配し、どういうわけかと問いただした。付言すれば、この崑崙奴については従来から諸説あり、人種的には確定できないが、皮膚の色が黒い奴隷を指し、唐代では個人の邸宅で働くケースが多かったとされる。

磨勒にうながされた崔生は重い口を開いて、かの紅衣の家妓のことをうちあけ、別れぎわに、彼女が見せた意味不明の動作や言葉について語った。すると、磨勒はたちどころにその謎を解いてみせる。すなわち、指を三本立てたのは、一品官の邸内には家妓の住む建物が十棟あり、彼女はその三番目の棟に住んでいること。掌を三度、返したのは十五本の指に相当し、十五日を指すこと。小さな鏡を指さしたのは、月が鏡のように円くなる十五夜に若様に来てほしいとの意味だ、というのである。

おりしも明後日が満月にあたり、磨勒は崔生に二疋の青い絹を用意するよう求めた。これで崔生の身体にぴったり合う服を作るというのだ。これに先んじて、磨勒はまず話を聞いた日の夜、一人で一品官の邸内に忍びこんで獰猛な番犬を叩き殺してしまう。こうして準備万端ととのったところで、満月の夜、磨勒は仕立てあがった青服を着た崔生を背負って、十重二十重の塀を風のように飛び越え、紅衣の家妓の住む三番目の棟に舞い降りた。

彼女は崔生が謎を解いて訪れてくれたことに感激し、すべては磨勒の神秘的な術のおかげだと聞くと、磨勒も室内に招き入れ、二人に向かって自分の身の上を語った。これによれば、彼女はもともと朔方《さくほう》（寧夏回族自治区《ねいかかいぞく》）の裕福な家の娘だったが、一品官が軍勢を率いて攻めよせたさい、むりやり側室にされた。しかし、どんなに豪華な暮らしをしていても、心は晴れず、まるで牢獄にいるようなもの。どうかここから救いだしてほしいと言うのだった。

これを聞いた磨勒は「たやすいことです」と言い、まず彼女に荷物や化粧道具を出させ、これを背負ってあっというまに三往復し、すべて崔生の書斎に運びこんだ。そのうえで、崔生と彼女をいっぺんに背負い、ふたたび厳重な垣や塀をらくらくと飛び越えて、崔生の書斎に到着した。誰の目にもとまらない驚くべき早業だった。翌朝、一品官の邸内はひっくり返るような騒ぎになったが、彼女の行方は杳として知れず、一品官は「俠士」の仕業に相違ないと考えたのだった。

かくして二年の歳月が流れる。ずっと崔生の家に隠れ住んでいた彼女は、もうほとぼりもさめたころだと、三月三日上巳《じようし》の日に、曲江《きよくこう》（長安郊外の名勝）に花見に出かけた。運わるく、一品官の使用人がその姿を見かけ、後をつけて彼女が崔生の家に入るのをつきとめた。報告を受けた一品官は崔生を呼び出して訊問し、ふるえあがった崔生は事の顚末を告げ、すべて崑崙奴の磨勒の神通力によるものだと白状した。一品官はすでに二年も経過していることゆえ、家妓はお咎めなしとするが、磨勒は許せないとし、五十人の武装兵を差し向けて崔生の家を包囲し、磨勒を逮捕しようとした。

しかし、磨勒は雨アラレと浴びせられる矢をものともせず、匕首を手に飛ぶように高い塀を飛び越え、あっというまに姿を消してしまう。以来一年あまり、磨勒の襲撃を恐れた一品官は、深夜も大勢の部下に身辺警護させるありさまだった。その後、磨勒の行方はつかめず、十年以上もたってから、崔家の使用人が洛陽の市場で薬を売っている磨勒の姿を見かけたが、その容貌は昔とまったく変わらなかったという。

義侠心の化身として

この崑崙奴の磨勒も聶隠娘と同様、超能力者であり、ほとんど魔術師同然である。しかも、これまた聶隠娘と同じく不老長生を保つ仙人のような存在でもある。その意味で彼らは異界から忽然とやってきた「仙侠」ともいえよう。

ちなみに、裴鉶の著したこの二篇の伝奇小説はともに、北宋において、漢代から唐末五代までの短篇小説を網羅的に収集し、項目別に分類、編纂した膨大な叢書『太平広記《たいへいこうき》』（全五百巻）の「豪侠」なる項目（第百九十四巻）に収録されている。この「豪侠」の項目に収められる物語群は、いずれも怪異譚的な語り口によって、神秘的な術を駆使する侠者の姿を描くものである。

こうして見ると、この二篇の唐代伝奇の侠者のみならず、広く文言《ぶんげん》（書き言葉）で著された唐末五代以前の古小説の世界で活躍する侠者は、いずれも魔術師、あるいは仙侠ともいうべき、超能力を有する単独者として出現するといってもよかろう。

とはいえ、聶隠娘の物語では、彼女が仙侠に変身する修行のプロセスが事細かに描かれるのに対し、崑崙奴の物語では黒い皮膚をした異人、磨勒の過去や経歴にはまったく言及せず、彼が何者なのか、いっさい謎に包まれたままである。このようにその描きかたはけっして一様ではなく、また、聶隠娘が私怨や私情とは関わりなく、黙々と不義を討つ役割を担うのに対し、崑崙奴の磨勒は自分の仕える若殿崔生と彼が思いを寄せる不幸な美少女を、苦境から救出するために、義俠心と超能力を発揮する。聶隠娘が天に替わって不義を討つ攻撃精神の化身だとすれば、崑崙奴は身近な存在を窮地から救い出す義俠心の化身にほかならないのである。

李亀壽——格落ちの俠者

もっとも、伝奇小説に登場する豪俠、俠者がすべて聶隠娘や崑崙奴のような、卓越した超能力者ばかりだというわけではなく、ややレベルが低いために情けなくも失敗してしまう者もいる。「李亀壽《りきじゅ》」（『太平広記』第百九十六巻収）はそんな格落ちの俠者の姿をコミカルに描いた物語である。作者は唐末の人、皇甫枚《こうほまい》とされる。この物語はあらまし次のように展開される。

唐の白敏中《はくびんちゅう》は宣宗《せんそう》（八四六—八五九在位）の時代に、ふたたび宰相になったが、厳格かつ公正な政治姿勢を堅持し、地方からの要請も理不尽なものは断固としてはねつけた。このため、各地の藩鎮《はんちん》（地方軍閥化した節度使）は彼を忌み嫌った。しかし、白敏中はいっさい意に介さず、朝廷から退出すると、自邸の別棟にある書斎にこもり、読書にふけることを無上の喜びとしていた。

そんなある日、いつものように書斎に入ろうとすると、ついてきた短足の愛犬、花鵲《かしやく》がしきりに吠えたて、白敏中の上衣をくわえて入らせまいとする。叱りつけてもついてくるので、いっしょに室内に入ったところ、今度は天井を見あげて、ますますはげしく吠えたてる。これはおかしいと感じた白敏中は、箱から鋭利な剣を取りだして膝に置き、天井を見あげてどなりつけた。「もし妖怪やバケモノが潜んでいるなら出てこい。私は丈夫《じょうふ》（一人前のりっぱな男子）だ。ネズミのような小者を恐れたりはせんぞ」

言い終わった瞬間、天井の梁《はり》から何者かがドスンと落ちてきた。見れば、赤ひげに丈の短い上衣を着た、色黒の痩せた男だった。その男が平身低頭してしきりに「死んでお詫びします」と言うので、白敏中はなぜこんなことをしたのかと問いただし、姓名をたずねた。すると男は「李亀壽と申します」と名乗り、自分は盧龍塞《ろりようさい》（河北省北部の藩鎮）の住民で、さる人物から大金をもらって白敏中の暗殺を引き受けたのだが、白敏中の人徳に心うたれ、また犬に吠えられて怖くてたまらず、かくれていられなくなったと、白状した。さらに、男は「殿が私の罪を許してくださるなら、今後、命がけでお仕えします」と懇願した。なんとこの間抜けな男は、白敏中を憎悪する藩鎮が差し向けた刺客だったのだ。事のしだいを知った白敏中は配下に申しつけ、この李亀壽を護衛部隊に所属させることとした。

翌日の早朝、普段着に布鞋《ぬのくつ》をひきずり、赤ん坊を抱いた女性があらわれ、白敏中邸の門番に、李亀壽を呼んでくれと頼んだ。李亀壽が出ると、なんと妻であり、「あんたの帰りがちょっと遅いから、ゆうべ薊《けい》を出て捜しに来たのよ」と言うのであった。李亀壽夫婦は以来そろって白敏中に仕え、白敏中が死去するや、行方をくらましたのだった。

あっさりと転身する刺客

ちなみに、薊は現在の北京付近を指し、白敏中の屋敷のある長安とは、ほぼ千三百キロも離れている。とても一晩で、布鞋をひきずるように履き、赤ん坊を抱いた女性が歩ける距離ではない。これによって、李亀壽の妻は快足の超能力者だということが明らかになる。だとすれば、夫の李亀壽も本来はそうとうな術を身につけた俠者だったとおぼしい。

李亀壽

それにしても、同じく超能力の俠とはいえ、さっそうたる聶隠娘や崑崙奴の磨勒に比べて、この犬を怖がる李亀壽は、頼りないことおびただしい。おどおどしたその姿には、読者の笑いを誘うものがある。おまけに、最後に登場する妻のほうがどうやら数段、腕もよさそうであり、ますますもっておもしろい。この間抜けな俠の物語にはコミカルな味わいがあり、主人公李亀壽のイメージにも、春秋戦国に出現した、歴史上のシリアスな刺客はむろんのこと、同じ唐代伝奇の超現実的な聶隠娘や磨勒とはおよそ異質な、一種くだけた庶民性が付与されている。唐代伝奇における俠の物語も時間の推移につれて、徐々に現実の地平に近づいたといえよう。

もっとも、李亀壽が恐れ入って天井から落下したのは、犬が怖かったのみならず、標的の白敏中のりっぱな人柄に敬意をおぼえたためであった。感じ入った彼は、即座に暗殺を依頼した者を見限り、白敏中に誠心誠意、仕えることを誓う。さっそうたる女俠の聶隠娘もこの点では李亀壽と変わらない。彼女は先に見たとおり、標的である陳許節度使、劉昌裔《りゅうしょうえい》の振る舞いにすっかり感服し、これまた即座に暗殺を命じた主君を見限って転身したのだった。

刺客が暗殺対象に敬意を抱いて、手を下すことができなくなったという話は、そもそも春秋時代の晋の刺客、鉏麑《しょげい》にはじまる（第一章第一節参照）。標的の趙盾《ちょうとん》に心服した鉏麑は、「民の指導者を暗殺するのは誠実ではなく、主君の命令を放棄するのは信義にもとる」と、板挟みになって悩んだあげく、自殺した。これに対して、唐代伝奇の聶隠娘や李亀壽は、これぞ身を寄せるにたる相手と見こんだ瞬間、なんら顧慮することなく、あっさり転身を遂げる。いかにも浮世のしがらみとは無縁な、シュールな物語世界の刺客らしい、さばさばした身の処し方である。

異界からやってきたかのような聶隠娘や崑崙奴の磨勒から、やや能力は劣るものの、なんとも愛すべき李亀壽にいたるまで、唐代伝奇の俠は、総じて単独者、超能力者として登場し、怪異譚にも似た超現実的な物語世界において活躍する存在にほかならない。物語世界の俠がすこぶるリアルな存在として大挙して立ちあらわれるさまを、生き生きと描くのは、時代がくだり、北宋末を舞台にした白話長篇小説『水滸伝《すいこでん》』である。次章はこの『水滸伝』をとりあげ、ここにあらわれた俠の精神、俠の行動様式等々を探ってみよう。

第五章　侠者のカーニバル――『水滸伝』

1　百八人の魔王

『水滸伝』の成立

百八人の任侠的豪傑の大活躍を描く『水滸《すいこ》伝《でん》』は、『三国志演義』や『西遊記』と同様、宋から元にかけておこなわれた民間の「語り物」を母胎とする。『水滸伝』が白話（口語）で書かれた長篇小説として成立したのは、『演義』とほぼ同時期、十四世紀中ごろの元末明初とされる。著者については、さまざまな説があるが、『演義』の著者と目される羅貫中《らかんちゅう》の単独著者説、施耐庵《したいあん》の単独著者説、施耐庵・羅貫中合作説の三説に大別され、現在では施耐庵の単独著者説が有力である。

完成後、『水滸伝』はほぼ二百年にわたり写本の形で流通し、現存する最古のテキストが刊行されたのは、明末の万暦《ばんれき》年間（一五七三―一六二〇）だった。このテキストは全百回から成り、前半三分の二にあたる初回から第七十一回までは、百八人の無法者が続々と梁山泊《りょうざんぱく》に集結する過程を描く。後半三分の一では、第八十二回までで朝廷軍との戦闘を経て、梁山泊軍団が正式に招安《しょうあん》（朝廷に帰順すること）される過程、第八十三回から第百回までで、遼《りょう》征伐、方臘《ほうろう》征伐に出陣し、ついに軍団が壊滅する過程が描かれる。この百回本の刊行後、王《おう》慶《けい》征伐、田虎《でんこ》征伐を描く二十回分を加えた百二十回本が刊行され、これもまた広く流通した。

このほか、明末清初の文学批評家、金聖嘆《きんせいたん》（一六一〇―一六六一）の手になる七十回本がある。これは、百八人の豪傑が梁山泊に集結したところで、物語を終わらせたものである。たしかに、『水滸伝』の物語展開は梁山泊軍団が招安された後、急速に終幕に向かい、おもしろみに乏しい。このためもあって、この七十回本は刊行されると、圧倒的人気を博し、またたくまに他本を駆逐してしまう。しかし、先行する百回本、百二十回本を委細かまわず切断した金聖嘆のやりかたは、やはりあまりにも強引であり、以下、梁山泊軍団の壊滅まで描ききった、より原形に近い百回本にそって話を進めてゆきたい。

『水滸伝』世界の開幕

『水滸伝』の冒頭には、きわめて神話的な縁起譚が置かれている。北宋第四代皇帝、仁宗《じんそう》の嘉祐《かゆう》三年（一〇五八）、首都開封《かいほう》で疫病が流行した。仁宗は厄払いの祈禱のために、江西信《こうせいしん》州の龍虎山《りゆうこざん》から法主の張真人《ちようしんじん》を呼び寄せようと考え、太尉の洪信《こうしん》を勅使として派遣する。しかし、龍虎山に到着した洪信は、僧侶たちの制止を振り切り、数百年の間、洞窟の地底に封じこめられていた百八人の魔王（三十六の天罡星《てんこうせい》と七十二の地煞星《ちさつせい》）を解き放ってしまう。

地底から解き放たれ、天空に飛び散ったこの魔王たちが、再生して梁山泊に集結する百八人の豪傑となり、悪のはびこる地上世界に戦いを挑み、大騒動を巻き起こすことになる。

ちなみに、魔王たちが地上世界に出現するのは、洪信の事件から四十年余りたった第八代皇帝、徽宗《きそう》（一一〇〇―一一二五在位）の時代である。このころ、四悪人と称される蔡京《さいけい》、楊戩《ようせん》、高俅《こうきゅう》、童貫《どうかん》の四人が徽宗に取り入り、権勢をふるったため、政局はみるみる混乱を深め、社会不安が深刻化した。この暗雲のたちこめた時代に、魔王から転生した百八人の豪傑が次々に姿をあらわし、紆余曲折を経て梁山泊に集まり、けっして裏切り裏切られることのない、固い信義に結ばれた任侠軍団を組織するのである。

梁山泊軍団の構成メンバーである百八人の好漢（任侠的豪傑）はまことに多士済々、侠者としてのありかたも各人各様である。以下、『水滸伝』世界で、異彩を放つ侠者をとりあげ、その魅力あふれる軌跡をたどってみよう。

2　一匹狼の侠

九紋龍から花和尚へ――魯智深

梁山泊百八人の豪傑のうち、魯智深《ろちしん》と武松《ぶしょう》にはとりわけ自立した侠のイメージがつよい。彼らは、もともと民間芸能の世界で講釈師の語る「水滸伝物語」、すなわち「水滸語り」の分野におけるビッグスターであり、それぞれ想像を絶する腕っぷしのつよさを発揮して、大暴れする有名な話があった。これがまず白話長篇小説『水滸伝』のなかに、巧みに組みこまれたとおぼしい。魯智深の場合は、『水滸伝』世界の開幕まもない第三回から第七回にわたって展開される話がこれにあたる。

魯智深は俗名を魯達《ろたつ》といい、渭州《いしゅう》軍経略府《けいりゃくふ》（辺境守備軍の役所）の隊長だった。ある日、魯達はたまたま渭州にやってきた「九紋龍《くもんりゅう》」史進《ししん》（『水滸伝』の豪傑はそれぞれ特徴を示す呼び名をもつ。以下、この呼び名をカギカッコで示す）と出会い意気投合して、料理屋に繰りこみ酒を酌みかわしていると、隣の部屋で泣き声がする。流しの娘芸人金翠蓮《きんすいれん》とその父が、空証文をふりかざした肉屋の鄭《てい》に痛めつけられ、進退きわまって泣いていたのである。話を聞いて憤慨した魯達は、父娘に旅費を渡して城外に逃がす算段をすると、さっそく鄭のもとに乗りこみ、大暴れをする。魯達はまず赤身の肉十斤をみじん切りにしろ、脂身の肉十斤もみじん切りにしろと、鄭を愚弄し挑発する。頭にきた鄭が出刃包丁をかざして切りかかってくると、得たりやおうと、こてんぱんに叩きのめすが、つい力あまって殴り殺してしまう。

梁山泊のメンバーの多くは、なんらかの事情で犯罪者となり、表社会からはみだした者たち、すなわちアウトローである。しかし、魯達のように、自分自身とはまったく関わりのないところで、弱きを助け強きを挫く義俠心を発揮して人殺しをやり、犯罪者となった例は見られない。この魯達こそ純粋な義俠心の化身といえよう。

動機は純粋だが、殺人は殺人である。法網をくぐって逃亡生活に入った魯達は、代州まで逃げのびたとき、金翠蓮父娘と再会し、命の恩人だと魯達に深い感謝の念を抱く父娘は、翠蓮の現在のパトロンで財産家の趙員外《ちょういんがい》に引き合わせる。太っ腹な員外は彼を自邸に滞在させたあと、かねて親しい五台山《ごだいさん》の智真《ちしん》長老のもとに送りこんだ。なるほどここなら捜索の手も及ばない安全地帯である。いかにも猛々しい魯達の風貌と態度に恐れをなした僧侶たちは、彼を出家させることに猛反対するが、長老はこの人物は「今は凶暴で、運勢も錯綜しているが、やがては清浄を得て、なみなみならぬ悟りの境地に達する」(第四回)と明言して、魯達を出家させ「智深」という法名を与えた。『水滸伝』世界の強力な立て役者の一人、「花和《かお》尚《しょう》」魯智深の誕生である。なお、「花」とは刺青《いれずみ》の意。背中に刺青があったことから付けられたあだなである。

生涯を暗示する偈

かくて、魯達改め魯智深は出家したものの、禁酒をはじめとするきびしい戒律に耐えられるはずもなく、二度にわたって大騒動を起こす。とりわけ二度目の騒動は破れかぶれ、言語を絶する強烈なものだった。麓の町で大酒を飲んで泥酔した魯智深がようやく帰りつくと、すでに寺の門は閉ざされていた。かっと頭に血が上った彼は左右の仁王像に八つ当たりする。魯智深はしらふでも逆上しやすい性格であり、酒を飲むとこの傾向がますますひどくなって、前後の見境なく暴走するのが常だった。水滸伝世界には、計算や打算など薬にもしたくない直情の豪傑、魯智深が荒れ狂う姿がしばしば描かれる。

このときもまず、どなりまくりながら、左側の像を「ネギでも抜くように」土台から引っこ抜き、つづいて右側の像にも「大口を開けてわしを笑うのか」とイチャモンをつけ、引き倒してしまう。ようやく門を開けてもらい、寺に入ったあとも、仲間の僧侶をぽかぽか殴りつけるなど、手のつけようのない暴れよう。ここまでくると、さすがの智真和尚もかばいきれず、

遇林而起　林《はやし》に遇《あ》いて起《お》こり
遇山而富　山《やま》に遇《あ》いて富《と》み
遇水而興　水《みず》に遇《あ》いて興《おこ》り
遇江而止　江《かわ》に遇《あ》いて止《とど》まる

という偈《げ》を与えて、魯智深を追放し、開封の大相国寺《だいしょうこくじ》に送りこむこととする。ちなみに、この偈は魯智深の生涯を暗示した意味深いものだった。

林冲との遭遇

道中あれこれ騒ぎを起こしながら、魯智深はなんとか大相国寺にたどりつくが、やっかいなお荷物を押しつけられ、困りはてた住職の智清《ちせい》長老は苦肉の策を弄し、彼を無頼漢の巣くう菜園の番人に任じる。無頼漢どもは新米の番人を痛めつけてやろうと陰謀をめぐらすが、たちまち魯智深に見破られて叩きのめされ、すっかり恐れいってしまう。そんなある日、近

魯智深、肉屋の鄭を打ちのめす（『水滸伝』第三回）

衛軍の師範で、棒術の名手の「豹子頭《ひょうしとう》」林冲《りんちゅう》と知り合い、意気投合して義兄弟の契りを結ぶ。その直後、林冲はとんでもない事件に巻きこまれて大変身を遂げる羽目になり、彼を助けた魯智深の運命もまた大きく変化する。まさに、偈の第一句「林に遇いて起こり」に符合する展開である。

事の発端は、四悪人の一人、高俅の養子のろくでなしが林冲の美しい妻を見そめ、なんとかわがものにしようと、姦計をめぐらしたことにある。すったもんだの末、けっきょく林冲は身に覚えのない罪をきせられ、犯罪者の刺青を施されて、滄《そう》州に流刑となる。護送の途中、高俅の使いの者から金をもらった二人の警吏は林冲をこっぴどく痛めつけ、殴り殺そうとするが、あわやというとき、林冲の身を案じて、ひそかにあとをつけていた魯智深が跳びだし、林冲の命を救った。魯智深は警吏を殺してしまおうとするが、林冲にとめられて思いとどまり、滄州の近くまで送りとどけ開封へと帰っていった。

こうして義俠心あふれる魯智深のおかげで、いったん危地を脱したものの、その後も林冲は御難つづきだった。魯智深と別れた後、彼は豪傑好きで有名な「小旋風《しょうせんぷう》」柴進《さいしん》の屋敷に立ち寄って歓待され、柴進が滄州監獄の看守にあてた手紙と金品まで用意してくれたため、しばし監獄で快適な日々を送る。しかし、まもなくここにも高俅の手がまわり、開封から差し向けられた二人の小役人と、ワイロで買収された看守によって、あやうく焼き殺されそうになる。すんでのところで難を逃れた林冲は三人を刺殺し、その首をとって壮絶な復讐を遂げたのだった。

札付きの殺人犯となった林冲は、逃亡の途中またも柴進に助けられ、その紹介で当時、王《おう》倫《りん》なる者を首領とする山賊の巣窟だった梁山泊へと向かう。偏狭な王倫は手ごわそうな林冲の受け入れに難色を示し、いろいろいきさつはあったものの（後述）、けっきょく受け入れざるをえなかった。

以上のように、腕っぷしはつよいが誠実な林冲が、やむなく血みどろの殺人犯となり、梁山泊入りする過程を描いた物語は、魯智深の物語につづき、『水滸伝』の第七回から第十一回にわたって展開される。魯智深と絡んで林冲が登場、魯智深の物語から林冲の物語へと移行するという仕組みである。『水滸伝』の特徴は、基本的にこうした「数珠繫ぎ形式」をとるところにある。また、林冲も魯智深と同様、百八人の豪傑のうち、ランクの高い天罡星三十六人の一人であり、その彼をこうした形で梁山泊に一番乗りさせているのも、なんとも巧みな布石の打ち方である。

配役の妙

さて、林冲が絶体絶命の危地に陥ったことを知る由もない魯智深のその後の運命やいかに。魯智深がふたたび登場するのは第十七回である。魯智深が開封に帰りついた後、林冲の護送にあたった例の警吏二人も帰京、魯智深に殺されかけたことを恨んで手をまわし、逮捕しようとした。そこで、魯智深は住処の菜園に火をかけて逐電《そんじじょう》し、放浪をつづけて孟《もう》州にたどりつく。ここで、人肉饅頭《マントウ》を売る茶店の女房「母夜叉《ぼやしゃ》」孫二娘にしびれ薬をもられ、あや

林冲、楊志と戦い梁山泊入り（『水滸伝』第十二回）

うく命をとられそうになったところを、亭主の「菜園子《さいえんし》」張青《ちょうせい》に救われ、名乗りをかわして兄弟の契りを結ぶ。

しかし、いつまでも彼ら夫婦のやっかいになるわけにもゆかず、山賊の根城である「二龍《にりゅう》山宝珠寺《ざんほうしゅじ》」に身を寄せようとしたが、恐れをなした頭目が砦の木戸を閉めてしまい、立ち入る隙がない。そのとき、出くわしたのが「青面獣《せいめんじゅう》」楊志《ようし》なる豪の者。出会い頭に二人は大立ちまわりを演じるが、まもなくたがいに何者であるかがわかり、一転して力を合わせ、二龍山を奪取する相談がまとまる。かくして、楊志が目下、身を寄せている「操刀鬼《そうとうき》」曹正《そうせい》も仲間に加わり、魯智深を生け捕りにしたとの口実で砦に侵入、魯智深が錫杖《しゃくじょう》をふりあげてあっというまに頭目の頭蓋骨を叩き割ってしまう。こうして、魯智深と楊志は首尾よく二龍山を奪取、自立の拠点としたのだった。付言すれば、彼らに協力した曹正はもともと魯智深の義兄弟である林冲の弟子だとされる。これまた登場人物を有機的に結びつける配役の妙にほかならない。

配役の妙といえば、ひょんなことから魯智深と組んだ楊志も実は林冲と関わりがあり、さらにまた原梁山泊軍団の成立にあたっても、重要な役割を担う。彼をキーマンとして、『水滸伝』の物語世界は、林冲が梁山泊入りした第十一回から魯智深が再登場する第十七回までの間（第十二回～第十六回）で、大きな転換を遂げるのである。

もともと武官の楊志は、花石綱《かせきこう》（徽宗が江南のめずらしい花や石を開封に運搬させたこと）の責任者となったさい、石を紛失したため逃亡したが、恩赦になり開封にもどる途中、梁山泊の麓を通りかかった。このとき、梁山泊の首領王倫から山を下りて人を一人殺したら仲間入りを認めると、理不尽な条件を突きつけられ、待ち伏せしていた林冲と出くわし、たちまち大立ちまわりになる。しかし、勝負がつかず、小心者の王倫も二人の腕前を認めざるをえなくなり、林冲を受け入れ、また楊志にも仲間入りを勧める。

こうして林冲と楊志の接点が生じたわけだが、このとき楊志は仲間入りを断り、ひたすら開封に向かう。だが、かの高俅の不興を買って復職運動が頓挫し、手元不如意になって市場へ先祖伝来の名刀を売りに行ったとき、絡んできたヤクザ者を殺害する事件を起こしてしまう。かくて、これまた殺人犯となった楊志は刺青を施され北京《ほくけい》（現在の河北省大名《だいめい》県。現在の北京《ペキン》とは別の都市）に流刑となる。北京所司代《しょしだい》の梁《りょう》中書は、四悪人の一人である蔡京の娘婿だった。この梁中書が楊志の腕前に惚れこみ、地方軍の高位の武官に抜擢したばかりか、舅の蔡京に贈る金銀珠宝十万貫の豪勢な誕生祝いを、開封までとどける運搬責任者に任じた。

この話が任侠世界の大物、「托塔天王《たくとうてんおう》」晁蓋《ちょうがい》の耳に入ると、鄆城《うんじょう》県東渓《とうけい》村（山東省）の彼の屋敷に、村塾の教師で知恵者の「智多星《ちたせい》」呉用《ごよう》、魔法使いの道士「入雲龍《にゅううんりゅう》」公孫勝《こうそんしょう》をはじめ、クセモノが集まり、蔡京に一泡ふかせるべく、たちまち総勢八人の盗賊団が結成される。かくて棗《なつめ》売りに化けた彼らは、楊志の率いる十五人の運搬部隊を途中の黄泥岡《こうでいこう》で待ち伏せ、言葉巧みにしびれ薬の入った酒を飲ませて全員を昏倒させ、まんまと誕生祝いを奪い取った。もともと運搬部隊のメンバーとうまくいっていなかった楊志は、我に返るや、もはやこれまでと逃亡生活に入り、その途中で魯智深とめぐりあうのである。

原梁山泊軍団の誕生

魯智深と楊志が二龍山を拠点とすることに成功したのは、『水滸伝』第十七回の話だが、以後、第十八回から第二十二回の五回にわたり、その後、あいついで梁山泊軍団のリーダーとなる晁蓋と宋江《そうこう》にスポットがあてられる。魯智深、林冲、楊志が一匹狼の侠であるのに対し、晁蓋と宋江はいわば組織者としての侠というべき存在である。詳しくは後述にゆずるとして、まず彼らの動きを追ってみよう。

晁蓋をリーダーとする窃盗団は、蔡京への誕生祝いを首尾よく手中に収めたのもつかのま、仲間の一人「白日鼠《はくじつそ》」白勝《はくしょう》が逮捕されたことから足がつき、一網打尽になりかける。そこに登場するのが、水滸伝世界の中心人物、「及時雨《きゅうじう》」宋江である。鄆城県の県役人をつとめる宋江は、「黒宋江」と呼ばれるように、色が黒くて背が低く、風采はあがらないが、身銭を切って人の窮地を救うなど、義侠心にあふれていたため、山東・河北一帯の任侠世界でとびきり有名な人物だった。

この宋江はかねて晁蓋と親しい間柄であり、盗賊団逮捕の情報を得るや、ただちに晁蓋に急報した。また、県知事の命令を受けて捕縛に向かった二人の都《と》頭《とう》（県において盗賊逮捕に当たる実行部隊の隊長）、「美髯公《びぜんこう》」朱仝《しゅどう》と「挿翅虎《そうしこ》」雷横《らいおう》も、かねがね晁蓋に好意をもっていたため、攻撃するふりをして見逃してくれた。このおかげで、晁蓋らは絶体絶命の危地を脱することができたのだった。

雲をかすみと逃げ出した晁蓋らは、犯罪者を受け入れると評判の梁山泊に逃げこんだが、小人物の首領王倫は例によって、口実を設けて彼らを受け入れまいとする。その煮え切らない態度にむかっ腹を立てた林冲は王倫を刺殺して、晁蓋を梁山泊の主とし、そのグループをそっくり迎え入れた。

ここに、晁蓋グループ七人（最初に逮捕された白勝も後に梁山泊入りするが、この時点ではまだ獄中にいた）と林冲、三人のもと王倫配下、合わせて十一人を主要メンバーとし、兵士数百人を擁する原梁山泊軍団ができあがった。これもひとえに林冲が先んじて梁山泊入りしていたことが功を奏したのであり、『水滸伝』の物語展開がいかに周到に組み立てられているかを示すものである。

宋江、柴進の屋敷に身を寄せる

こうして晁蓋らが梁山泊を占拠した後、宋江の運命も大転換する。そのきっかけになったのは、晁蓋が助けてくれたお礼にと、子分の「赤髪鬼《せきはつき》」劉唐《りゅうとう》を差し向けて宋江にとどけさせた手紙と金の延べ棒だった。延べ棒は一包みもあったが、宋江はそのうち一本だけ、手紙とともに受けとり、あとは頑として受けとらなかった。

劉唐と別れた後、宋江は夫を亡くしたばかりの閻婆《えんば》なる老女と出会い、貧しくて葬式代もないという話を聞いて一肌ぬぎ、お棺を調達してやったうえ、十両の葬式代まで与えた。こ

梁山泊のリーダーとなった晁蓋（『水滸伝』第二十回）

れが縁で、媒婆《メイポ》（仲人婆）が間に入って、閻婆の娘である閻婆惜《えんばしやく》の世話をすることになり、別に家を借り母親ともども住まわせた。宋江はもともと女性に興味がなく、ずっと独身だったから、正式な結婚をしてもおかしくはない。しかし、閻婆惜はすこぶる付きの美女ではあるが、とても素人とはいえず、それでこうした変則的なスタイルの結びつきになったとみえる。

無粋な宋江が妖艶な閻婆惜とうまくゆくわけもなく、そのうち彼女は宋江の部下の色男と深い仲になり、宋江につれなくするようになる。あれやこれやで宋江はすっかり嫌気がさしてしまうが、母親の閻婆は大事な金づるを逃すまいと、必死になって引きとめようとする。雲行きがあやしくなったおりもおり、閻婆惜が宋江の書類袋から晁蓋の手紙と延べ棒を見つけ、鬼の首でも取ったように居丈高になって、手切れ金にこの延べ棒をよこせ、さもなくば、梁山泊の盗賊との関係を役所に訴えでるなどと、脅しにかかった。逆上した宋江は短刀をふるい閻婆惜の首を切り落としてしまう。

悪女を殺害し犯罪者となった宋江は、いったん宋家村の実家に身をひそめるが、やはり都頭の朱仝と雷横の好意で警察部隊の包囲網を脱出し、弟の宋清《そうせい》を連れて、任侠世界の豪傑を委細かまわず誰でも受け入れてくれる、かの柴進の屋敷に身を寄せた。

付言すれば、柴進も紆余曲折を経てのちに梁山泊入りするが（第五十四回）、水滸伝世界の前半では、「かくまう侠」あるいは「パトロンとしての侠」の役割を果たす。彼は唐滅亡後の乱世において、あいついで興亡した五つの王朝、すなわち五代《ごだい》の一つである後周《こうしゆう》王朝の名君、世宗柴栄《せいそうさいえい》の子孫だった。北宋王朝の始祖の太祖趙匡胤《ちょうきょういん》はもともとこの世宗の配下だったため、北宋は代々、柴栄の子孫を厚遇しつづけた。このおかげで、柴進は隠然たる勢力をもち、公的権力を平然と無視して、林冲や宋江などの逃亡者を庇護することができたのである。

さて、宋江が柴進の屋敷に身を寄せたとき、そこにもう一人豪傑がいた。武松である。彼は故郷の清河県《せいが》で警官とけんかして殴り倒し、相手が死んだものと思って、柴進の屋敷に逃げこんだ。やがてけんか相手が気絶しただけだとわかり、帰郷しようとしたとき、瘧《おこり》の病にかかり、身動きできなくなる。そんなとき、たまたま新来の宋江が手洗いに行く途中、武松が暖をとっていた十能《じゅうのう》（炭火を運ぶ道具）の柄を踏んでしまい、火の粉が武松の顔に飛び散った。何が幸いするかわからないもので、このショックで武松は全身からドッと汗が出て、なんと瘧が治ってしまう。すっかり意気投合した武松と宋江は義兄弟の契りを結ぶにいたる。

魯智深と楊志が二龍山におさまったあと、以上のように、梁山泊のリーダーとなる晁蓋と宋江がそれぞれ犯罪者となって表社会から逸脱し、晁蓋が林冲と、宋江が武松とめぐりあう過程が描かれる。こうして、組織者としての侠である晁蓋と宋江をきっちり登場させたうえで、『水滸伝』の物語世界は、一転して武松の軌跡を描く。

武十回——武松の流罪まで

『水滸伝』の第二十三回から第三十二回までの中心人物は、武松であり、この間、晁蓋も宋江もまったく登場しない。このため、この十回分は「武十回」と称される。おそらくこれも先の魯智深の物語と同様、語り物の世界で「武松物語」として単独で語られていたものであり、白話長篇小説『水滸伝』が成立したとき、そっくり組みこまれたのであろう。

それはさておき、瘧が全快し帰郷の途についた武松は、途中の景陽岡《けいようこう》でかねて害をなす猛虎をあっというまに殴り殺し、いちやく勇名をとどろかせる。その腕っぷしに惚れこんだ陽《よう》谷《こく》県の知事は、彼を都頭に採用した。武松には武大《ぶだい》という兄がおり、陽谷県の隣の清河県で饅頭《マントウ》売りをしていた。弟の武松は「身長八尺、威風堂々とし、全身に何千何百斤もの気力がみなぎっている」というふうに、素手で虎退治するのも道理、見るからに力あふれる豪傑であった。

しかし、兄の武大は「身長は五尺に満たず、顔つきは醜く、おつむのほうも噴飯物」というわけで、とても実の兄弟とは思えないほど。この武大が結婚して陽谷県に移り住み、ある日、都頭になった武松とばったり出くわす。もともと仲のよい兄弟だった彼らは大喜びし、武大はさっそく弟を家に連れ帰って、妻の潘金蓮《はんきんれん》と引き合わせる。潘金蓮は冴えない武大には不釣り合いな、とびきり妖艶な美女だった。彼女はさるお屋敷の小間使いだったが、主人に言い寄られて逆ねじを食わせたため、恨んだ主人が腹いせで、わざと貧乏で風采もあがらない武大に嫁がせたのだった。

武大に心底あきあきしていた潘金蓮は、たくましい武松に一目で惚れこみ、言葉巧みに同

武松、猛虎を殴り殺す（『水滸伝』第二十三回）

居するよう仕向けた。それからというものは、あの手この手で武松を籠絡しようとするが、潔癖な武松はまったく受けつけない。そうこうするうち、武松は開封に長期出張することになり、くれぐれも多情な潘金蓮から目を離さないよう、武大に言い含めて旅立つ。

武松の危惧は的中した。潘金蓮は隣家で茶屋を営む悪知恵に長けた仲人屋、王婆《ワンポ》の手引きで、色男の薬屋でちょっとした地方ボスの西門慶《せいもんけい》とたちまち深い仲になり、王婆および西門慶と手を組んで、邪魔な武大を毒殺してしまうのである。かくて、毒殺の証拠が残らないように、手際よく武大の亡骸《なきがら》を火葬にすると、西門慶は潘金蓮のもとに入り浸り、二人はふてぶてしくも毎日、乱痴気騒ぎを繰り広げたのだった。

そこに二か月ぶりに、武松が長期出張から帰還する。兄の死に疑惑を抱いた武松は、事情を知る者を探しだし、兄が潘金蓮とその不倫相手の西門慶に毒殺されたことを突きとめて、役所に訴えでた。しかし、西門慶からワイロをもらった知事は証拠不十分だとして、その訴えを却下する。こうなれば私的制裁しかないと決意した武松は、潘金蓮と西門慶を血祭りにあげて復讐を遂げ、その首を切りとってひっさげ、証人の王婆を引ったてて、役所に自首した。この結果、武松は彼に好意的な役人たちのはからいで死罪を免れ、顔に犯罪者の烙印である刺青を施されて、孟州の監獄に流罪となる。このとき、姦夫姦婦を教唆し武大を毒殺させた罪で、王婆は八つ裂きの刑に処せられ、この事件はまずは一件落着した。

それにしても、宋江が殺した閻婆惜も相当な悪女だが、武松の兄嫁たる潘金蓮の悪女ぶりには段違いに凄絶なものがある。いずれにせよ、水滸伝世界の大いなる侠者は、欲望の化身のような悪女どもを一刀両断にし、もつれた人間関係をまたたくまに無化するのである。『水滸伝』ではこうして潘金蓮と西門慶はあっというまに武松に惨殺されてしまうのだが、『金瓶梅』はこの事件に着目し、もしこのとき、彼らが武松に殺されなかったらという仮定のもとに、新たな物語世界を展開した作品にほかならない。ここでは、『水滸伝』がすっぱり捨象した、色と欲にまみれた複雑な人間の関係性が執拗に描きつくされる。

不退転の無法者となる

さて、孟州に到着し監獄に入った武松は典獄に厚遇され、すこぶる快適な日を過ごす。実は、典獄の息子の「金眼彪《きんがんひょう》」施《し》恩《おん》は料理屋を経営していたが、新任の孟州駐屯軍の張団練《ちょうだんれん》（団練使）の凶暴な用心棒、蔣門神《しょうもんしん》に横取りされ、憤懣やるかたない日々を過ごしていた。そんなとき、剛勇無双の武松が父の支配下にある監獄に入ったため、彼の力を借りたいと考え、父に頼んで下へも置かぬもてなしをしたのだった。施恩の話を聞いた武松は、お安い御用とばかりに蔣門神を叩きのめし、料理屋を取りもどしてやる。

しかし、敵もさるもの、まもなく蔣門神のボス張団練は、同姓のよしみで義兄弟になった兵馬《へいば》都《と》監《かん》の張蒙方《ちょうもうほう》を買収し、武松に報復を開始する。まるめこまれた張都監は、言葉巧みに、武松を配下に加えて厚遇し、隙をついて武松を罠にかけ、泥棒の罪を着せる。かくして武松は投獄されたあげく、恩《おん》州に流刑となる。恩州に向かう途中、これまた張団練に買収された二人の護送役人は蔣門神の子分二人とともに、機会を見て武松を殺害しようとするが、これを察知した武松は難なく手枷をへし折って三人を殺し、残る一人を締めあげて事のしだいを白状させた。かくして、すべて張団練らの差し金だと知り、激怒した武松はただちに孟州にとってかえし、張都監の屋敷に突入するや、うまくいったと酒盛り中の張団練、蔣門神、張都監、都監夫人の四人をまず血祭りにあげ、「百人殺しても死ぬのは一度だ」と、都監の配下や召し使いを当たるを幸いなぎ倒し、つごう十五人を殺しまくると、長居は無用と逃げ去った。

虎退治の豪傑武松はきわめて倫理的で潔癖な人物であり、兄を毒殺した姦夫姦婦たる潘金蓮と西門慶を許すことができず、あえて法を犯して彼らを殺害し、凄惨な復讐を遂げた。その時点において、武松はいっさい逃げ隠れせず、堂々と自首して刑に服そうとした。しかし、流刑地で腐敗した地方の権力者によって理不尽にも抹殺されそうになったために、凄まじい暴力性を爆発させて逆襲、彼らを皆殺しにした。こうして札付きの「凶悪犯」となった武松は以後、不退転の無法者、大いなる俠として戦い生きぬいてゆくのである。

二龍山へ

さて、逃げ出した武松はかねて親しい仲の人肉饅頭を売る茶店の主、張青・孫二娘夫婦とめぐりあい、かの魯智深が支配する二龍山へ行くよう勧められ、行者《ぎょうじゃ》姿に身をやつして（これによって以後「行者」武松と呼ばれる）、出発する。その途中、白虎山《はくこざん》で威勢をふるう孔屋敷の二人の息子、「毛頭星《もうとうせい》」孔明《こうめい》と「独火星《どくかせい》」孔亮《こうりょう》（のちに二人とも梁山泊入りする）と派手なけんか騒ぎを起こすが、たまたま柴進のもとを離れ、孔屋敷に滞在していた宋江の仲裁でまずは手打ちの運びとなる。おりしも、宋江は白虎山にほど近い軍事拠点、清風寨《せいふうさい》の知寨《ち さい》（寨の長官）「小李広《しょうりこう》」花栄《かえい》の招きに応じて旅立つところであり、武松に同行を勧めた。しかし、武松はこの誘いを断り、当初の予定どおり二龍山に向かい、魯智深および楊志と合流したのだった（第三十二回）。

見てのとおり、『水滸伝』前半の物語世界をはなばなしく揺さぶる大スターは、先にあげた「花和尚」魯智深とこの「行者」武松にほかならない。この二人もけっきょくは梁山泊入りするけれども（第五十八回）、それはまだまだ先のことであり、そうとう長期にわたって彼らは二龍山を拠点に自立しつづけた。

考えてみれば、魯智深も武松ももともと自立した一匹狼の侠であり、その二人がいずれも直接、梁山泊に向かわず、別の拠点たる二龍山を根拠としたとする設定にも、意味深いものがある。詳しくは後述にゆずるが、梁山泊軍団が実質的に壊滅した後、魯智深と武松および林冲の三人は宋江らと別れ、最後まで行をともにするのである。

先述したように、魯智深と武松は講釈師によって語られた「水滸語り」の人気者であり、それぞれ個別に語られていた彼らの物語が、白話長篇小説『水滸伝』が成立するさい、読者を物語世界に誘いこむべく、前半に配置されたと思われる。しかし、『水滸伝』の物語世界が第三十二回以降、中盤に入ると、彼らが梁山泊入りする第五十八回まで魯智深と武松の出番はなくなる。かわって前面に登場するのは、梁山泊のリーダー、晁蓋と宋江である。

3　組織者としての侠

梁山泊入りを二度見送る——宋江

さて、武松と別れ、ひとり清風寨に向かった宋江は次から次へと事件に巻きこまれる。まず途中で、清風山を根城にする山賊の燕順《えんじゅん》・王矮虎《おうわいこ》らに捕まるが、彼が「及時雨」宋江だと知るや、燕順らは態度を一変させ手厚くもてなす。このとき、宋江はたまたま拉致されてきた清風寨のもう一人の知寨劉高《りゅうこう》の妻が色好みの王矮虎に手ごめにされそうになったところを助けた。このため、またまた新たな事件が勃発する。宋江はやがて清風山をあとにし、清風寨の花栄のもとに身を寄せるが、これを知った劉高の妻が宋江を逆恨みして、夫を焚きつけたため、宋江と花栄は逮捕されてしまうのである。

彼らは上部機関の青州《せい》に護送される途中、幸い清風山の山賊軍団に救出される。態勢を整えなおした宋江と花栄が清風山の軍勢を引き連れ、清風寨に攻撃をかけようとした矢先、青州軍の総指揮官「霹靂火《へきれきか》」秦明《しんめい》が官軍を率い清風山に猛攻をかけてくる。いろいろいきさつはあったものの、けっきょく宋江らの仲間に入った秦明は、配下の「鎮三山《ちんさんざん》」黄信《こうしん》に声をかけて仲間入りさせ、これによって清風山軍団はいっきょに強化される。かくして清風山軍団は難なく清風寨を制圧し、金銀財宝を運びだして清風山に凱旋する。このとき、騒動の元凶である邪悪な劉高の妻は清風山に連行され、一刀両断にされたのだった（夫の劉高は宋江らが救出された時点で殺害された)。

付言すれば、秦明や黄信のような官軍の猛者が梁山泊軍団と戦ううち、彼らに共鳴して官軍に反旗をひるがえし、仲間入りをするというのは、これ以後、しばしば見られるパターンである。また、都頭の雷横や朱仝も権力側の存在でありながら(のちに梁山泊入り)、俠の精神を発揮し、あえて晁蓋や宋江の窮地を助けた。これは、生きるために権力の末端に繫がっている勇者と、さまざまな理由で表社会から逸脱した俠者が、俠のエトスを共有していることを示すものにほかならない。

それはさておき、やがて謀反した花栄・秦明・黄信を征伐するために、官軍が攻めてくるという情報が入り、宋江の提案で清風山の軍団はそっくり梁山泊に移動することになる。しかし、移動の途中、宋江は老父が死んだとの知らせを受け、一同に別れを告げて、ひとり故郷の宋家村に向かう(他のメンバーは梁山泊入りする)。宋江はこれを嚆矢として、その後もいざとなると肉親の情を持ちだすなど、いたって思いきりがわるく、なかなか梁山泊入りに踏み切れない。むろん読者の関心を引きつけ、高めるための物語的文法でもあるが、なんとも歯切れがわるく、爽快な俠者のイメージとはほど遠いといわざるをえない。

さて、宋江が帰りつくと、老父は生きており、恩赦がくだって減刑処分になるからと自首を勧める。親孝行の宋江はこれに従って県役所に出頭、刺青を施されたうえで、江《こう》州に流刑処分となる。護送の途中で梁山泊付近を通過したとき、リーダー晁蓋の命を受けた梁山泊軍団が宋江を奪還し、梁山泊に迎え入れる。しかし、宋江は親の命令にはさからえないと山を下り、江州へと向かう。宋江が梁山泊入りを見送ったのはこれが二度目である。なんとも歯がゆい話だ。

唯々諾々と刑に服する道を選んだ宋江はさまざまな事件に巻きこまれながら、なんとか江州にたどりつき、当初の予定どおり監獄に入る。ここで彼は二人の異能の人物とめぐりあう。一人は江州監獄の牢役人で恐るべき快足の持ち主、「神行太保《しんこうたいほ》」戴宗《たいそう》であり、いま一人は戴宗配下の牢番で、二丁のまさかりを武器とする魔物のような純粋暴力の化身、「黒旋風《こくせんぷう》」李逵《りき》である。

戴宗の神行の術と武闘派李逵

こうしてほぼ同時期に戴宗と李逵は宋江に出会い、やがてともども梁山泊入りして、それぞれ抜群の能力を発揮して大活躍することになる。

快足の戴宗は二枚のお札を足にくくりつけて神行の術を使えば、一日に五百里、四枚のお札をくくりつければ八百里を行くことのできる超能力者だった。だから、梁山泊軍団のために情報を収集したり伝達したりする点では、余人をもって代えがたい頼りになる存在となる。しかし、彼はいわば「技術者、技能者としての侠」であり、与えられた自分の役割はみごとにこなすけれども、梁山泊軍団全体の基本路線や根本理念については無関心で、まったく関与しようとしない。最終的に梁山泊のメンバーには、この戴宗と同様、武器の製造、医術、文書の偽造等々、種々の特殊技能をもつ侠も大勢加わり、それぞれ役割分担をすることになるのも、いかにも分業の進んだ近世宋代に育まれた物語らしいといえる。

　ちなみに、盗みの才能がある「鼓上蚤《こじょうそう》」時遷《じせん》や、芸事に通暁し、各地の方言を自在に操る都会的な色男の「浪子《ろうし》」燕青《えんせい》（後述）もこうした特殊技能者としての俠のうちに入れることができる。なかでも燕青は多芸多才で武術にも長けていた。弩《いしゆみ》を引かせれば百発百中だし、小柄ながら相撲も得意で、かの李逵さえ投げ飛ばす実力があり、李逵も彼には頭が上がらなかった。しかし、この色男技能者の燕青も梁山泊の基本的問題にいっさい関心をもたず、口をさしはさまない点では、戴宗と共通している。

　これに対して、力を爆発させることを旨とする武闘派の李逵は、不退転の反逆精神の持ち主であった。このために、彼はその後、梁山泊のリーダーとなった宋江が、それまでの北宋朝廷との徹底対決路線を招安（帰順）路線に転換しようとしたときも、即座に異議を唱えた。このとき、自立した一匹狼である魯智深と武松も李逵と同様、宋江の招安路線に反対する旨をきっぱり表明した。

　こうしてみると、怖いものなしの魯智深・武松と李逵の志向は明らかに一致している。しかし、李逵にはただ一つ怖いものがあった。宋江である。『水滸伝』世界において、李逵は宋江の分身として設定されていることもあり、言いたい放題、大暴れしながらも、けっきょくは心酔する宋江の言いなりになってしまうのだ。

ようやく正式に梁山泊に入る

やや話が先走ったが、江州監獄でのちにみずからの重要な支えとなる戴宗と李逵に出会った宋江の身に、まもなく大きな禍がふりかかる。特別な囚人として自由行動を認められていた彼は、あるとき料理屋で酒を飲み、酔った勢いで壁に自作の詞《ツー》を書きつけた。これに反逆の意図ありと江州知事の蔡九《さいきゅう》（四悪人の一人、蔡京の九男）に告げ口する者があらわれる。蔡九は即刻、宋江を死刑囚の牢獄に収監すると、快足の戴宗を開封の父蔡京のもとに走らせ、宋江の処刑を要請する文書をとどけさせようとした。

そしらぬ顔で出発した戴宗は途中で梁山泊に駆けこみ、宋江の危機を知らせた。晁蓋と軍師の呉用は一計を案じ、蔡京の筆跡をまねた偽手紙をデッチあげて、宋江を釈放させようとするが、あえなく露見、戴宗も逮捕され、宋江ともども処刑される羽目になる。

しかし、処刑当日、あわやという瞬間、晁蓋を筆頭とする梁山泊の面々が刑場になだれこみ、当たるを幸いなぎ倒して二人を奪還し、意気揚々と梁山泊に引きあげた。このとき、まだ梁山泊のメンバーと面識のなかった李逵は単独で斬りこみ、あたり一面を血の海と化す大奮戦を展開し、二人の奪還に多大な貢献をした。

事ここにいたれば、さすが優柔不断の宋江も腹をくくらざるをえず、戴宗・李逵ともども正式に梁山泊入りをする。この時点で梁山泊の主要メンバーは四十人に達し、話し合いによって、晁蓋を第一、宋江を第二、軍師の呉用を第三、魔術師道士の公孫勝を第四に位置づけ、以下のメンバーの席次も決まって、軍団の基本構成が固まる。

しかし、この後、宋江はもう一度、晁蓋に懇願し単独で故郷へもどる。大罪人になった自

戴宗と宋江（『水滸伝』第三十八回）

李逵、四頭の虎を殺す（『水滸伝』第四十三回）

分の巻き添えを食う恐れがあるから、老父を梁山泊に連れてきたいというのだ。案の定、家に到着したとたん、ごろつき上がりの都頭二人の率いる部隊に包囲され、危機一髪のところで村はずれの古い社に逃げこむ。ここで宋江を守護する女神の九天玄女《きゅうてんげんにょ》が出現し、救ってくれたばかりか、彼が「替天行道《たいてんこうどう》」すなわち「天に替わって道を行う」ために必要な、軍事や政治のポイントを記した三巻の天書まで授けてくれる。おかげで、追っ手をかわし危機を脱した宋江は、ちょうど駆けつけた梁山泊の面々に助けられ、父と弟の宋清ともども梁山泊にもどることができた。

宋江はこうして何度も回り道をし、救いの女神まであらわれたあげく、ようやく梁山泊に腰を落ち着けるはこびとなるが、こうした語り口はたしかに読者の期待を先延ばしにしつつ、徐々に興趣をもりあげる長篇小説に特有のものだといえる。それにしても、親孝行を標榜し、侠者の共同体たる梁山泊を出たり入ったりするその軌跡には、なんともぶざまでもどかしいものがあるといわざるをえない。

それはさておき、進退きわまったとき、宋江が九天玄女から告げられた「天に替わって道を行う」という言葉は、実は以後、梁山泊軍団のスローガンとなるものである。先の話だが、第七十一回において、梁山泊の主要メンバー百八人がせいぞろいしたとき、天から百八人の姓名を記した石碑が降ってくるが、その石碑の側面にも「替天行道」および「忠義双全(忠と義と双《なら》び全《まった》し)」の二句が記されていたとされる。この「替天行道」という言葉は、悪しき権力者がのさばり混乱した時代において、奮起する侠者の理想を端的にあらわすものにほかならない。一方、「忠義双全」のほうは、なかなか複雑であり、これをよすがとして招安路線に舵を切った宋江および梁山泊軍団の運命については後述にゆずろう。

大共同体への発展

ようやく宋江が梁山泊第二の地位に落ち着いた後、しばらくして梁山泊軍団は、かねて敵対的な独龍岡《どくりゆうこう》の二つの村、祝家荘《しゆくかそう》と扈家荘《こかそう》を向こうにまわして全面戦争に突入し、苦戦のはてに完全勝利を収める（第五十回）。この結果、豊富な戦利品を手中に収め、ますます人も増えて、梁山泊は堂々たる大共同体へと形をととのえてゆく。

その矢先、わけあって一時的に梁山泊を出て、「かくまう俠」柴進のもとに身を寄せていた李逵が、高唐州《こうとう》に住む柴進の叔父を理不尽に痛めつけた知事高廉《こうれん》の義弟、殷天錫《いんてんしやく》を委細かまわず殴り殺すという事件を起こす。柴進は李逵を梁山泊へ帰し、自分も逃げようとしたところを捕縛され、死刑囚の牢獄に入れられてしまう。柴進を救出すべく、梁山泊側では、宋江と呉用を筆頭に二十二人の主力メンバーが騎兵・歩兵合わせて八千の大軍勢を率いて、高唐州に攻め寄せる。だが、知事の高廉は魔法使いであり、とても太刀打ちできず、戴宗と李逵が、母親に会うため故郷の薊《けい》州に帰ったきりの公孫勝を呼びに行く。すったもんだのすえ、ようやく公孫勝を連れ帰り、いちだんと威力をましたその魔法のおかげで、梁山泊側は高廉を一刀両断にし、柴進を奪還することができたのだった（第五十四回）。

しかし、一難去ってまた一難。高廉はかの四悪人の一人、高俅の従弟であり、従弟を殺された高俅は朝廷軍の出動を要請、剛勇無双の「双鞭《そうべん》」呼延灼《こえんしやく》を大将とする大軍が青州の梁山泊めざして攻め寄せる。梁山泊軍団は当初、呼延灼軍の「連環騎馬」戦法に手こずるが、これを打ち破る武器「鉤鎌槍《こうれんそう》」とその使い手を確保し、やがてこっぱみじんに官軍を撃破した。一方、敗軍の将、呼延灼はほうほうのていで青州の長官のもとに逃げこむ羽目となるが、青州各地に根を張る「山賊」に手を焼いていた長官は、さっそく呼延灼を起用、軍勢を与えて山賊退治に出向かせる。

詳しいいきさつは省略するが、このとき青州の三山、すなわち「打虎将《だこしよう》」李忠《りちゆう》と「小覇王《しようはおう》」周通《しゆうつう》を筆頭とする「桃花山《とうかざん》」軍団、魯智深、武松、楊志の「二龍山」軍団、孔明・孔亮兄弟の「白虎山」軍団、および救援依頼を受けて駆けつけた宋江らの梁山泊軍団が連合して、呼延灼の率いる青州軍に立ち向かうことになる。まもなく呼延灼も梁山泊の軍師呉用の計略にひっかかって生け捕りになり、宋江の意気に感じて仲間入りを承諾、その先導で青州城内になだれこんだ連合軍は大勝利を収めるにいたる。

こうして三山のメンバーも梁山泊軍団に合流し、意気揚々と凱旋した。この時点ではじめて、長らく自立していた魯智深、武松らもみずからの拠点を放棄し梁山泊に入り、分立割拠していた反逆集団は統合されるのである（第五十八回）。

リーダーの交代──晁蓋から宋江へ

発展の一途をたどるかに見えた梁山泊に、やがてその根底を揺るがす大事件が勃発する。

リーダーの晁蓋が、かねて敵対的な淩州西南の曾頭市《そうとうし》を根拠地とする曾長者一族のやり口に激怒し、みずから軍勢を率いて出撃、毒矢に当たって瀕死の状態となり、「わしの仇を捕らえた者を梁山泊の主にせよ」(第六十回)と遺言して絶命したのである。

晁蓋はその創生期から、分立していた魯智深らの反逆集団を統合して堂々たる大軍団、大共同体となるまで、梁山泊の押しも押されもしない大リーダーでありつづけた。しかし、そのわりには目立った動きもなく、ただ隠然と存在しただけという印象がつよい。ナンバーツーの宋江が次から次に事件を起こして右往左往するのに対し、晁蓋が物語世界の前面に登場し活躍するのは、梁山泊入りするきっかけになった、蔡京の誕生祝いを奪い取った黄泥岡事件のときと、この曾頭市を攻撃中に不慮の死を遂げた退場のときだけだといってもよい。これは、晁蓋というクッションを置いたうえで、紆余曲折を経ながらも、最終的に宋江を梁山泊のリーダーとして登場させる物語的な仕掛けであるともいえよう。

さて、晁蓋の死後、主要メンバーの要請を受けた宋江は、晁蓋の仇を捕らえる者が出現するまでとの条件を付けて、とりあえずリーダーの座につく。しかし、彼はリーダーになったとたん、根本的な路線転換の布石を打つ。「名を正さんか」(『論語』子路篇。孔子が弟子の子路に政治の責任者になったら、まっさきに何をするかと聞かれたとき、「必ずや名を正さんか」すなわち「名称の整理から始めるだろう」と答えたというもの)を地でゆき、メンバーの集会場ともいうべき梁山泊の中心的な建物の名称を、「聚義庁《しゅうぎちょう》」から「忠義堂《ちゅうぎどう》」に変更したのである。

初代リーダーの晁蓋が重んじた「聚義」とは「義に聚《あつ》まる」、すなわち「法の下の正義」とは次元を異にする、「大いなる正義」のもとに、梁山泊軍団のメンバーがあつまるという意味であり、国家権力に対抗し「天に替わって道を行う」戦う共同体としての梁山泊を象徴する言葉である。一方、宋江が執着する「忠義」とは、国家権力、実際には北宋王朝に対する忠節を意味する言葉にほかならない。「聚義」から「忠義」へと名称を改めることによって、宋江は乱反射するエネルギーの集合体である梁山泊軍団を、国家護持の軍隊へと路線転換させる舵を切ったといってもよかろう。

この後、晁蓋亡き後の指導部を強化すべく、軍師呉用の発案で、北京で質屋を営む豪傑の誉れ高い「玉麒麟《ぎょくきりん》」盧俊義《ろしゅんぎ》を梁山泊に迎え入れる作戦が展開されることになる。このくだりは、『水滸伝』第六十一回から第六十七回にわたって展開される。盧俊義は最初、頑として梁山泊入りを拒絶するが、妻とその不倫相手の番頭に陥れられ告発されて、梁山泊一味だということで投獄され、流刑処分となる。護送の途中、妻と番頭に賄賂をもらった役人に殺されそうになったところを、子飼いの使用人燕青の活躍で救われたものの、梁山泊に逃げこむ途中で、またも捕まってしまったのだった。燕青の知らせで、一部始終を知った宋江らは梁山泊軍団を率いて北京に攻めこみ、すったもんだのあげく、ようやく盧俊義の救出に成功した。

都会型侠　燕青

この騒動で大きな役割を演じた燕青は先にも少しく触れたように、まことに異色の侠であった。幼くして孤児となり、盧俊義の庇護のもとに成長した燕青は、「全身雪のように真っ白な肌だったので、盧俊義が名人の彫り師に命じて全身に刺青を彫らせたところ、あたかも玉亭の柱にやわらかいカワセミの羽をしきつめたようになった」（第六十一回）という、とびきりいなせな美男子だった。のみならず、「吹くこと、弾くこと、歌うこと、舞うこと、なぞなぞ、しりとり」を巧みにこなし、各地の方言やいろいろな商人や芸人の隠語も心得ているうえ、弩の名手で相撲も得意という、「文武両道」に長じた達人でもあった。

燕青も盧俊義とともに梁山泊入りしたが、無骨で粗野な田舎者ぞろいの豪傑連中のなかでは、きわだって粋で瀟洒な都会型の侠であり、のちにその多芸によって、リーダー宋江の招安作戦に多大な貢献をすることになる（後述）。総じて、燕青が体現するこうした都会型侠のイメージは、都市が発展した北宋の庶民文化が育んだものといえよう。

さて盧俊義らが仲間入りした後、梁山泊軍団は晁蓋の弔い合戦のために、曾頭市に出撃するが、ここで盧俊義は晁蓋を射殺した仇を生け捕りにする手柄を立てる。宋江は晁蓋の遺言に従ってリーダーの座をゆずろうとするが、李逵、魯智深、武松ら強力メンバーが猛反対したため、けっきょく一定の手続きを踏んでリーダーの地位にとどまった。こうして宋江が正式にリーダーとなり、盧俊義が第二の地位を占めて、梁山泊の新体制が固まった時点で、梁山泊の主要メンバーは、天罡星三十六人、地煞星七十二人を合わせて百八人となっていた。百八人の魔王のせいぞろいである。こうして集結した百八人は忠義堂で晁蓋の霊を祭り、供

燕青、主を救う（『水滸伝』第六十二回）

養したあと、天から降ってきた石碑に記されたとおりに席次をきめ、役割分担を定めた（第七十一回）。まさに梁山泊軍団のクライマックスのときであった。

4　梁山泊軍団の壊滅とそれぞれの最期

招安か征伐か

百八人がせいぞろいした儀式の後、宋江はあからさまに招安（罪を赦免され、それと引き換えに官軍に編入されること）願望をむきだしにするようになる。これに対して、まず武松が「今日も招安してもらいたい、明日も招安してもらいたいでは、兄弟たちがしらけてしまいますぜ」と反対し、李逵も「招安、招安、何がクソ招安だ」とわめいて猛反対する。さらに、魯智深も「今、朝廷じゅうの文武の役人はそろいもそろって邪悪な者ばかり、天子を騙しており、天子の耳目をふさいでいる……招安はダメだ。そういうことなら、袂を分かって、明日から一人一人それぞれの道を捜すとしよう」（以上、第七十一回）と、断固として異論を唱える。

しかし、宋江はけっきょく自分の言いなりになる李逵をどやしつけて罰する一方、武松や魯智深を穏やかになだめるなど、あの手この手を巧みに使い分けて、梁山泊軍団を思いどおりの方向に誘導してゆく。『水滸伝』の第七十二回から第八十二回までの十一回は、紆余曲折を経ながら、梁山泊軍団が招安されるにいたる過程を描く。

まず宋江は裏から手をまわして、徽宗と直接交渉する作戦を練り、燕青、李逵、戴宗、柴進、魯智深、武松、朱仝、劉唐《りゅうとう》、史進《ししん》、穆弘《ぼくこう》の十人をお供に連れて、元宵節《げんしょうせつ》(旧暦一月十五日。町の随所に提灯山が飾られる)でにぎわう首都開封に潜入した。このとき色男の燕青が大活躍して、徽宗の思い者である妓女の李師師《りしし》に巧みに取り入り、宋江とともに彼女の妓楼にあがり酒宴を開くところまでこぎつける。

宋江は李師師を通じて彼女のもとへお忍びで通ってくる徽宗に渡りをつけ、招安の許可を得ようとしたが、この計画は挫折した。酒宴の最中、突然、徽宗があらわれ、妓楼の外で張り番をしていた李逵が一足遅れてやってきた四悪人の一人、楊戩《ようせん》を殴り倒したために、大騒ぎになったのである。幸い軍師の呉用が不慮の事態にそなえて、ひそかに梁山泊から軍勢を派遣、待機させていたため、宋江らはかろうじてこれに助けられ開封城外に脱出することができた。

その後、梁山泊に対する朝廷側の方針も招安と征伐の間を揺れ動き、いろいろいきさつはあったものの、梁山泊軍団は四悪人の童貫や高俅が率いる朝廷軍をあいついで撃破し、優位に立ったところで、宋江はもう一度、裏口作戦をとり、徽宗と直接交渉する方法を探る。ここで、またも燕青の出番となる。彼は李師師の手引きで徽宗と対面して詳しく事情を説明し、はじめて真相を知った徽宗から、首尾よくこれまでの罪は帳消しにするという赦免状を受けとる。

こうして燕青は宋江が切望する招安のお膳立てをととのえることに成功したわけだが、だ

天から降ってきた石碑（『水滸伝』第七十一回）

からといって、燕青自身が宋江の招安路線に積極的に賛成していたとは言いがたい。彼は歌舞音曲など花柳の巷でもてはやされるみずからの特技をフルに活用して李師師に接近、籠絡して成功を収めたのであり、つまるところ、リーダーの命を受け、技能者としてのみずからの役割をクールに貫徹したにすぎないのである。

ともあれ、燕青の辣腕によって裏口作戦が大成功を収め、まもなく梁山泊に徽宗の招安の詔を持った使者が到着、梁山泊軍団は宋江の狙いどおり朝廷軍へと衣替えすることになった。かくて、梁山泊軍団は一同うちそろって、「順天《じゅんてん》（天に順《したが》う）」「護国《ごこく》（国を護る）」と記した紅旗を押し立て、美々しく行列をととのえて、開封へ入城するにいたる。「替天行道」から「順天護国」へ、悪しき権力に立ち向かう俠者の大共同体たる梁山泊軍団はこの時点で消滅したといっても過言ではない（第八十二回）。

まもなく宋江は後始末のために梁山泊にもどり、晁蓋の位牌を燃やし、メンバーの家族を帰郷させ、主だった建物を解体して、根拠地としての梁山泊そのものを消滅させた。官軍になりきるための決意表明だったが、その後、事はけっして宋江の思いどおりには運ばなかった。

二つの戦いと梁山泊軍団の壊滅

なんとか招安されたものの、四悪人をはじめ、朝廷の重臣には梁山泊軍団を快く思わない者も多く、宋江らは名ばかりの官位しか与えられず、鬱々たる日がつづく。そんなおり、徽宗の勅命を受け、梁山泊軍団は官軍として契丹《きったん》族の国家遼との戦いに出陣する。このとき、梁山泊軍団は苦しい戦いをくぐりぬけて遼軍を撃破、大勝利を収めて、百八人の主要メンバーはそろって意気揚々と開封に凱旋した。しかし、蔡京らの妨害もあって、思ったような論功行賞も受けられず、宋江はすっかり意気消沈してしまう。そんな宋江に対し、李逵はずばりと痛いところをついてこう言いはなつ。

「兄貴は、まったく考えなしだね。梁山泊にいたころはバカにされることもなかったのに、今日も招安されたい、明日も招安されたいで、じっさいに招安されると、かえってつまらない目にあう始末だ。兄弟たちみんなでここにいるのはやめて、もういっぺん梁山泊へ上がったほうが、愉快になれるぜ」（第九十回）

宋江が慌てて李逵を叱りつけると、李逵は「兄貴がわしの言うことも聞かないなら、明日もバカにされるだけだな」と笑い、ほかのメンバーもどっと笑いくずれる。宋江の招安路線に引っぱられて、ここまで来たけれども、案の定、この先いいこともなさそうだ。とはいえ、梁山泊の根拠地もさっさと解体してしまったし、もはや後もどりもできないという、メンバーのやりきれなさが伝わってくる場面である。

まもなく梁山泊軍団は、江南で大規模な反乱を起こした方臘征伐のために、二度目の出陣をすることになる。『水滸伝』第九十回から第九十八回にわたり、えんえんと展開される方臘との戦いは梁山泊軍団にとってまことに苛酷なものであった。出陣の前に、魔術師の公孫勝が帰郷したのをはじめ、やむをえない事情で参加できなかった者も数名あり、すでに百八人の主要メンバーがそろわなかったのも、前途多難を思わせた。

いざ戦いが始まってみると、苦戦、激戦の連続で、戦死者や負傷者が続出し、ようやく方臘を捕らえ勝利を手にしたときには、七割のメンバーを失い、生き残った者はわずか三十六名にすぎなかった。この三十六名のうち、種々の理由で軍団を離れた者もあり、開封に帰りついたメンバーはさらに減って二十七名になっていた。この時点で、梁山泊軍団は名実ともに壊滅したのであった。

一匹狼のけじめのつけ方——魯智深、武松、林冲

梁山泊の生き残り組が軍勢ともども凱旋し、杭州に到着したとき、魯智深は戦場で重傷を負い左腕をなくした武松とともに、六和寺《ろくわじ》で休息をとった。その夜中、彼は銭塘江《せんとうこう》の潮信《ちょうしん》(潮時。じっさいには杭州で海にそそぐ銭塘江の流れが、満潮にぶつかり逆流したときの轟音)を聞き、遼征伐のとき、再会した智真長老から授けられた偈に「潮《うしお》を聴《き》いて円《えん》し、信《しん》を見《み》て寂《じゃく》す」という文句があったことをはたと思い出し、寺の僧侶に「円寂《えんじゃく》」とはどういう意味かとたずねる。かくて、円寂とは死ぬことだと教えられると、今こそそのときだと悟り、身を清めて法堂に入り、禅床のうえに座ると、そのまま眠るがごとく昇天した。まさに悠然たる大往生、あっぱれな最期だった。

魯智深、悠然たる大往生（『水滸伝』第九十九回）

宋江、盧俊義をはじめ、一同が列席して魯智深を手厚く葬ったあと、武松は身体のこともあり、このまま六和寺にとどまりたいと申し出て、開封にもどる宋江らと袂を分かった。また、軍団の出発寸前、林冲が中風にかかって身動きがとれなくなったため、六和寺に残留し、武松が看病することとなる。けっきょく、林冲は武松の手厚い看護を受けて半年後に死去するが、武松はその後も六和寺にとどまって出家し、八十歳の長寿を保って安らかに永眠した。ちなみに、魯智深、武松とともに二龍山を拠点とした楊志は、方臘征伐の初期段階で病気にかかって戦線を離脱、そのまま死去したのだった。

こうして、魯智深、武松、楊志、さらに魯智深と深い縁《えにし》の糸で結ばれた林冲は、各人各様の形をとったとはいえ、最終的に四人とも梁山泊軍団と離れ、単独者としてそれぞれ最期を迎えた。いかにも一匹狼の俠らしいけじめのつけ方だったといえよう。

単独固有の生き方・死に方——戴宗、燕青

技能派の俠である快足の戴宗、いなせで器用な燕青の二人も、方臘との激戦をくぐりぬけて生き残ったが、けっきょく宋江からも北宋朝廷からも離れ、それぞれ独自の道を選んだ。燕青は宋江軍が杭州をあとにし、開封へ向かう途中、ひそかに主人の盧俊義に、自分はこのまま行方をくらまし、どこか田舎に引っこんで静かに余生を送りたいと告げた。また、前漢の高祖劉邦の配下だった韓信《かんしん》や黥布《げいふ》が用ずみになると、粛清された故事を引き、朝廷の重臣は必ず梁山泊軍団の指導者の抹殺をはかるであろうから、身を引いて災禍を避けるようにと

盧俊義に勧める。

しかし、盧俊義は納得せず、やむなく燕青は別れを告げ、褒美に賜った黄金、宝石をまとめて担ぎ、脱走した。その後、彼の行方は杳として知れないが、おそらく念願どおり、悠々自適の余生を過ごしたとおぼしい。

一方、戴宗は開封に凱旋し、兗《えん》州総指揮官を拝命したが、まもなく悟るところがあって辞令を返し、泰安《たいあん》州の東岳廟《とうがくびょう》に入って道士となった。かくして誠心誠意つとめること数か月、ある夜、病気でもないのに道士仲間を呼んで別れの挨拶をした後、大笑いしながら息絶えた。魯智深の「円寂」と同様、なんともみごとな最期であった。

ちなみに、盗みのプロの時遷も生き残り組だったが、宋江軍が杭州から出発する直前、腸コレラにかかって急死した。そのほか、船頭あがりで水軍の指揮者だった「混江龍《こんこうりゅう》」李俊《りしゅん》は開封に凱旋する途中、蘇州まで来たとき、中風にかかったふりをして、配下の童威《どうい》、童猛《どうもう》とともに脱落、かねてからの同志だった費保《ひほう》らと語らい、自己財産を使って船を造り、総勢七人で異国へ向かって船出した。その後、李俊はシャムの国王となり、仲間もみな異国で出世し、楽しい日々を送ったとされる。

こうして魯智深、武松ら一匹狼の侠や戴宗、燕青ら技能派の侠は、宋江の招安路線をよしとするかどうかはさておき、男同士の信義にもとづく相互の信頼関係を最重視する侠の精神を堅持し、梁山泊共同体が消滅した後も、宋江の率いる梁山泊軍団が朝廷軍として出陣した遼征伐、方臘征伐に参加し戦いぬいた。多くの仲間が命を落としたはげしい戦いが終わり、梁山泊軍団が実質的に壊滅した後、信義をまっとうした彼らはようやくそれぞれの道を歩みだし、単独固有の死に方、あるいは生き方を手にしたのだった。

しかし、梁山泊軍団をあげて招安に踏み切らせた組織のリーダー宋江の場合は、そうはいかなかった。「順天護国」の旗印をかかげ朝廷に帰順した彼は、高いツケを払わねばならなかったのである。

朝廷に毒を盛られて——宋江、李逵

開封に凱旋した後、リーダーの宋江が楚《そ》州安撫使《あんぶし》および兵馬都総管《へいばとそうかん》、副リーダーの盧俊義が廬《ろ》州安撫使および兵馬副総管に任ぜられたのを筆頭に、十二人の正将（天罡星）と十五人の副将（地煞星）もそれぞれ各州の総指揮官および各路の指揮官に任ぜられた。しかし、その後も朝廷を牛耳る四悪人の罠にはまることを警戒し、戴宗をはじめ口実を設けて辞任するものがあいつぐ。

危険を察知して身を引いた者はまだ幸いだったが、宋江と盧俊義の最期は悲惨をきわめる。まず盧俊義は四悪人の差し金で朝廷に呼びつけられ、水銀の入った食事を食べさせられて、任地にもどる船旅の途中、毒がまわって河に転落、水死してしまう。燕青の懸念したとおりの結末だった。

これにつづいて宋江は任地の楚州で、四悪人の腹心である勅使に、遅効性の毒の入った恩賜の酒を飲まされる。死期を悟った彼は、李逵がこのことを知ったならば、必ず謀反を起こし「わしらの一世の清らかな名声と忠義の事績を台無しにするにちがいない」と、使者をやって潤《じゅん》州の総指揮官をつとめる李逵を呼び寄せる。駆けつけた李逵にそれと知らせず、やはり遅効性の毒をもった酒を飲ませた後、事のしだいを告げると、李逵は「いいさ、いいさ。生きているとき兄貴に仕え、死んでも兄貴の手下の亡者だよ」と言い、泣きながら宋江を許す。あいついで息絶えた李逵と宋江はともに、梁山泊と景色がそっくりであるため、宋江が墓所にきめていた楚州郊外の蓼児洼《りょうじわ》に葬られたのだった。

その後、梁山泊軍団の軍師だった呉用と宋江と因縁の深い花栄が、宋江の墓前で後を追って縊死し、宋江・李逵と並んで葬られた。梁山泊を思わせる蓼児洼に四つの墓が並ぶ、この寂寞とした風景をもって、水滸伝世界は基本的に閉幕する。

宋江は忠義を標榜して、梁山泊軍団を強引に招安に向かわせ、ついに壊滅させた責任者であり、信じた北宋朝廷に裏切られて使い捨てにされ、毒殺されても文句はいえない。しかし、物語世界において、彼の分身として設定されているとはいえ、なぜ李逵を道連れにする必要があったのか、どうも釈然としないところがある。物語には始まりと終わりがあり、梁山泊に集結した百八人の豪傑は大活躍をしたあげく、みな退場しなければならないという既定の枠組みにのっとった、矛盾を含んだ結末だというほかない。

大いなる侠の夢

長らく近世語り物の世界で語り伝えられた『水滸伝』には、市井に生きる人々の「天に替わって道を行う」俠的存在に対する憧憬や期待がこめられている。それぞれ抜群の武勇や特技をもった豪傑たちが、悪のはびこる表社会から逸脱して、梁山泊に結集し悪しき権力と対抗する大共同体を作りあげる。

この共同体でもっとも重んじられるのは仲間同士の信義であり、豪傑たちは女性に対する欲望、金銭欲、権力欲等々、すべての暑苦しい欲望を捨象して（食欲と飲酒への欲望は別だが）、爽快な共同体の倫理に生き、弱きを助け強きを挫くことに邁進する。このきわめてストイックで雄々しい俠者像は、まさしく庶民の願望充足の欲求によって生まれたものにほかならない。

長篇小説『水滸伝』の特色は、個々の俠者を単独の存在としてではなく、梁山泊に結集する集合体としてとらえ、描きだしたところにある。『水滸伝』はあくまでも虚構の物語であり、これを歴史上の俠と、短絡的に結びつけたり比較したりすることはできないが、前章でとりあげた「俠女」が春秋戦国の単独者としての俠に繫がるとすれば、水滸伝世界の梁山泊軍団は前漢の高祖劉邦の無頼軍団や三国志世界の劉備グループに繫がるといえよう。もっとも、劉邦軍団も劉備グループも大乱世の渦中で、自己権力の確立をめざして戦いつづけたが、北宋の時代状況のもと、梁山泊軍団は権力奪取にいたらず、反逆路線から招安路線に転換したとたん、既成権力の補完物となり、けっきょく壊滅してしまった。反逆集団の悲しき末路である。

『水滸伝』の作者は、梁山泊軍団のこうした末路をあらかじめ計算に入れ、終始一貫して、魯智深や武松など一匹狼の俠、戴宗や燕青のような技能派の俠、そして晁蓋や宋江のような組織指導者としての俠をきっちり描き分けている。用意周到、まことにみごとな構成力というほかない。

いずれにせよ、水滸伝世界は先にも述べたとおり、「聚義」すなわち個性あふれる梁山泊のメンバーが「大いなる正義」のもとに結集し、戦う共同体として成長してゆく過程がもっとも興趣に富み、幕引き役を担う宋江の招安路線が前面にあらわれるや、急速に精彩を失ってゆくのは、否めない事実である。とはいえ、戦う共同体たる梁山泊軍団の輝かしいイメージは後世の反逆集団のよすがとなり、その「天に替わって道を行う」という旗印は、繰り返しスローガンとして用いられつづけた。物語世界の梁山泊軍団は壊滅したけれども、その大いなる俠の夢は、虚構の枠を超え時間を超えて、脈々と受けつがれ、生きつづけたというべきであろう。

第六章　舞台の上の侠——元・明・清代

1　元曲『救風塵』

元曲とは

一二七九年、モンゴル族の元《げん》王朝は、江南を支配する漢民族王朝の南宋《なんそう》を完全に滅ぼし、中国全土を支配した。元王朝の初代皇帝にあたる世祖《せいそ》（ジンギスカンの孫、フビライ。一二六〇—一二九四在位）は、中国を支配するにあたり、すべての官僚機構のトップにモンゴル人を配置するなど、モンゴル優先の原則をつらぬいた。

また、世祖は中国に居住する者を、最上級のモンゴル人、第二級の色目人《しきもく》、第三級の漢人、第四級の南人の四等級に区分した。ちなみに、第二級の色目人はさまざまな異民族、第三級の漢人は女真《じょしん》族王朝金《きん》の支配下にあった華北の漢民族、第四級の南人は南宋の領域に居住していた江南の漢民族を指す。元代においてもっとも蔑視されたのは、この最下級に位置づけられた南人であった。

モンゴル方式を堅持した元王朝では宋代に完備された科挙もめまぐるしく廃止されたり、

復活されたりと、不安定な状態がつづき、ほとんど制度として機能しなかった。したがって、伝統的な教養を身につけた「漢人」や「南人」の士大夫知識人は世に出るすべを失い、生計を立てることも困難な状況に追いこまれた。

こうした状況のもと、彼らのなかから、正統的な詩文を重視する従来の知識人が見向きもしなかった、大衆芸能の分野に活路を見いだそうとする者が続出し、大衆向けの戯曲の脚本を書いたり、語り物の種本を書いたりするようになる。こうして知識人が大挙して戯曲や小説など、いわゆる「俗文学」の分野に進出したことによって、俗文学のレベルは飛躍的に上昇した。

かくして、元代では「元曲《げんきょく》」と呼ばれる戯曲が文学の主要ジャンルとなり、関漢卿《かんかんけい》、鄭徳輝《ていとくき》、白仁甫《はくじんぽ》、馬致遠《ばちえん》の四大家をはじめ、多くのすぐれた戯曲作家があらわれ、数々の傑作が生まれた。付言すれば、元曲はセリフと歌の二つの部分から成るが、どの作品においても、歌の部分を担当するのは主役（男性の場合は「正末《せいまつ》」、女性の場合は「正旦《せいたん》」と呼ばれる）一人に限られる。さらにまた、四幕（四折という）構成が原則とされる。

元曲には歴史や語り物からヒントを得た作品が多く、侠をテーマとする作品も例外ではない。すでに述べたように、実の部第一章でとりあげた春秋時代の「趙氏孤児《ちょうしこじ》」を嚆矢として、「歴史上の侠」では、前漢の高祖劉邦《りゅうほう》およびその配下グループ、ライバルの項羽《こうう》、後漢の光武帝、三国志世界の英雄・豪傑（『三国志演義』と共通する話柄《わへい》も多い）等々、「歴史上の侠」をとりあげた作品は文字どおり枚挙に遑《いとま》がないほど見られる。また、魯智深、武松、燕青など、『水滸伝』の豪傑をはじめとして、「物語世界の侠」の活躍を描く作品もこれまた数多く存在する。

こうしたなかで、侠的存在を描いた元曲独自の作品といえば、まず関漢卿の著した『救風《きゆうふう》塵《じん》』に指を屈するだろう。この戯曲の主人公は趙盼児《ちようはんじ》という汴梁《べんりよう》（河南省開封市）のおきゃんな妓女である。この趙盼児が「正旦」として、劇中でただひとり歌唱を担当する。

ヒロイン趙盼児の登場

『救風塵』も元曲の基本スタイルにのっとり、四幕（四折）で構成される。

まず第一幕の冒頭に、周舎《しゆうしや》という道楽者が登場し、かねて深い仲の汴梁の妓女、宋引章《そういんしよう》を女房にして、故郷の鄭《てい》州に連れて帰りたいのだが、引章の母親がどうしても承知しないのだと口上を述べる。ちなみに、この周舎は地方長官のドラ息子という設定である。周舎が退場すると、間髪を容れず、引章母娘が登場、娘が「周舎さんでなければいやだ」と言いはるため、母親はやむなく二人の結婚を認める。そこに周舎も登場、トントン拍子に婚礼の段取りとなる。

ついで、舞台は一転し、学問教養はたっぷりあるものの、やはり遊び好きの安秀実《あんしゆうじつ》なる青年が登場して、宋引章と結婚の約束をしたにもかかわらず、いつのまにやら彼女は遊び馴れた色事師の周舎に心を移してしまったと繰り言を述べる。かくして引章の姐さん妓女にあたる趙盼児の力を借りるべく、彼女のもとを訪れる展開となる。いよいよ、ヒロイン（正旦）

趙盼児の登場である。

安秀実の話を聞いた趙盼児は一肌ぬごうと、引章に会いに出かける。引章と出会った彼女がどうして周舎と結婚したいのかと聞くと、引章は「夏の昼寝のときには、うちわであおいでくれるし、冬は冷たい布団をぬくめてくれるから」等々と答える。男の見えすいたやりくちにあきれた趙盼児は、「嘘でかためた男の心を、見抜けぬ女は熱をあげるばかり」、結婚したら手のひらを返すようになるに決まっていると、縷々言い聞かせるが、引章はまったく聞く耳をもたない。そこに、周舎が登場し、趙盼児の機嫌をとって結婚の保証人になってくれと言いだすが、趙盼児は逆ねじをくわせて拒否する。

以上が第一幕のあらましの展開だが、ここで周舎のうさんくささを直感した趙盼児が、なんとかとめようとしたにもかかわらず、世間知らずの宋引章がやみくもにこの忠告を振り切り、周舎のもとに嫁いでゆく顚末が明らかにされる。趙盼児は第二幕以降もそうだが、セリフに加え、ここぞというときに高らかに歌いあげて、興趣を盛りあげる。

あっさり手玉にとられる周舎

さて、つづく第二幕の展開を追ってみよう。引章を連れて、故郷の鄭州に帰ったとたん、周舎は本性をあらわし、ろくに家事もできないなどと難癖をつけては、引章に殴る蹴るの暴力をふるう。愕然とした引章は隣に住む行商人が、汴梁に商いに行くと聞いて、母親と趙盼児にあてた手紙をことづけ、助けを求めることにする。

手紙を受け取った母親は取るものもとりあえず趙盼児のもとに駆けこみ、なんとかしてやってほしいと訴える。趙盼児はあれほど忠告したのに、聞き入れなかったから、こんなことになったのだとあきれながら、「毒を食らわば皿まで、私はとことんやります」と、妹妓女の引章を周舎から奪いかえすべく、鄭州に向かう決心を固め、まず引章に手紙をとどけて手順をのみこませる。こうして準備をととのえ、色里で鍛えた手練手管を駆使して周舎を骨抜きにし、離縁状を書かせようというのである。こうして、趙盼児が義侠心を発揮し、引章の救助に向かうところで、第二幕は幕となる。

つづく第三幕では、まず周舎が番頭とともに登場、鄭州で番頭を使って旅館を開いたことを述べる。狙いは金もうけではなく、遊女が宿泊したら昵懇《じっこん》になろうという、なんとも露骨なものであった。周舎と番頭が退場すると、入れ替わりに趙盼児とお供の幇間が登場、衣装などを詰めた二箱の大きなつづらを携え、馬で鄭州に向かう段取りとなる。ちなみに、元曲はほとんど舞台装置もなく、場面展開はすべて登場人物のセリフであらわされるため、時間や空間の制限は無きに等しいといってよい。

というわけで、趙盼児と幇間はあっというまに鄭州に到着、周舎の経営する旅館に投宿するはこびとなる。そこに周舎が登場、趙盼児と対面し、彼女が引章との縁組みをぶち壊そうとした姐さん妓女であることに気がつく。すると、趙盼児は得たりやおうと、噂の高い色男の周舎にかねて恋い焦がれていたにもかかわらず、「そのあなたが引章と婚礼をあげると聞いて、腹が立ったのです」などと、言葉巧みに周舎を有頂天にさせる。さらにまた、なんとか周舎と結ばれたいと思い、こうして嫁入り支度をととのえて訪ねてきたのだと、あっけらかんと言ってのける。

そこに、手紙で打ち合わせた手順どおり引章が登場、趙盼児に向かって、「やい、このあばずれの恥知らず、こんなところまで追いかけてくるなんて」と罵倒の限りを尽くし、周舎を連れて帰ろうとする。すったもんだのあげく、周舎は引章を離縁し、趙盼児と結婚する気になる。しかし、引章に離縁状をわたせば、別れたがっている彼女はさっさと逃げ出すだろうし、そのあげく趙盼児に袖にされたら目もあてられない。そこで、周舎は趙盼児にきっと嫁になると誓いを立てるように迫ると、誓いを立てるくらいお安い御用とばかりに、趙盼児はおおげさに誓ってみせる。

一安心した周舎はやれ祝いの酒だ、羊肉のごちそうだ、結納の紅絹だと騒ぐが、趙盼児は気を使わなくとも、そんなものはすべて持参してきたと、いっさい受けとろうとしない。むろん、のちのち悶着の種にされまいとする周到な配慮である。話がまとまったところで、周舎と趙盼児はそろって退場、第三幕は終わる。

悪知恵のはたらくごろつきともいうべき周舎が、こうして度胸満点の趙盼児にあっさり手玉にとられる展開には、スラップスティック（ドタバタ喜劇）風の趣がある。これを見た観客は大笑いしながら、やんやの喝采を贈ったことであろう。

泥沼からの救出

さて、いよいよ大詰めの第四幕である。まず家にもどった引章のもとに、周舎があらわれ、三行半《みくだりはん》の離縁状を突きつけて、家から追い出す。引章はいちおう型どおり渋るふりをしてみせるが、「周舎の大バカめ。趙盼児姐さんはほんとに凄腕だわ」と感嘆しながら、趙盼児のもとへと急ぐ。かくして、うまくいったと趙盼児と引章は宿屋から立ち去る。

一足おくれてやってきた周舎は、二人に逃げられたと知るや、かっと頭に血が上り、必死で後を追う。逃げる途中、趙盼児は引章に受けとった離縁状を見せろと言い、引章も気づかない早業でニセモノとすりかえる。その瞬間、追いついた周舎は引章から離縁状（実はニセモノ）を奪い取り、バリバリと噛み砕いてしまう。

これで強気になった周舎は、引章も趙盼児も二人とも自分の女房だと言いつのる。趙盼児が自分の酒を飲み、紅絹を受けとり、自分の女房になると、天に誓いを立てたではないかと。これに対して、趙盼児は酒も紅絹も自分のものであり、誓いを立てることなど、花柳の巷に生きる者の習いであり、何の意味もないと猛反撃する。「嘘偽りを売るのが私の商売、型にはまった誓いの言葉で、生計を立てます」と。

趙盼児にこてんぱんに粉砕され、反故《ほご》にした離縁状もニセモノだと知った周舎は、役所に訴えて白黒つけようと息巻く。そこに鄭州長官の李公弼《りこうひつ》が従者を連れて登場、場面はお白州へと転換する。ここで、告訴人の周舎が趙盼児に妻を騙しとられたと訴えたのに対し、趙盼児は、宋引章にはもともと夫がいるにもかかわらず、周舎が横取りしたのだと主張し、離縁

周舎をやりこめる趙盼児

長官の裁きで、宋引章と結ばれる安秀実

状もここにあると述べた。

ここで趙盼児から知らせを受けたと、かつて引章と恋仲だった安秀実が登場、周舎に夫婦約束をした彼女を奪われたと長官に訴えでる。長官は趙盼児にこれが事実かどうかたずね、彼女が安秀実・宋引章の結婚保証人であることを確認すると、れっきとした婚約者がいる宋引章を無理やり妻にしたかどで、周舎を棒たたき六十、および強制労働の罰を与えると判決を言いわたす。さらに、宋引章はもとどおり安秀実の妻たること、また趙盼児はいっさいお咎めなしということで、一件落着したのだった。こうして、義侠心にあふれた趙盼児はものの みごとに妹妓女の宋引章を暴力亭主のもとから救出することに成功し、この戯曲は終幕を迎える。付言すれば、この戯曲のタイトル『救風塵』の風塵は泥沼の意であり、「泥沼からの救出」という意味である。

失うもののない者の強靱にして爽快な侠

趙盼児の引章救出作戦の隠し玉ともいうべき存在は、見てのとおり、引章の昔の恋人安秀実である。周舎は箸にも棒にもかからない典型的な悪玉だが、その実、安秀実も趙盼児の言いなりで頼りないことおびただしく、引章に愛想をつかされてもしかたのない優男にほかならない。趙盼児は、うむを言わさず周舎を叩きのめすために、安秀実を動かし、当時の風習にのっとったもっとも有効な罪状を作りだしたといえよう。

それはさておき、この戯曲のおもしろさは、社会から疎外された存在である妓女の趙盼児が、花柳の巷から足を洗えると喜び勇んで結婚した妹妓女の不幸を見るに忍びず、義俠心を発揮して、身につけた妓女の特性を思いきり活用し、地方長官のドラ息子をきりきり舞いさせ、徹底的に痛めつけるところにある。

『水滸伝』の豪傑たちにもなんらかの形で罪を犯し、社会から逸脱した者が多かった。しかし、この戯曲のヒロイン趙盼児は、なんら罪を犯したわけでもないのに、本来的に社会から疎外され、逸脱した存在である。劣性のマークを負った彼女は平然と社会通念に逆らい、騙しの戦術を駆使しながら、社会的な強者である劣悪な存在を猛然と追いつめてゆく。まさに、底辺に生きる俠なる妓女の奮戦である。こうした俠者のイメージは、歴史の分野でも物語の分野でも、空前のものである。

先に述べたように、元曲の作者の多くはモンゴル優先の鉄則につらぬかれた時代状況のもと、抑圧され疎外された知識人であった。その持ちも提げもならない怒りが、この果敢な妓女の物語に映しだされているともいえよう。そして、観客もまたこの妓女の奮戦に共鳴し、思うにまかせない日ごろのうっぷん晴らしをしたとおぼしい。失うもののない逸脱者の強靱にして爽快な俠の軌跡を描いたこの戯曲の意味は、まことに深く大きい。

2　清代戯曲『桃花扇』

明清の戯曲について

モンゴル王朝の元を滅ぼし、中国全土を統一した漢民族王朝の明《みん》（一三六八—一六四四）、明が農民反乱軍の流賊《りゅうぞく》に滅ぼされた後、この流賊を追いはらい中国全土を支配した満州族王朝の清《しん》（一六四四—一九一一）の時代に入ってからも、戯曲のジャンルは大きくさまがわりしながら、隆盛を誇った。

元代の戯曲（元曲）も明清の戯曲も、歌とセリフからなる一種の歌劇であることに変わりはないが、その基本構成に大きな差異がある。元曲は北方系の音楽を基調としつつ、先述のように、四幕構成を原則とし、歌うのは主役一人に限られる。これに対して、明清の戯曲は南方系の音楽を基調とし、幕（齣《せき》）数に制限はなく、登場人物は誰でも歌うことができるという具合に、表現の自由度が高くなった。このため、明清の戯曲では多幕物（長篇戯曲）が主流となり、なかには五十幕、六十幕で構成される作品さえある。

構成が一変したのに加え、作者の階層もまた変化する。元曲の作者のほとんどが無名の文人であるのに対し、明清の戯曲は、文章表現に習熟した有数の文人が、競って創作に手を染め、作者として名を連ねる。かくして、彼らは洗練度の高い表現技法を駆使して、基本的に素朴な民衆演劇である元曲とはひと味もふた味もちがう、自在にして複雑精緻な劇的世界を構築したのだった。

明代の戯曲熱がクライマックスに達したのは、十六世紀後半から十七世紀前半の明末である。中国のシェイクスピアとも呼ばれる大戯曲家の湯顕祖《とうけんそ》（一五五〇—一六一六）が活躍したのもこの時期であった。なお、湯顕祖の代表作としてあげられるのは、『牡丹亭還魂記《ぼたんていかんこんき》』

（全五十五幕）である。

こうした戯曲熱は清代に入っても受け継がれ、康熙《こうき》年間（一六六二―一七二二）にいたるや、洪昇《こうしょう》（一六四五―一七〇四）の著した『長生殿《ちょうせいでん》』（全五十幕）、本章でとりあげる孔尚任《こうしょうじん》（一六四八―一七一八）の手になる『桃花扇《とうかせん》』（全四十幕）の二大傑作が出現する。ちなみに、『長生殿』は唐の玄宗《げんそう》皇帝と楊貴妃《ようきひ》のラブロマンスを主題とする作品であり、『桃花扇』は明清の王朝交替期を舞台とする歴史劇である。文学史的にはこの二大傑作が出現した後、さしもの隆盛を誇った戯曲のジャンルもしだいに下り坂に向かうとされる。以下、中国古典戯曲史の有終の美を飾った『桃花扇』をとりあげ、ここに活写される侠のイメージを追跡してみたいと思う。

作者、孔尚任は孔子の子孫

『桃花扇』の作者、孔尚任あざな聘之《へいし》は孔子の第六十四代目の子孫である。彼は三十代後半まで、孔子廟のある山東省曲阜《きょくふ》で過ごしたが、康熙《こうき》二十三年（一六八四）三十七歳のときに、孔子廟を訪れた康熙帝に進講、その学識、才能を高く評価されて国子《こくし》監《かん》博士（国立大学教授）に任命され、北京に赴任した。二年後、別の官職を兼務して江南に長期出張し、約二年にわたって滞在した。

この間、孔尚任は画家の石濤《せきとう》をはじめ、多くの明の遺民と往来し、彼らからさまざまな話を聞いた。この体験が『桃花扇』制作の基本構想となり、以来、十数年の歳月をかけて推敲に推敲を重ね、康熙三十八年（一六九九）、ようやく『桃花扇』を完成させた。『桃花扇』の人気は高く、中国各地で上演されたが、この戯曲を読んだ康熙帝は、明の滅亡を哀悼する内容に不快感をつのらせたとされる。このため、孔尚任は辞職して曲阜に帰り、死にいたるまで十年間、隠遁生活を送った。

反清思想に神経をとがらせる清王朝では、しばしば「文字の獄」と称される筆禍事件が起こった。孔尚任は儒家思想、儒教の始祖である孔子の直系の子孫であるがために、明の遺民に共感し、彼らを正面切って称揚する『桃花扇』を著しながら、かろうじて実刑を逃れることができた。それにしても、この孔子の子孫の大胆な反骨ぶりは大したものであり、彼自身、「義を見て為さざるは勇無き也」という侠の精神の持ち主だったといえよう。

明滅亡前後の激動期という時代背景

『桃花扇』は、「復社《ふくしゃ》（宦官およびこれと結託した悪徳官僚を批判した知識人の政治結社『東林党《とうりんとう》』の命脈を受け継ぐ、明末の政治・文学結社）」に属する文人侯方域《こうほういき》と、侠気あふれる妓女李香君《りこうくん》の恋を核として、これに多種多様の登場人物を絡ませ、鮮やかに描き分けながら、明滅亡前後の激動期を浮き彫りにする。根幹となる劇的時間は、明末の崇禎《すうてい》十六年（一六四三）二月から清の順治《じゅんち》二年（一六四五）七月の二年五か月と、こまかく規定されており、主要登場人物もすべて実在した人々である。この堂々たる歴史劇『桃花扇』の展開を追跡しつつ、ここに描出される侠のイメージを見るに先立ち、明末の時代状況をざっとたどってみよう。

明王朝の始祖である洪武帝《こうぶ》（本名は朱元璋《しゅげんしょう》。一三六八―一三九八在位）は、歴代の王朝が宦官の専横のために弱体化したことを考慮して、宦官の数を数百人に抑え、彼らが政治に関与することを厳禁した。しかし、洪武帝の死後、第二代皇帝となった甥の建文帝《けんぶん》（洪武帝の長孫。一三九八―一四〇二在位）を滅ぼし、第三代皇帝となった永楽帝《えいらく》（洪武帝の四男。一四〇二―一四二四在位）は有能な人物だったが、簒奪者の引け目からか官僚を信頼せず、宦官を重用した。そのなかには、大航海を指揮した鄭和《ていわ》のような優秀な宦官もいたけれども、結果的には、この永楽帝の宦官重用が、以後の宦官横行の端緒となる。

無能な皇帝と悪辣な宦官、その宦官と結託する悪徳官僚が政局を腐敗させるという構図は、後漢王朝や唐王朝の末期にも見られたものだが、明王朝においてこうした末期症状が顕在化したのは、第十一代皇帝の正徳帝《せいとく》（一五〇五―一五二一在位）のころからである。以後、第十二代の嘉靖帝《かせい》（一五二一―一五六六在位）、第十四代の万暦帝《ばんれき》（一五七二―一六二〇在位）と、政治にはまったく無関心、ひたすら放蕩にふけるばかりの皇帝があいつぎ、宦官の跋扈《ばっこ》とあいまって、明王朝の屋台骨はすっかり傾いてしまう。

崩れゆく明王朝は、半世紀近く帝位にあった万暦帝の死後、即位した長男の光宗《こうそう》が媚薬を飲みすぎ、一か月足らずで頓死した後、十六歳で皇帝となった天啓帝《てんけい》（万暦帝の孫、光宗の長男。一六二〇―一六二七在位）の時代に、加速度的に滅亡へと向かう。

この時期において、全身これ邪悪性の化身ともいうべき宦官の魏忠賢《ぎちゅうけん》（一五六八―一六二七）は、幼児性の顕著な天啓帝が異様に執着した乳母の客《かく》氏と手を組んで権力を掌握し、前代未聞の恐怖政治を断行した。魏忠賢は反宦官派の知識人グループ「東林党」を徹底的に弾圧、主要メンバーを投獄、虐殺して、その息の根をとめた。『桃花扇』に破廉恥な敵役として登場する馬士英《ばしえい》、阮大鋮《げんだいせい》はこの魏忠賢と結託した悪徳官僚にほかならない。ちなみに、阮大鋮は救いようのない狡猾にして邪悪な人物だが、皮肉なことになかなかすぐれた戯曲家でもあった。

それはさておき、天啓七年（一六二七）、天啓帝が死去し、弟の崇禎《すうてい》帝（一六二七—一六四四在位）が即位すると、魏忠賢は逮捕されて自殺、魏忠賢一派は一掃され、ようやく害毒に満ちた時間帯は終幕を迎えた。しかし、すでに遅すぎた。崇禎帝はそれなりに有能な皇帝ではあったが、長期にわたって政治空白と財政混乱がうちつづき、瓦解へと向かう時代の趨勢を食い止めることはできなかった。こうしたなかで、各地で農民反乱が頻発する一方、力をつよめた満州族の清軍がじりじりと南下しはじめる。

内憂外患が日増しに深刻化した崇禎十七年（一六四四）三月、李自成《りじせい》をリーダーとする農民反乱軍「流賊《りゅうぞく》」が首都北京を制圧、追いつめられた崇禎帝は自殺し、明王朝は滅亡するにいたる。もっとも、李自成は単に明の幕引き役を演じたにすぎず、まもなく李自成の率いる流賊を追いはらって北京を制圧した清が、中国全土支配をめざして進撃を開始する。

このとき、江南の南京に明王朝の一族である福《ふく》王（万暦帝の三男）を戴く亡命政権が立てられた。しかし、福王自身がいたって快楽的で無能な人物であるうえ、この政権の主導権をにぎったのは、なんと魏忠賢と結託した宦官派悪徳官僚の馬士英と阮大鋮だったのだから、その末路は目に見えていた。失脚して南京に逃げこみ、東林党の命脈を受け継ぐ復社の知識人の攻撃を受けて小さくなっていた阮大鋮などは、一転してわが世の春を謳歌し、復社知識人を逮捕、処刑するなど陰惨な報復を加えたのだった。こんな劣悪な亡命政権が清軍の猛攻に耐えられるはずもなく、福王政権はわずか一年余りで雲散霧消してしまう。

『桃花扇』は、こうした歴史事実をきっちり踏まえながら、明滅亡前後に生きた人物群像をいきいきと動かし、興趣あふれる劇的世界を作りあげている。

つなぎ役楊文驄——第一部①

『桃花扇』のテキストは上巻（前半）、下巻（後半）の二つに分かれている。まず上巻の冒頭には第一幕に先立って序幕が置かれ、末尾の第二十幕には後篇が付される。これにつづく下巻の冒頭の第二十一幕もまず導入部分が配され、これを受けて正規の第二十一幕が始まり、末尾の第四十幕にも後篇が付されるという首尾結合した構成をとる。したがって、『桃花扇』は全四十幕とはいえ、実際にはつごう四十四幕あることになる。

さらにまた、序幕から第二十幕（後篇）まで全二十二幕から成る上巻部分と、第二十一幕（導入）から第四十幕（後篇）まで全二十二幕から成る下巻部分は、これまたそれぞれ二部に分かれており、けっきょく全体から見ると四部構成をとる仕掛けとなっている。元曲の場合は四幕構成が原則であったが、この長篇戯曲『桃花扇』もはるかに幕数は多いとはいえ、こうして大きく四部構成をとるところに基本的な共通性があるといえよう。

さて、『桃花扇』の第一部（上巻の上）には序幕から第九幕までの十幕が含まれ、劇的時間の設定は基本的に崇禎十六年（一六四三）二月から同年七月までである。第一幕の冒頭で、まず主人公の侯方域が登場、自分は河南の名門の出身で父はかつて戸部《こぶ》尚書《しょうしょ》の地位にあったこと、彼自身は長らく東林党に属し、現在は復社のメンバーであり、詩文の名声が高いこと、昨年、南京で行われた郷試（科挙の地方試験）に落第した後も南京に在住し、復社の盟友と親しく往来していることなどを述べる。

そこに復社仲間の陳貞慧《ちんていけい》と呉応箕《ごおうき》が登場、三人で名講釈師の柳敬亭《りゅうけいてい》のもとに、講釈を聞きに行くことになる。ちなみに、柳敬亭はかねてから東林党や復社の主張に共鳴し、これらの結社のメンバーと深い繋がりがあった。彼は宦官魏忠賢の一派だった阮大鋮が南京に移住し、壮麗な別邸を建てて、大勢の芸人を集めたさい、事情がよくわからないまま、しばらく身を寄せたが、崇禎十一年、復社のメンバーが一致団結して、阮大鋮に南京退去を迫ったとき、はじめてその正体を知り、決然と阮大鋮のもとを去った。この毅然とした態度表明によって、復社のメンバーはますます柳敬亭に敬意を表するようになったという。この勇敢な講釈師柳敬亭が、『桃花扇』の重要なキャラクターとして、終幕まで大活躍するのである。

つづく第二幕において、場面は南京の花柳界秦淮《しんわい》の妓楼、媚香楼《びこうろう》に移る。この妓楼には名妓の李《り》貞麗《ていれい》と養女の李香君が住んでいる。この李香君が『桃花扇』のヒロインである。この媚香楼を楊文驄《ようぶんそう》なる文人が訪れるところから、ドラマは動きはじめる。楊文驄は宦官派のボス馬士英の妹婿だが、侯方域ら復社の文人とも交際があり、李香君らにも好意的だというふうに、異質な者の間に配された触媒的なキャラクターであり、節目節目に登場する。

楊文驄の登場につづいて、李香君の歌の師匠である蘇崑生《そこんせい》が登場、李香君が習いたての『牡丹亭還魂記』の一節を一同の前で披露する。ちなみに、蘇崑生は当時、名高い歌手だが、彼も柳敬亭と同様、東林党・復社のシンパであり、やはり『桃花扇』の重要なキャラクターとして最後まで活躍する。こうして柳敬亭および蘇崑生のように、「一介の芸人」の身でありながら、明確な思想性をもち、侠の精神を発揮して、激動の時代を決然と生きぬいたキャラクターを前面に打ちだしているところに、この戯曲のおもしろさがあるといえよう。

それはさておき、李香君の美貌と芸に感心した楊文驄は、彼女と貴公子侯方域を結びつければ、ベストカップルが誕生すると思いつき、仲人役を買ってでる。

第三幕、第四幕は、敵役の阮大鋮にスポットがあてられる。ここで阮大鋮は復社のメンバーにさんざん嘲弄され、すっかり意気消沈する。そこに楊文驄が登場、復社のメンバーとの和解を願うなら、侯方域と李香君の縁組みのために、内々で身請け金や婚礼の費用を用立て、侯方域に恩を売って仲介に入ってもらえばよいと提案する。喜んだ阮大鋮はさっそく三百金を差しだす。

婚礼の翌朝の事件──第一部②

第五幕において、楊文驄、柳敬亭、蘇崑生、李貞麗が同席する宴の場面で、侯方域と李香君が出会って意気投合し、つづく第六幕で婚礼をあげるはこびとなる。楊文驄は旅先で先立つものがないという侯方域に、資金は自分が出すと言い、婚礼の当日、嫁入り道具、衣装等々を媚香楼に運びこむ。かくて、同輩の妓女や幇間の集まる婚礼の宴のさなか、侯方域は李香君に自作の詩を書きつけた扇を贈る。この固めの盃ならぬ「固めの扇」がのちのちの展開の一つのかぎとなる。

婚礼の翌朝の事件を描く第七幕は第一部のクライマックスである。媚香楼を訪れた楊文驄は、婚礼の費用を用立てたのは阮大鋮だとうちあけ、これをもって復社のメンバーにとりなしてもらえないかと、侯方域に頼みこむ。侯方域はついその気になるが、おさまらないのは李香君である。彼女は侯方域に向かって「阮大鋮はおべっかつかいの破廉恥な男、女子供でも唾を吐きかけない者はいません。ほかの人が攻撃する者を救ってやるなんて、あなたはいったいどうするおつもりですか」と激怒し、贈られた簪を抜きとり、着物をぬいで突き返したのだった。なんとも胸のすく場面である。

柳敬亭

ここで、名家の御曹司である侯方域がいかにもおっとりと頼りないのに対し、破

李香君

廉恥な阮大鋮を徹底的に拒否し弾劾する李香君は峻烈きわまりない。これまた毅然たる侠女というべきであろう。

　こうして楊文驄の和解工作は水の泡となり、第八幕では侯方域と李香君が復社のメンバーともども宴に興じる姿を垣間見て、こそこそと逃げ出す阮大鋮の姿が描かれる。

　第一部の末尾に配された第九幕では、十万の軍勢を擁し武昌《ぶしょう》（湖北省武漢市）に駐屯する明軍の将軍左良玉《さりょうぎょく》の陣中へと、場面は一転する。付言すれば、左良玉は満州軍との戦いで戦功を立て、農民反乱軍流賊の討伐でも戦績をあげたが、流賊のリーダー李自成と戦って敗北した後は、武昌に駐屯して動かず、朝廷の命令にもしばしば背き、半自立的な勢力を保っていたのである。

　以上のように、第一部では、侯方域と李香君の婚礼を核として、侠気あふれる二人の芸人柳敬亭と蘇崑生、劣悪姑息な阮大鋮、触媒役の楊文驄など、主要なキャラクターが次々に登場し、波乱万丈の劇的世界が開幕する。

李香君の健気と柳敬亭の機転――第二部①

第二部（上巻の下）には第十幕から第二十幕（後篇）までの十二幕が含まれ、劇的時間は崇禎十六年（一六四三）八月から崇禎十七年七月までの一年間に設定される。

第一部末尾の第九幕を受けた第十幕は、柳敬亭の家を舞台に展開される。侯方域が講釈を聞くべく、柳敬亭の家を訪れたところに、慌ただしく楊文驄が登場する。大軍を擁して武昌に駐屯する左良玉が軍糧不足のため、南京に向かう構えを見せており、これを阻止すべく侯方域の力を借りたいとのこと。左良玉はかつて侯方域の父、侯恂《こうじゅん》のおかげで窮状を救われたことがあり、侯恂の言うことなら聞くだろうというのである。この話を聞いた侯方域は遠方に住む父に代わって、即座に左良玉を説得する手紙をしたためる。しかし、手紙をとどける使者が見つからない。このとき、柳敬亭が名乗りでて、老齢をものともせず、この危険な役割を引き受け、武昌へと向かうことになる。

つづく第十一幕では、武昌に到着した柳敬亭が機転をきかせて左良玉との対面に成功し、首尾よく手紙をとどけるとともに、講釈を披露しつつユーモアをもって左良玉をやりこめ、大いに気に入られて、幕僚になる顚末が描かれる。なお、柳敬亭が復社のメンバーの意を受けて、左良玉の陣に赴き幕僚となったのは史実であり、いつも忠臣を主人公とする講釈を語って聞かせ、単純な武人の左良玉の琴線をふるわせ、その暴走を食い止めたとされる。

第十二幕で場面はふたたび南京にもどる。鳳陽《ほうよう》（南京西北）司令官となった馬士英はしだいに勢いを盛り返し、阮大鋮はそんな彼に密着して、左良玉の一派だなどと侯方域の悪口を吹きこみ、侯方域は危うく逮捕されそうになる。楊文驄はさっそくこの情報を侯方域と李香君に知らせ、侯方域は李香君と別れ、淮安《わいあん》に駐屯する良心派の司令官、史可法《しかほう》のもとへ向かうことになる。この別れの場面でも、侯方域が「新婚早々、どうしておまえを捨てて行かれよう」と決断をしぶるのに対し、李香君は「あなたはつねづね豪傑だと自負していらっしゃるのに、どうして女子供のようにメソメソされるの」と気色ばむなど健気そのもの。これまた李香君の見せ場である。

つづく第十三幕はこの五か月後の崇禎十七年三月、左良玉の武昌の陣に崇禎帝自死の知らせが入り、居合わせた二人の将軍とともに、左良玉が慟哭する場面となる。これが一つの大きな転回点となり、以後の展開は明滅亡後のものとなる。

ますます引き離される李香君と侯方域――第二部②

第十四幕は、崇禎帝の自死直前に、淮安の司令官から南京の兵部尚書《へいぶしょうしょ》（軍事大臣）に昇進した史可法の役所が舞台である。北京陥落後、江南に亡命政権を立てる動きが盛んになり、福王の擁立をもくろむ馬士英は、史可法のもとに使者を派遣、協力を要請してくる。史可法の幕僚として随従する侯方域は、福王は傲慢な放蕩者だと異を唱え、これを聞いて納得した史可法は侯方域に擁立反対の返事を書かせ、使者にわたす。つづいて阮大鋮も史可法のもとに福王擁立を勧めに来るが、門前払いにされる。

第十五幕では、馬士英の駐屯する鳳陽府を舞台に、史可法以外の重臣、高官がこぞって福王擁立に賛成し、これで主導権がにぎれると喜色満面の馬士英と阮大鋮の姿が描かれる。

つづく第十六幕の舞台は南京の宮廷。福王がいちおうは辞退のポーズをとりつつも、実質的に皇帝の座につき、積極的に擁立を推進した馬士英がその功によって宰相、兵部尚書に任ぜられて実権を掌握、腰巾着の阮大鋮も返り咲いて光禄卿《こうろくけい》のポストを得るが、反対した史可法は江北《こうほく》（揚州）司令官に任ぜられて、即日任地に向かう。明滅亡の二か月後、崇禎十七年五月の茶番劇である。

第十七幕は侯方域と別れた後の李香君の姿を描く。まず、ここでまたも楊文驄が登場する。馬士英の妹婿である彼も福王政権の高官となったが、地方軍の司令官となった同郷の田《でん》仰《ぎょう》なる人物から、任地に連れてゆく美妓を見つけてほしいと頼まれ、身請け用の三百金を預かる。そこで思いついたのが、李香君である。

ちょうどそのとき、楊文驄のもとに、宮中歌舞団に徴用されることになった丁継之《ていけいし》ら三人の幇間、および卞玉京《べんぎょくけい》ら三人の妓女が、宮中に入れられたら収入の道がとだえてしまうから、なんとか免除してもらいたいと頼みに来る。楊文驄は承知し、その代わりに田仰の件で李香君を説得するよう依頼する。そこで、一同が説得に赴いたものの、李香君が承知するはずもなく、手厳しくはねつける。ここで注目されるのが、幇間の長老格である丁継之と妓女の姐さん株である卞玉京の振る舞いである。他の者たちが騒々しく説得にあたるのに対し、彼ら二人は李香君の固い意志を尊重し、必ず楊文驄に断ってやると請け合う。ちなみに、丁継之と卞玉京はのちに再登場し、侯方域と李香君の運命に深く関わることになる。

第十八幕、十九幕、二十幕は主として揚州の史可法の陣を舞台に展開される。史可法の管

史可法

轄下にある四つの駐屯軍のリーダーの一人である高《こう》傑《けつ》の態度が不遜だとして、他の三人のリーダーが激怒し、ついに武力衝突する。手を焼いた史可法は高傑に黄河流域の守備を命じて引き離すこととし、つねづね帰郷を願う侯方域をそのお目付け役とする。かくして、侯方域は史可法のもとを離れ、さらに北に向かう。長篇戯曲は登場人物のこみいった離合集散を描くのが常だが、こうして『桃花扇』のまんなかあたりで、主人公の侯方域と李香君はつよい斥力により、ますます引き離される仕掛けになっている。

第二部の末尾に付された第二十幕（後篇）は一種の幕間劇であり、後半の展開に重要な役割を果たす三人の人物、すなわち崇禎帝の錦衣衛《きんいえい》（近衛部隊）長官だった老人（張薇《ちょうび》）、楊文驄の友人の高名な画家（藍瑛《らんえい》）、南京の本屋（蔡益所《さいえきしょ》）が初登場する。場所は南京郊外、時は崇禎十七年七月十五日。死者の霊を祭る中元の日である。南京に向かう途中で出会った三人は旅館に同宿、崇禎帝の埋葬に立ち会った張薇の話を聞き、崇禎帝の霊を祭って慟哭する。かくして翌朝、三人は再会を期して別れる。

以上のように、第二部では、風雲急を告げる情勢のもと、柳敬亭は不穏な動きを示す明軍の将軍左良玉を牽制するため、その幕僚となり、侯方域と李香君は別離のやむなきにいたる。まもなく流賊に追いつめられた崇禎帝は北京で自殺、明は滅亡してしまう。南京で勢いを盛り返した馬士英は阮大鋮とともに、放蕩者の悪評高い福王を擁立して亡命政権を樹立するというふうに、明滅亡前後の混乱のなかで、翻弄される登場人物の姿が描かれる。ここできわめて鮮烈な印象を与えるのは、断固として侯方域への思いを立てとおす李香君の姿である。

李香君、蘇崑生に真心を託す——第三部①

後半第三部（下巻の上）には第二十一幕（導入）から第二十九幕までの十幕が含まれ、基本的な劇的時間は福王元年（一六四四）十月から同二年（一六四五）三月までの半年に設定される。

第三部冒頭の第二十一幕は、南京にある馬士英の私邸における酒宴の場面。同席するのは楊文驄と阮大鋮である。楊文驄の推薦でその席に李香君が呼ばれるが、彼女は当然やってこない。激怒した馬士英は楊文驄と阮大鋮から田仰の一件を聞き、手下の者を媚香楼につかわし、力ずくで李香君を任地へ向かう田仰の船に送りこもうとする。阮大鋮はこれで仕返しができると大喜びするが、楊文驄は思わぬ成り行きに狼狽し、自分も媚香楼に駆けつける。

それにしても、自分で火種をまいておきながら、いざとなると李香君の庇護にまわるなど、楊文驄のキャラクターはあいまいしごくであり、不可解というほかない。現実には、単純な悪玉よりかえって始末のわるい、こうした八方美人的な人物が存在するのは確かであり、作者はこのすこぶる現実味のある灰色の人物を介在させて、巧みにストーリーを展開させている。

第二十二幕は、馬士英の手下が轎《かご》を持って媚香楼に押し寄せ、てんやわんやの大騒動になる場面である。駆けつけた楊文驄はいったん手下を遠ざけ、養母の李貞麗とともに李香君を説得し、何がなんでも轎に乗せようとするが、李香君は死んでも行かないと抵抗し、みずから床に頭を打ちつけて額を切り、気絶する。このとき彼女が肌身離さず持っていた「固めの扇」に血が点々と飛び散る。やがてもどってきた手下に急かされ、楊文驄は窮余の一策で、李貞麗を身代わりに立てることを思いつき、やむをえないと決意した李貞麗はにわかごしらえの花嫁となり轎に乗りこむ。

つづく第二十三幕は、媚香楼にひとり残った李香君のもとに、楊文驄と歌の師匠の蘇崑生が訪れる場面。李香君がふさぎこんで寝ている間に、楊文驄は扇に飛び散った血を桃の花に見立て、枝葉を描きそえて「桃花扇」に仕立てる。やがて目覚めた李香君は、蘇崑生に侯方域の行方を捜し、この桃花扇を真心の証としてとどけてほしいと頼み、蘇崑生は意気に感じて承知する。侠なる妓女と侠なる老芸人はこのとき利害損得を超えて、深く共鳴しあったのである。

第二十四幕と二十五幕では、阮大鋮の差し金で、宮中で自作の芝居を上演するために、またも幇間や妓女に根こそぎ召集がかかる顚末を描く。このとき、召集を嫌った幇間の丁継之と妓女の卞玉京は道士となって姿をくらます。一方、媚香楼に籠城中の李香君も、李貞麗として役人の手で無理やりに連れだされ、まず阮大鋮の私邸の宴席で歌わされ、芸のほどを試される。この宴席には馬士英と楊文驄も同席しており、覚悟をきめた彼女は、彼らを痛烈にやりこめる即興の歌をうたう。

怒った阮大鋮は彼女を足蹴にするが、楊文驄がこれを制止し、阮大鋮も憎らしいこの妓女を宮中歌舞団に入れ、人の嫌がる道化役を演じさせてこらしめることとする。もっとも、宮中に入れられた李香君は、遊ぶことしか能のない福王に歌の才能を認められて、上演される芝居のヒロインに抜擢され、阮大鋮の思惑はあえなくはずれてしまう。

南京に戻る侯方域――第三部②

こうして冒頭から李香君の軌跡をたどった第三部は、第二十六幕以降、侯方域に焦点が移る。第二十六幕で、お目付け役の侯方域を引き連れ、黄河守備に向かった高傑が傲慢な性格のために、司令官と対立したあげく暗殺される事件が起こり、脱出した侯方域は船で黄河をくだることになる。つづく第二十七幕は、散り散りになった登場人物の意外なめぐりあいが描かれる。まず李香君の切なる願いによって侯方域を捜す旅に出た蘇崑生は黄河のほとりで、敗北した明軍の兵士に乗っていたロバを奪われ、川に突き落とされてしまう。

必死で助けを求める蘇崑生を救ってくれた船の主は、なんと李香君の身代わりになって田仰のもとに送りこまれた李貞麗だった。彼女は嫉妬深い田仰の正妻に追いだされ、文書郵送船に乗っている老兵のもとに嫁がされたとのこと。おりしも侯方域の乗った船が彼女の船のそばに停泊し、蘇崑生と李貞麗のしみじみ語り合う声を聞きつけた侯方域が、彼らの前に姿をあらわす。蘇崑生から李香君の健気な戦いぶりを知らされ、桃花扇をわたされた彼は深く胸うたれ、李貞麗に別れを告げて、何はともあれ、蘇崑生とともに南京にもどり、李香君に会いにゆく決心をする。

この三人の登場人物の邂逅を描くくだりは、第三部のもっとも感動的な場面であり、これを機に、前半部分で斥力あるいは遠心力によって引き離された主要な登場人物群像が、しだいに求心力によって集結してゆく予兆ともなっている。ちなみに、この幕の最後で、去って行く二人を見送った李貞麗が、「私は廓《くるわ》暮らしにはもう飽き飽きだわ。老いぼれ兵士とつれそって日を送るほうが、まだ楽しい。思いがけず昔なじみに再会し、また昔のことを思い出して悲しくなってしまった。ほら波の音が聞こえてくるわ。今夜は眠れるかしら」と、かこつくだりは、まことに哀切きわまりなく、余韻嫋嫋たるものがある。

第二十八幕はこの思わぬめぐりあいの一か月後、福王二年三月、場所は南京の媚香楼である。蘇崑生とともに南京にもどった侯方域が媚香楼を訪ねると、李香君の姿はなく、楊文驄の友人の画家藍瑛が仮住まいをしている。第二部の末尾に付された第二十幕（後篇）に登場したあの画家である。二人が話し合っているところに、楊文驄が登場、侯方域に李香君のその後の消息を伝え、目下、歌舞団の一員として宮中にいることを伝える。

つづく第三部の終わりにあたる第二十九幕において大事件が勃発、侯方域はまたも災難に巻きこまれる。蘇崑生とともに復社の友人宅に身を寄せようと、書店街の三山街を通りかかったとき、訪ねようとしていた友人の陳貞慧と呉応箕に出くわす。彼らは蔡益所（第二十幕〈後篇〉で画家の藍瑛らとともにすでに登場）の経営する本屋でひそかに科挙受験参考書を編纂するアルバイトをしていたのである。奇遇を喜ぶうち、今や飛ぶ鳥を落とす勢いで、東林党・復社狩りに血眼になっている阮大鋮が登場、警官を呼んで侯方域ら三人を逮捕、連行させる。

さて侯方域らの運命やいかに、というところで、第三部は幕を閉じ、いよいよ大詰めの第四部へと場面は移る。

以上のように展開される第三部においては、明の滅亡直後、南京に劣悪な福王政権が成立し、馬士英と阮大鋮が威勢をふるう情勢のもとで、まず李香君の転変が描かれ、ついで流転を重ねる侯方域の姿が描かれる。歌手の蘇崑生とめぐりあい、ようやく南京にもどった侯方域は一難去ってまた一難、復社仲間とともに逮捕、投獄されてしまう。第四部はこうして彼らが連行された後、舞台に残った本屋の蔡益所および蘇崑生のその後を追跡するところから動きはじめる。

危ない橋を渡る老芸人——第四部①

終幕に向かう第四部（下巻の下）には第三十幕から第四十幕（後篇）までの十二幕が含まれ、劇的時間は福王二年（一六四五）三月から同年七月までの四か月に設定されている。もっとも、第四十幕に付された後篇の時間設定はその約三年後の順治五年（一六四八）九月である。

第四部冒頭の第三十幕は、福王政権の要職につく張薇の役所および南京郊外の別邸を舞台に展開される。この張薇はかつて崇禎帝の近衛部隊の長官だった老人であり、第二十幕（後篇）で、画家の藍瑛、本屋の蔡益所とともにすでに登場している。

張薇は福王政権に参加したものの、復社を弾圧する馬士英らのやり口にがまんできず、役所で鬱々としているところに、侯方域ら三人が引ったてられてくる。そこに当時の文壇の大立て者で福王政権に参加する銭謙益《せんけんえき》らから、彼らを釈放するよう嘆願書がとどき、また間髪を容れず、馬士英から厳罰に処するよう命令書がとどく。板挟みになった張薇は熟慮の結果、彼らを良心派の鎮撫司《ちんぶし》のもとに送り、ほとぼりが冷めるまで、獄中に留めたほうが安全だと判断する。

なんとか案件を処理した張薇が役所を出て別邸に移った瞬間、逮捕状の出ていた本屋の蔡益所が護送されてくる。護送役人を帰らせた後、張薇はすべてをなげうち、蔡益所とともに、南京郊外にそびえる棲霞山《せいかざん》の奥深くへと逃亡したのだった。

つづく第三十一幕は逮捕騒動のなかで、ひとり逃げのびた蘇崑生の足跡を追う。蘇崑生は侯方域ら復社の人々の危機を救うには、武昌に駐屯する左良玉の力を借りるしかないと、武昌の陣へと向かう。到着後、大声で歌をうたうなどしてアピールし、捕まった彼は左良玉と対面、さらにその幕僚となっている講釈師の柳敬亭と再会する。

蘇崑生から福王政権の退廃ぶりを聞いた左良玉は出撃を決意、まず馬士英らを糾弾する弾劾文と志を同じくする人々の奮起をうながす檄文を配下に書かせ、使者を派遣し南京の朝廷にとどけることとする。馬士英らに捕まれば、命の保証はないこの危険な使者の役割を引き受けたのは柳敬亭だった。秦の始皇帝を暗殺すべく旅立った荆軻《けいか》さながら、決死の覚悟で柳敬亭が南京に向かった後、蘇崑生が残留、代わりに左良玉のそばに仕えることとなる。こうして終幕へと向かう展開のなかで、侠気あふれる二人の老芸人が危ない橋を渡って大活躍するのである。

第三十二幕では、案の定、柳敬亭が馬士英らに捕まり処刑されそうになるが、時勢がどう転ぶかわからないと見た阮大鋮の日和見的な指示で、侯方域らが収監されている鎮撫司のもとに送りこまれ投獄される。一方、左良玉軍の攻撃を知った馬士英は長江岸に軍勢を派遣し、迎え撃つ態勢をとる。迫りくる清軍を前に内戦へと向かう混乱を浮き彫りにするこのくだりには、福王政権の惨憺たる末路をつよく印象づけるものがある。

清、福王政権を倒す——第四部②

つづく第三十三幕は鎮撫司の獄中における柳敬亭と侯方域ら三人との再会の場面だが、これ以後、第三十四幕から第三十八幕までの五幕にわたって、清軍の猛攻を前に福王政権が壊滅、左良玉や史可法のような良心派の将軍がそれぞれ壮絶な最期にいたる顚末が描かれる。

まず第三十四幕では、南京攻撃に向かう途中、戦況不利に陥った左良玉が憤死し、配下が蜘蛛の子を散らすように逃げ去った後、蘇崑生が一人でその亡骸に付き添う。第三十五幕は、わずか三千の軍勢をもって揚州を守備する司令官の史可法が、血の涙を流して動揺する将兵を奮起させ、押し寄せる清軍に立ち向かう姿を描く。

　第三十六幕では、まず清軍の攻勢にふるえあがった福王、馬士英、阮大鋮が逃亡、南京政権はあっけなく崩壊する。福王二年（一六四五）五月のことである。金銀財宝を抱えて逃げ出した馬士英と阮大鋮は、避難民に袋叩きにされて身ぐるみはがれるが、たまたま出会った楊文驄に馬を与えられ、ほうほうのていで落ちのびる（まもなく清軍に捕まり、強制連行される）。一方、無防備となった宮中から脱出した李香君が媚香楼にもどったところに、楊文驄、左良玉を葬った蘇崑生も登場、獄門が開いたため、侯方域らも脱出したとの情報を伝える。

　かくして、画家の藍瑛、蘇崑生、李香君の三人は棲霞山に逃げこむ相談がまとまる（楊文驄は帰郷）。藍瑛は先に出会った元錦衣衛の老長官、張薇（第二十幕〈後篇〉、第三十幕で登場）が本屋の蔡益所を連れて棲霞山に入り、長老格の道士となったことを知っていたため、ここに逃げようとしたのである。

　第三十七幕は、明王朝の命脈を受け継ぐ存在としての福王に忠実だった無骨な将軍、黄得《こうとく》功《こう》の最期にスポットをあてる。左良玉軍の進攻に備え、蕪湖《ぶこ》（安徽省）に駐屯していた黄得功のもとに、南京を脱出した福王があらわれ、黄得功は手厚く保護しようとする。しかし、福王を人質にして清軍に降伏しようとする部下に足を射られ、身動きできなくなってしまう。かくして福王を連れて部下が立ち去った後、黄得功は自刎して果てる。

ついで第三十八幕は、揚州司令官史可法の最期を描く。揚州陥落後、単身脱出した史可法は南京守備へ向かう途中、長江の岸辺にたどりついたとき、南京の太常寺で崇禎帝の一周忌が催されたさいに、顔見知りになった老いた賛礼《さんれい》（祭典係）と出会い、福王政権が自壊したことを知らされる。もはやこれまでと観念した史可法は冠や衣服をぬいで、制止を振り切り入水自殺を遂げる。祭典係はその遺品をかき抱いて慟哭する。

こうして、『桃花扇』は、それぞれの流儀で明に最後まで尽くした左良玉、黄得功、史可法の三人の将軍の最期の姿を描いた後、一気に終幕へと向かう。付言すれば、史可法の最期については、史実では清軍の猛攻を受け揚州が陥落したさい、彼も捕らえられて殺害されたとする。揚州を占領した清軍は十日にわたって住民を根こそぎ殺戮し、この揚州殲滅作戦を見せしめとして江南を制覇し、中国全土を統一するにいたる。なお、この揚州の惨劇については、逃げまどいながら、その一部始終をつぶさに目撃した王秀楚《おうしゅうそ》の著した臨場感あふれる見聞記『揚州十日記《ようしゅうじゅうじつき》』が今に伝わる。『桃花扇』の作者孔尚任は清王朝の逆鱗に触れることを慎重に回避して、こうした揚州の惨状にはまったく言及せず、史可法の最期についても故意に脚色を加え、自殺したことにしているのである。

ハッピーエンドを超えた終幕——第四部③

それはさておき、第三十八幕の末尾で、史可法が死んだ後、老祭典係が慟哭しているところに、獄中から脱出した侯方域と柳敬亭らがあらわれる。実は、老祭典係は約二か月後の七月十五日、中元の日に高僧に依頼して、崇禎帝のために法要および施餓鬼《せがき》を営んでもらうべく、銭と米とを持って棲霞山に向かう途中であった。この話を聞いた侯方域と柳敬亭は祭典係に頼んで同行させてもらうことにする。

このようにして、先に藍瑛、蘇崑生、李香君、つづいて侯方域と柳敬亭が棲霞山に向かうことになり、ついに侯方域と李香君は再会を果たすことになる。いよいよ大詰めである。

第三十九幕と第四十幕は棲霞山で主要登場人物がせいぞろいする場面である。まず第三十九幕の劇的時間は福王二年（清の順治二年、一六四五）六月、場所は李香君が蘇崑生ともども身を寄せる棲霞山の道教寺院、葆真庵《ほしんあん》。葆真庵の庵主は福王の宮廷歌舞団に入ることを忌避し、先んじて女道士となった妓女、卞玉京である。

卞玉京の庇護のもとで李香君が針仕事などにいそしみ、それなりに平穏な日々を送っていたある日、侯方域と柳敬亭が一夜の宿を借りに来るが、卞玉京は相手が誰か確かめないまま、女道士の庵だからと拒絶する。すれちがいつづけた侯方域と李香君はここで最後のすれちがいを演じるわけだ。観客を最後までハラハラさせる、なかなか巧みな技法である。断られた侯方域と柳敬亭はその直後、これまた先んじて道士となった幇間の丁継之とばったり再会し、彼の庵である采真観《さいしんかん》に身を寄せる。

大詰めの第四十幕の劇的時間は一か月後の七月十五日、中元の日、場所は張薇が主持する道教寺院の白雲庵《はくうんあん》。本屋の蔡益所と画家の藍瑛も道士となり、張薇につき従っている。第二十幕（後篇）で偶然出会った三人が転変を経たあげく、共生しているとする展開も巧妙しごくといえよう。この張薇が崇禎帝および明に殉じた三人の将軍（左良玉、黄得功、史可法）のために法要を営み、かの老祭典係が連れてきた村人の前で施餓鬼を行うなど、盛大な式典を催す。

この式典の最中、卞玉京に連れられて李香君が、丁継之とともに侯方域が登場、ようやく再会を果たした二人は夢中になって話しこむ。そのとき、張薇が「たわけ者どもめ。見てみよ、今や国がどこにある、家がどこにある、君はどこにおられる、父はどこにいる。これでも男女の情が断ち切れないのか」と一喝する。はたと悟った李香君と侯方域は、浮世の絆を断ち切って道士となり、それぞれ修行の道に入ることを決意、静かに退場してゆく。波乱万丈、転変を重ねたすえ、ようやくめぐりあった彼らがハッピーエンドにいたらず、こうして袂を分かち、山深く自然に包まれてそれぞれの道を歩むというのが、亡国の大悲劇『桃花扇』の結末なのである。

もっとも、この第四十幕には後篇が付されている。三年後の順治五年のこと、樵《きこり》になった蘇崑生と漁師になった柳敬亭が老祭典係と出くわし、お神酒をふるまわれて上機嫌となったところに、清朝の小役人があらわれ、山林に逃げこんで隠者となった反清グループの逮捕にやってきたという。危険を察知した蘇崑生と柳敬亭はすばやく山の奥めざして逃げ出し、行方をくらましてしまう。こうして征服王朝清に断じて膝を屈しない頑強な明の遺民をひそかに称揚しつつ、この大長篇戯曲はフィナーレとなる。

あっぱれな逸脱者たち

以上、見てきたように、作者の孔尚任が十数年の歳月をかけ、推敲に推敲を重ねたこのつごう四十四幕の長篇戯曲『桃花扇』は、いたるところに布石を打ち、伏線を張りめぐらして、侯方域と李香君の恋を核に、大勢の登場人物をまことに巧みに動かし絡ませながら、明滅亡前後の歴史状況と、そのなかで生きた人々の姿をみごとに描ききっている。

ここで、もっとも鮮やかなイメージをもって描出されるのは、強権に屈することなく、敢然と立ち向かう侠気の妓女李香君と、明確な思想性をもって、腐敗した明末の権力機構を批判する立場を堅持し、また征服王朝清に屈伏することを潔しとしない老芸人の柳敬亭と蘇崑生である。

長篇戯曲『桃花扇』は、妓女や芸人という社会システムから逸脱した存在でありながら、毅然として信義をつらぬくこの三人の侠者の潔さと対比して、いちおうは科挙に合格した士大夫の身でありながら、私利私欲のためにどんな汚いことも平然とやってのける、馬士英や阮大鋮のグロテスクな姿を容赦なくあぶりだしてゆく。ここには単に馬士英や阮大鋮のみならず、明であれ清であれ、およそ権力や体制につきものの腐敗や欲望の醜悪さをあばきだす迫力が秘められている。『桃花扇』が「読む戯曲」として、時代を超えて読み継がれてきたのは、この鋭い問題意識によるものだといってよかろう。

「舞台の上の侠」を見るにあたってとりあげた、元曲の『救風塵』と清代の長篇戯曲『桃花扇』において、わが身をかえりみず、侠の精神を発揮して奔走したのは、妓女と芸人であった。先述したように、これらの人々は伝統的な階層社会からはみだし、逸脱した存在であり、ありていにいえば、蔑視され度外視される存在にほかならない。

ちなみに、『水滸伝』世界の百八人の侠なる豪傑の多くは、なんらかの形で犯罪者となり、社会規範から逸脱した存在であった。盛り場の庶民相手の語り物を母胎とする『水滸伝』、盛り場の芝居小屋で上演された元曲の『救風塵』、元曲の影響を陰に陽に受けながら精緻な劇的世界を構築した明清戯曲の精華、『桃花扇』において、このように逸脱した存在こそがあっぱれな侠者として描かれるのも、まことに興味深い。

結びにかえて――清末にみる侠の精神

譚嗣同と梁啓超

清末、アヘン戦争（一八四〇―一八四二）の敗北を機に、西欧列強に痛撃されつづけた中国は、光緒《こうしょ》二十一年（一八九五）、日清戦争で小国日本に敗北、知識人の間では日増しに危機感がつのった。この時期において、春秋戦国以来の捨て身で信義を守り、不義なる者と戦う「侠の精神」に着目し、これを蘇らせわがものとして、閉塞した時代状況に風穴をあけようとする動きが盛んになった。康有為《こうゆうい》（一八五八―一九二七）をリーダーとする「変法《へんぽう》（政治改革）運動」の中心的存在となった梁啓超《りょうけいちょう》（一八七三―一九二九）と譚嗣同《たんしどう》（一八六五―一八九八）は、侠の精神をもって改革あるいは変革を推進しようとする急先鋒であった。

ちなみに、変法運動は日清戦争敗北後、康有為が北京にいた挙人《きょじん》（科挙の地方試験である郷試《きょうし》に合格し、中央試験である会試《かいし》の受験資格をもつ者）千二百人に呼びかけ、連名で光緒帝（一八七四―一九〇八在位）に上書し、変法の必要性を訴えたことに端を発する。

ここで、変法運動の三人の立て役者、康有為、梁啓超、譚嗣同について、ごく簡単に紹介しておきたい。

リーダーの康有為は広東省出身。中国古来の思想である公羊学《くようがく》（『春秋公羊伝《しゅんじゅうくようでん》』をもとにした学問。社会が段階的に発展し、乱世から太平の世に向かうという歴史観に立つ）と欧米の政治理論や科学知識を併用して、ユニークな改良主義理論を編みだした思想家であり、実践家であった。

その高弟ともいうべき梁啓超はやはり広東省の出身。幼いころから神童の誉れ高く、十七歳で郷試に合格したが、光緒十六年（一八九〇）、康有為に師事し、新しい学問方法や西欧の知識を学んだことによって、めざましい変化を遂げた。光緒二十一年、康有為が変法運動の実践に着手すると、彼を輔佐して奔走する。この翌年、上海に行き『時務報《じむほう》』を発刊、編集を担当する一方、変法の必要を説く文章を続々と発表した。こうして天性のジャーナリスト梁啓超の活躍により、『時務報』の発行部数はまたたくまに一万部を突破したのだった。

譚嗣同は湖南省出身。父は高級官僚だが、不羈奔放な彼は遊侠と交じって、拳《けん》や剣を学ぶ日々を過ごし、郷試に六回も落第したとされる。やがて激変する時代状況のなかで、旧態依然たる思考方式、行動形態、学問方法からの脱皮をめざすようになるが、そんな譚嗣同を大きく飛躍させる契機になったのは、光緒二十一年秋、北京における梁啓超らとの出会いだった。このとき、康有為はたまたま広東に帰郷し不在だったが、譚嗣同は梁啓超からその学説や実践理論を聞いて感激し、「私淑の弟子」と自称したという。

かくして、五か月にわたる北京滞在中、梁啓超らと連日のように、議論をかわし、切磋琢磨することを通じて、大いに刺激を受けた彼は、翌年、父の申しつけで、科挙以外のルートで任官すべく、南京に待機していた間に、壮大な宇宙的規模をもつ哲学論と具体的な政治・

社会批判を融合させた主著『仁学《じんがく》』を完成させた。その後、故郷の湖南にもどり、新式の学校を運営するなどして、変法運動の実践に奔走するにいたる。

光緒二十四年（一八九八）六月、康有為、梁啓超、譚嗣同をはじめとする改革派知識人は光緒帝のもとに結集、政治・経済・社会機構の抜本的改革をはかった。いわゆる「戊戌《ぼじゅつ》の変法」運動である。しかし、この運動は西太后《せいたいこう》の率いる保守派の巻き返しにより、わずか三か月あまりで押しつぶされてしまう。

すでに第一章で少しく触れたように（第一節参照）、捜査網が敷かれ、逮捕が目前に迫ったとき、譚嗣同は梁啓超に向かって、「行く者有らざれば、以《もっ》て将来を図る者無し。死せる者有らざれば、以て聖主に酬いる者無し。今、南海の生死、未《いま》だ卜《ぼく》す可《べ》からざれば、程嬰《ていえい》・杵臼《しょきゅう》、月照《げっしょう》・西郷《さいごう》は、吾《わ》れと足下と之《これ》を分かち任《にな》わん（行く者がいなければ将来をはかることはできない。死ぬ者がいなければ陛下〈光緒帝を指す〉に報いることはできない。今、南《なん》海《かい》〈康有為を指す〉の生死は不明であるから、程嬰と杵臼、月照と西郷の役割は、あなたと私で分かち合おう）」（梁啓超著『戊戌政変記《ぼじゅつせいへんき》』「譚嗣同伝」）と、春秋時代、かたや死ぬことによって、かたや生きることによって、趙氏孤《ちょうしこ》児《じ》を守った二人の侠者、公孫杵臼と程嬰になぞらえ、梁啓超に亡命を勧め、自分はとどまり逮捕・処刑される決意を告げた。この結果、梁啓超は日本公使館に身を寄せて亡命したが、譚嗣同は処刑されるにいたる。

ちなみに、逮捕前日、日本の志士数人が譚嗣同を訪れ、ねんごろに日本亡命を勧めたが、彼は「各国の変法は、流血よりして成らざる無し。今、中国は未だ変法に因《よ》りて血を流せし者有るを聞かず。此《こ》れ国の昌《さか》えざる所以《ゆえん》なり。之《これ》有ること、請う嗣同より始めん（各国の変法は流血によって完成されなかったものはない。現在、中国にはまだ変法によって血を流した者があるとは聞かない。これぞ中国が発展しない理由なのだ。だからこそ、これを嗣同《わたくし》から始めさせてもらいたい）」と断り、昂然と縛についたとされる。

以上のいきさつを記した「譚嗣同伝」は、梁啓超が日本に亡命した直後、横浜で発行した『清議《せいぎ》報《ほう》』第四冊（一八九八年十二月十一日発行）に掲載されたものである。臨場感あふれる筆致で著されたこの文章は、清末の変革者、譚嗣同のなかに、春秋時代における侠の激越な精神や感情がはるか時を隔てて、蘇り息づいているさまを如実にあらわしている。

譚嗣同はこうして死んだが、生きつづける側にまわった梁啓超もその後、十二分にみずか

梁啓超

譚嗣同

らの役割を果たした。日本に亡命後、彼はまず『清議報』を発刊し改革運動の宣伝につとめ、また短期間に日本語をマスターして、幾種類もの西洋小説を日本語から重訳した。その後、ハワイやオーストラリアに渡って華僑の組織化に奔走する。一九〇二年、日本にもどった後は、『新民叢報《しんみんそうほう》』『新小説』『政論』等々を次々に発刊、立憲君主主義さらには開明君主制（開明的な君主による専制）を唱えて、孫文《そんぶん》らの革命派とはげしい論戦を繰りひろげた。

　この間、一九〇四年に、梁啓超は日本の武士道に刺激を受け、文重視で武ならざる国であるとされる中国にも、烈々たる武の系譜が見いだされるとの観点に立って、『中国の武士道』を著した。これは、その実、春秋戦国から前漢までの特記すべき俠者七十数人を時代順にとりあげ、諸書にもとづきつつ、列伝形式でその事迹を記したものにほかならない。この俠者列伝は、梁啓超もまた盟友譚嗣同と同様、古代に鮮烈な花を咲かせた俠の精神、俠のパトスを今、ここに蘇らせ、瀕死の中国を救おうと切望していたことを如実にうかがわせる。

　ちなみに、この著述には、譚嗣同が引き合いに出した程嬰と公孫杵臼をはじめ、『史記』「刺客列伝」に登場する五人の刺客（曹沫《そうかい》、専諸《せんしょ》、豫譲《よじょう》、聶政《じょうせい》、荊軻《けいか》）、戦国四君の信陵君《しんりょうくん》、平原君《へいげんくん》、前漢の高祖劉邦グループの張良《ちょうりょう》や樊噲《はんかい》、『史記』「游俠列伝」にみえる朱家《しゅか》、郭解《かくかい》など、本書実の部「歴史上の俠」でとりあげた俠者も多く含まれる。

『中国の武士道』を著した八年後の一九一二年、梁啓超は十四年に及んだ亡命生活に終止符を打って帰国する。帰国後、袁世凱《えんせいがい》体制および段祺瑞《だんきずい》体制のもとで短期間、要職についたこともあったが、一九一九年、ヨーロッパ各国を歴訪、翌一九二〇年には政界を引退した。以後、一九二九年、五十七歳で死去するまで、『清代学術概論』をはじめユニークな大著を次々に著した。

清末から民国初期の転換期を生きぬいた梁啓超は、すこぶる鋭敏な現実感覚の持ち主であり、幅広く多様な分野に関心をもつ大ジャーナリストだった。ちなみに、彼の先生にあたる康有為は亡命後、硬直化して、しだいに時代にとり残されていった。しかし、柔軟な現実主義者梁啓超は時代の変化を鋭く洞察し、おびただしい著作を発表しながら、フルスピードで疾走しつづけた。

三十四歳でみずから進んで刑死した譚嗣同がそのパセティックな理論と生き方によって、以後の時代に生きる人々に深甚な衝撃と影響を与えたとすれば、縦横無尽に転換期を生きぬき、多様な世界観を開示した梁啓超は、以後の人々の前に限りなく可能の領域を拡大してみせたといえよう。彼らはそれぞれの流儀で、瀕死の中国に揺さぶりをかけた大いなる俠者だったのである。

秋　瑾

梁啓超や譚嗣同など清末の変革者に見られる俠の精神、俠のパトスを体現した存在として、忘れることができないのは秋瑾《しゅうきん》（一八七五―一九〇七）である。

秋瑾は浙江《せっこう》省紹興《しょうこう》の出身。祖父や父が挙人の資格で地方長官となったため、廈門《アモイ》、台湾、湖南など各地に移り住みながら、騎馬や武術を好む活発な少女時代を過ごす。しかし、光緒

秋瑾

二十二年（一八九六）、親の命令で湖南の富豪の息子王廷鈞《おうていきん》と結婚し、三年後（一八九九）、夫が官職を買いとったのを機に、北京に移る。北京での生活は彼女を決定的に変化させた。

秋瑾が北京に移る前年の光緒二十四年（一八九八）、康有為・梁啓超・譚嗣同ら改革派の「戊戌の変法」運動が鎮圧され、北京に移った翌年の光緒二十六年（一九〇〇）には、外国勢力と武装対決した「義和団《ぎわだん》」運動が北京をゆるがした。この騒然たる状況のなかで、秋瑾は隣家に住む政治意識の高い呉芝瑛《ごしえい》という女性と親しく往来し、深い影響を受けた。こうして日々めざましく変化していった彼女は、やがて金持ちのドラ息子だった夫の王廷鈞に愛想を尽かし、離別するにいたる。かくて、光緒三十年、八歳の長男を残し、二歳の長女だけ連れて日本に留学した（まもなく長女は付き添いの女性に連れられて帰国）。

日本語を学んだ後、実践女学校に通学するかたわら、政治集会に参加して陶成章《とうせいしょう》や徐錫麟《じょしゃくりん》など多くの革命家と知り合い、浙江出身者を中心とする革命的秘密結社「光復会《こうふく》」、さらには孫文《そんぶん》をリーダーとする「同盟会」のメンバーとなる。「鑑湖女俠《かんこじょきょう》」と自称する秋瑾が日本刀をひっさげて壇上に上り、満州族王朝の清を痛烈に非難する姿には、鬼気迫るものがあったという。なお、鑑湖とは秋瑾の故郷、紹興の南にある湖を指す。また、彼女は荊軻《けいか》に代表される刺客の武器たる匕首や刀剣を偏愛し、長篇詩「宝刀歌《ほうとうか》」をはじめ刀剣をテーマとする数首の詩を作っている。

ちなみに、「宝刀歌」はまず、

漢家宮闕斜陽裏　　漢家《かんか》の宮闕《きゅうけつ》　斜陽の裏《うち》
五千余年古国死　　五千余年の古国死す
一睡沈沈数百年　　一睡《いっすい》沈沈《ちんちん》　数百年
大家不識做奴恥　　大家《みな》識《し》らず　奴《ど》と做《な》るの恥《はじ》

云々と歌いおこし、五千年の歴史をもつ漢民族中国が、満州族の清王朝に唯々諾々と数百年も支配されている屈辱に対する憤激を爆発させる。ついで、

白鬼西来做警鐘　　白鬼《はくき》　西より来たりて警鐘《けいしょう》を做《な》し
漢人驚破奴才夢　　漢人　驚破《きょうは》す　奴才《どさい》の夢
主人贈我金錯刀　　主人　我《わ》れに贈る　金錯刀《きんさくとう》
我今得此心雄豪　　我れ　今　此《こ》れを得て心雄豪《こころゆうごう》たり

云々と、今また外国勢力に蹂躙される中国のありさまに悲憤慷慨し、宝刀を持って立ちあ

がり戦うことを高らかに宣言する。この激越な詩は孤剣をひっさげ、悪しき現実に敢然と立ち向かう「鑑湖女侠」秋瑾の姿をくっきりと刻印したものにほかならない。

日本に滞在すること二年、光緒三十二年（一九〇六）、帰国した秋瑾は、女学校教師をしたり、女性雑誌「中国女報」の刊行にたずさわったりした後、翌年（一九〇七）、故郷の紹興で、「光復会」の中心人物である徐錫麟らが創設した大通体育学堂の校長となり、徐錫麟とひそかに連携して軍事蜂起の準備を進めた。しかし、この年七月六日、一足早く安徽《あんき》省で蜂起した徐錫麟らは清軍に包囲され戦死してしまう。この結果、秋瑾の蜂起計画も露見して、一週間後の七月十三日に逮捕され、翌日未明、「秋風秋雨《しゅうふうしゅうう》　人を愁殺《しゅうさつ》す」という名高い辞世の句を残し、処刑された。時に三十三歳（三十一歳ともいう）。

清末の大混乱のなかで、秋瑾はこうして侠のパトスを燃えあがらせ、否定の化身となって閃光のように駆けぬけていった。付言すれば、「実の部　歴史上の侠」第二章で触れたように（第二節）、秋瑾の墓誌銘「鑑湖女侠秋君《しゅうくん》墓表」（徐自華《じょじか》著）には、「朱家・郭解の人《ひと》と為《な》りを慕う」と記されている。朱家は前漢初期、郭解は前漢中期の大いなる遊侠である。窮地に陥った者をみずからの身体を張って助けた朱家や郭解の生き方に共鳴した秋瑾は、瀕死の中国を泥沼から救いあげるために命を賭けた。なんとも鮮烈な女侠の生涯というほかない。

以上のように、清末の変革者、梁啓超、譚嗣同、秋瑾は、春秋戦国から前漢にかけて出現した侠者に深く共感し、その不退転の生き方をわがものとして、それぞれの流儀で戦いつづけた。こうして歴史上の俠の精神ははるかな時間を超えて受け継がれ、近代中国に蘇ったけれども、物語世界の俠の場合はどうか。毛沢東をはじめとする現代中国の革命家たちが、みずからの血肉と化すまでに『水滸伝』を愛読したのは周知の事実である。考えてみれば、彼らが根拠地とした井岡山《せいこうざん》や延安《えんあん》には、俠なる豪傑集団の拠点、梁山泊を彷彿とさせるものがある。

　歴史上の俠、物語世界の俠を問わず、「義を見て為さざるは勇無き也」「天に替わって道を行う」と、信義を尽くすその精神とパトスは、このように中国社会において脈々と受け継がれ、さまざまな形で蘇り顕在化してきた。あるいは、またいつの日か、収拾不能の形で矛盾が激化するとき、古層に眠る俠の記憶が掘り起こされ、新たな形をとって勃然と浮かびあがってくるのかもしれない。

　中国のみならず、日本においても、危機的状況にあった幕末において、俠の精神を果敢に体現した志士群像が表舞台に躍り出て、古い時代の壁を突き破り、新しい時代を呼び寄せた。中国であれ日本であれ、躍動的な俠の精神とパトスには、世界を変える可能性があるといえそうだ。

参考文献

実の部

第一章

『春秋左氏伝』全三冊　岩波文庫、一九八八～八九年
『史記』全八冊　ちくま学芸文庫、一九九五年
井波律子『故事成句でたどる楽しい中国史』岩波ジュニア新書、二〇〇四年

第二章

『史記』全八冊　ちくま学芸文庫、一九九五年
『漢書』全八冊　ちくま学芸文庫、一九九七～九八年

第三章

『正史三国志』全八冊　ちくま学芸文庫、一九九二～九三年
『三国志演義』全七冊　ちくま文庫、二〇〇二～〇三年
『世説新語・顔氏家訓』中国古典文学大系9、平凡社、一九六九年
川勝義雄『六朝貴族制社会の研究』岩波書店、一九八二年
井波律子『三国志演義』岩波新書、一九九四年
井波律子『三国志曼荼羅』岩波現代文庫、二〇〇七年
井波律子『中国の五大小説（上）』「三国志演義」岩波新書、二〇〇八年

虚の部

第四章

「聶隠娘」「李亀壽」『唐宋伝奇集』下、岩波文庫、一九八八年
「俠女」中国古典文学大系40『聊斎志異』上、平凡社、一九七〇年
井波律子『破壊の女神』「俠女の系譜」光文社知恵の森文庫、二〇〇七年

第五章

『水滸伝』（百二十回本）中国古典文学大系28、29、30、平凡社、一九六七〜六八年
『水滸伝』（百回本）岩波文庫、一九九八〜九九年
井波律子『トリックスター群像』筑摩書房、二〇〇七年
井波律子『中国の五大小説（下）』「水滸伝」岩波新書、二〇〇九年

第六章

「救風塵」中国古典文学大系52『戯曲集』上、平凡社、一九七〇年
「桃花扇」中国古典文学大系53『戯曲集』下、平凡社、一九七一年
井波律子『奇人と異才の中国史』「孔尚任」岩波新書、二〇〇五年

結びにかえて

譚嗣同『仁学』岩波文庫、一九八九年

梁啓超『清代学術概論』平凡社東洋文庫、一九七四年
『梁啓超年譜長編』全五冊　岩波書店、二〇〇四年
『武田泰淳全集』9「秋風秋雨人を愁殺す」筑摩書房、一九七二年
井波律子『奇人と異才の中国史』「梁啓超」「秋瑾」岩波新書、二〇〇五年

あとがき

本書は史実と虚構（物語）の両面から、中国における「俠の歴史」を具体的にたどったものである。

まず前半の実の部「歴史上の俠」では、第一章「輩出する俠者たち――春秋戦国時代」、第二章「変わりゆく遊俠無頼《しゅんじゅう》――漢代」、第三章「三国志の英雄――三国六朝時代」と、三章仕立てにより、春秋戦国時代から三国六朝《さんごくりくちょう》時代にいたるまでの、史実にあらわれた多種多様の俠者をとりあげ、彼らのそれぞれの軌跡をたどりながら、俠の歴史を探った。

後半の虚の部「物語世界の俠」では実の部を受け、唐代から明末清初にいたるまで、小説や戯曲など、虚構の物語世界に登場する俠者をとりあげ、やはり三章仕立てで、俠のイメージの変遷をたどった。すなわち、第四章「超現実世界の物語――唐代伝奇の俠」、第五章「俠者のカーニバル――『水滸伝』」、第六章「舞台の上の俠――元・明・清代」という構成である。

こうして「歴史上の俠」から「物語世界の俠」へ、春秋戦国時代から明末清初にいたるまでの二千数百年にわたる、俠の変遷をたどった後、最後に中国が未曾有の危機に見舞われた清末において、春秋以来の俠の精神を蘇らせようとする動きがおこったことに言及し、本書の結びとした。「義を見て為さざるは勇無き也」「天に替わって道を行う」等々のモットーをかかげ、「弱きを助け強きを挫く」と、理不尽な対象に敢然と戦いを挑む俠者の姿は、まことに爽快であり、時空を超えてつよい衝撃を与えつづける。本書は中国に脈々と伝わるこうした俠者のイメージを、あたうるかぎり生き生きと描き出すことを願いつつ書き下ろした。書きすすめるうち、俠者の戦闘的な精神に感応し、気分が高揚し元気になったこともしばしばあった。本書が、読者の方々にとっても元気に生きる力になりえたならば、うれしく思う。

なお余談ながら、本書を書き上げ、この「あとがき」を書いている最中、奇しくも本書第一章でとりあげた趙氏孤児《ちょうしこじ》をテーマに、陳凱歌が監督した映画が完成、昨年暮、中国で封切られたというインターネットニュースを見た。タイトルはそのものズバリ『趙氏孤児』。このうれしい偶然の一致に、心弾む思いがしたことであった。

講談社編集部の園部雅一さんから「俠の歴史」について書き下ろすお話があったのは、もうずいぶん前のことである。園部さんは機が熟するまで辛抱強く待ってくださり、絶妙のタイミングで励ましつづけてくださった。そのおかげでここにようやく書き上げることができた。このように本書の企画段階から編集構成にいたるまで、すべて園部さんのお世話になった。こうして潑溂と元気あふれるイメージの本に仕上げてくださった園部さんに、心からお礼を申し上げたいと思う。

二〇一一年一月

井波律子

学術文庫版あとがき

本書『中国侠客列伝』の原本は、二〇一一年三月三日に刊行された。その八日後、東日本大震災が起こり、東北・関東の太平洋沿岸に激震が襲いかかり、福島で原発事故が勃発した。京都に住む私はテレビの前に釘付けになり、ただ茫然としていた。

以来六年、あの衝撃的映像が目の底に焼きつき、いつ何が起こるかわからないという不安感が消えることはない。この六年間、凄まじい豪雨が降るなど異常気象がつづき、熊本や鳥取で大地震も起こった。自然現象がただならぬ様相を呈するのと軌を一にして、政治状況も不安定を極め、世界じゅうが混沌と揺れつづけているかのように見える。

そうしたなかで、「義を見て為《な》さざるは勇《ゆう》無き也《なり》」「替天行道《たいてんこうどう》（天に替わって道を行う）」と、信義を重んじ個人的利害を度外視して、理不尽な対象に敢然と戦いを挑む侠者の歴史をたどった本書が、講談社学術文庫版として、装いをあらたに再出発する機会を与えられたことに、深い因縁を感じ、感慨をおぼえざるをえない。

本書は、春秋戦国《しゅんじゅうせんごく》時代（前七七〇～前二二一年）から三国六朝《さんごくりくちょう》時代（二二一～五八九

年）に至るまで、史実に刻まれた侠者の軌跡をたどった「実の部――歴史上の侠」と、「唐《とう》代伝奇《だいでんき》（唐代の短篇小説群）」、元曲《げんきょく》（元代の戯曲）の『救風塵《きゅうふうじん》』、元《げん》末明《みん》初に完成された大白話長篇小説『水滸伝《すいこでん》』、清《しん》初の戯曲『桃花扇《とうかせん》』など、小説や戯曲にあらわれた侠者のイメージを追跡した「虚の部――物語世界の侠」の二部から成る。

　このうち、実の部でとりあげた侠者の一人、荆軻《けいか》は『史記』の「刺客《しかく》列伝」に登場する五人の刺客の末尾を飾る人物だが、燕《えん》の太子の依頼を受け、秦《しん》の始《し》皇帝が次々に戦国の六国を滅ぼし、天下統一計画を進めるなかで、命がけで始皇帝に立ち向かって行った。また、始皇帝の死後、秦末の乱世において、遊侠の地方ボス劉邦《りゅうほう》を中心に、侠の精神で結集したその軍団の主要メンバーは、根っからの庶民出身であり、戦いに継ぐ戦いのあげく、ついに新しい時代を築いた。こうしてみると特記すべき侠者は、勝利するにせよ、けっきょくは無念にも敗北するにせよ、時代の変わり目、つまりは転換期に出現し、めざましい活躍ぶりを示すといえよう。ちなみに、巻末に付した梁啓超《りょうけいちょう》、譚嗣同《たんしどう》、秋瑾《しゅうきん》ら、はるか時代が下った清末の変革者たちは、春秋戦国以来の侠者の命脈を受け継いだ人々だった。

　虚の部でとりあげた戯曲や小説のなかで、稀有の侠者が引きも切らず登場し、文字どおり「血わき肉躍る」侠の物語世界を展開するのは、いうまでもなく『水滸伝』である。梁山泊《りょうざんぱく》百八人の好漢グループは、北宋《ほくそう》末、政治の中枢部分が腐敗し、宦官や悪徳官僚が横行する末世的状況を舞台として、大いなる侠の共同体を築き、「替天行道」の旗印をかかげて、悪しき権力に果敢な戦いを挑んだ。最終的には、物語世界の梁山泊軍団は、リーダー宋江《そうこう》の招安《しょうあん》願望によって、反逆路線から朝廷に帰順する招安路線に転換し、壊滅せざるをえなかったとはいえ、彼らが描いた俠の夢には、時代を超えて人の心をつかんで離さないものがある。
本書では、こうして中国の歴史上の俠、および物語世界の俠の両面から、危機的状況が露わになる転換期になるたび、不死鳥のように蘇る中国の俠のイメージを追跡した。彼らのはるかな奮闘は、雲ゆきただならぬ二十一世紀のこの現在において、さらなる輝きを放ち、まだ終わらないと、人を鼓舞し元気づけるものがあると思う。

実は、本書の原本の刊行が契機となって、『水滸伝』全訳のお話をいただき、ここ数年、ほとんど毎日、翻訳しつづけ、ようやくこのほど訳了した。『水滸伝』はほんとうに面白いと、実感する日々であった。全訳（全五巻）は、やはり講談社学術文庫で、この秋から順次、刊行される予定だが、本書と合わせてお読みいただければ、光栄である。
なお、この『中国俠客列伝』の文庫化にあたり、原本にほとんど手を加えなかったが、第五章の「俠者のカーニバル――『水滸伝』」の部分については、引用箇所を全訳に合わせて手直しするなど、かなり手を加えた。

本書の原本、およびこの文庫版の刊行にさいし、いずれも講談社学術文庫編集部の園部雅一さんにたいへんお世話になった。また、『水滸伝』の全訳も園部さんのお勧めによって実現した。園部さんの俠気《おとこぎ》にひたすら感謝するのみである。

二〇一七年一月

井波律子

本書の原本は、二〇一一年に講談社から刊行されました。

井波律子（いなみ　りつこ）

1944年富山県生まれ。京都大学大学院博士課程修了。国際日本文化研究センター名誉教授。専門は中国文学。2007年『トリックスター群像—中国古典小説の世界』で第10回桑原武夫学芸賞受賞。その他の主な著書に『酒池肉林』『中国人物伝　Ⅰ～Ⅳ』『論語入門』『中国幻想ものがたり』など，訳書に『三国志演義（一）～（四）』『完訳　論語』『水滸伝（一）～（五）』など多数。2020年没。

講談社学術文庫

定価はカバーに表示してあります。

中国俠客列伝《ちゅうごくきょうかくれつでん》

井波律子《いなみりつこ》

2017年２月10日　第１刷発行
2020年12月８日　第３刷発行

発行者　渡瀬昌彦
発行所　株式会社講談社
東京都文京区音羽 2-12-21 〒112-8001
電話　編集（03）5395-3512
販売（03）5395-4415
業務（03）5395-3615

装　幀　蟹江征治
印　刷　株式会社廣済堂
製　本　株式会社国宝社
本文データ制作　講談社デジタル製作

© Ryoichi Inami　2017　Printed in Japan

落丁本・乱丁本は，購入書店名を明記のうえ，小社業務宛にお送りください。送料小社負担にてお取替えします。なお，この本についてのお問い合わせは「学術文庫」宛にお願いいたします。
本書のコピー，スキャン，デジタル化等の無断複製は著作権法上での例外を除き禁じられています。本書を代行業者等の第三者に依頼してスキャンやデジタル化することはたとえ個人や家庭内の利用でも著作権法違反です。Ⓡ〈日本複製権センター委託出版物〉

ISBN978-4-06-292413-9

「講談社学術文庫」の刊行に当たって

これは、学術をポケットに入れることをモットーとして生まれた文庫である。学術は少年の心を養い、成年の心を満たす。その学術がポケットにはいる形で、万人のものになることは、生涯教育をうたう現代の理想である。

こうした考え方は、学術を巨大な城のように見る世間の常識に反するかもしれない。また、一部の人たちからは、学術の権威をおとすものと非難されるかもしれない。しかし、それはいずれも学術の新しい在り方を解しないものといわざるをえない。

学術は、まず魔術への挑戦から始まった。やがて、いわゆる常識をつぎつぎに改めていった。学術の権威は、幾百年、幾千年にわたる、苦しい戦いの成果である。こうしてきずきあげられた城が、一見して近づきがたいものにうつるのは、そのためである。しかし、学術の権威を、その形の上だけで判断してはならない。その生成のあとをかえりみれば、その根は常に人々の生活の中にあった。学術が大きな力たりうるのはそのためであって、生活をはなれた学術は、どこにもない。

開かれた社会といわれる現代にとって、これはまったく自明である。生活と学術との間に、もし距離があるとすれば、何をおいてもこれを埋めねばならない。もしこの距離が形の上の迷信からきているとすれば、その迷信をうち破らねばならぬ。

学術文庫は、内外の迷信を打破し、学術のために新しい天地をひらく意図をもって生まれた。文庫という小さい形と、学術という壮大な城とが、完全に両立するためには、なおいくらかの時を必要とするであろう。しかし、学術をポケットにした社会が、人間の生活にとってより豊かな社会であることは、たしかである。そうした社会の実現のために、文庫の世界に新しいジャンルを加えることができれば幸いである。

一九七六年六月

野間省一

外国の歴史・地理

中国古代の文化
白川　静著
中国の古代文化の全体像を探る。斯界の碩学が中国の古代を、文化・民俗・社会・政治・思想の五部に分ち、日本の古代との比較文化論的な視野に立って、その諸問題を明らかにする画期的作業の第一部。
441

ガリア戦記
カエサル著／國原吉之助訳
ローマ軍を率いるカエサルが、前五八年以降、七年にわたりガリア征服を試みた戦闘の記録。当時のガリアとゲルマニアの事情を知る上に必読の歴史的記録として有名。カエサルの手になるローマ軍のガリア遠征記。
1127

十字軍騎士団
橋口倫介著
秘密結社的な神秘性を持ち二百年後に悲劇的結末を迎えたテンプル騎士団、強大な海軍力で現代まで存続した聖ヨハネ騎士団等、十字軍遠征の中核となった修道騎士団の興亡を十字軍研究の権威が綴る騎士団の歴史。
1129

内乱記
カエサル著／國原吉之助訳
英雄カエサルによるローマ統一の戦いの記録。前四九年、ルビコン川を渡ったカエサルは地中海を股にかけ政敵ポンペイユスと戦う。あらゆる困難を克服し勝利するまでを迫真の名文で綴る。ガリア戦記と並ぶ名著。
1234

秦漢帝国　中国古代帝国の興亡
西嶋定生著
中国史上初の統一国家、秦と漢の四百年史。始皇帝が初めて中国全土を統一した紀元前三世紀から後漢末までを兵馬俑の全貌も盛り込み詳述。皇帝制度と儒教を軸に劉邦、項羽など英雄と庶民の歴史を泰斗が説く。
1273

隋唐帝国
布目潮渢《ちょうふう》・栗原益男著
三百年も東アジアに君臨した隋唐の興亡史。律令制の確立で日本や朝鮮の古代国家に多大な影響を与えた隋唐帝国。則天武后の専制や玄宗と楊貴妃の悲恋など、波乱に満ちた世界帝国の実像を精緻に論述した力作。
1300

《講談社学術文庫　既刊より》

モンゴルと大明帝国

愛宕《おたぎ》松男・寺田隆信著

征服王朝の元の出現と漢民族国家・明の盛衰。チンギス＝カーンによるモンゴル帝国建設とそれに続く元の中国支配から明の建国と滅亡までを論述。耶律楚材の改革、帝位簒奪者の永楽帝による遠征も興味深く説く。

1317

朝鮮紀行　英国婦人の見た李朝末期

イザベラ・バード著／時岡敬子訳

百年まえの朝鮮の実情を忠実に伝える名紀行。英人女性イザベラ・バードによる四度にわたる朝鮮旅行の記録。国際情勢に翻弄される十九世紀末の朝鮮とその風土、伝統的文化、習俗等を活写。絵や写真も多数収録。

1340

アウシュヴィッツ収容所

ルドルフ・ヘス著／片岡啓治訳（解説・芝　健介）

大量虐殺の責任者R・ヘスの驚くべき手記。強制収容所の建設、大量虐殺の執行の任に当ったヘスは職務に忠実な教養人で良き父・夫でもあった。彼はなぜ凄惨な殺戮に手を染めたのか。本人の淡々と語る真実。

1393

古代中国　原始・殷周・春秋戦国

貝塚茂樹・伊藤道治著

北京原人から中国古代思想の黄金期への歩み。原始時代に始まり諸子百家が輩出した春秋戦国期に到る悠遠な時間の中で形成された、後の中国を基礎づける独自の文明。最新の考古学の成果が書き換える古代中国像。

1419

中国通史　問題史としてみる

堀　敏一著

歴史の中の問題点が分かる独自の中国通史。中国の歴史をみる上で、何が大事で、どういう点が問題になるのか。書く人の問題意識が伝わることに意を注ぎ古代から現代までの中国史の全体像を描き出した意欲作。

1432

コーヒー・ハウス　18世紀ロンドン、都市の生活史

小林章夫著

珈琲の香りに包まれた近代英国の喧噪と活気。十七世紀半ばから一世紀余にわたりイギリスの政治や社会、文化に多大な影響を与えた情報基地。その歴史を通し、爛熟する都市・ロンドンの姿と市民生活を活写する。

1451

古典

論語新釈
宇野哲人《うのてつと》著（序文・宇野精一）

「宇宙第一の書」といわれる『論語』は、人生の知恵を滋味深く語ったイデオロギーに左右されない不滅の古典として、今なお光芒を放つ。本書は、中国哲学の権威が詳述した、近代注釈の先駆書である。

451

大学
宇野哲人全訳注（解説・宇野精一）

修己治人、すなわち自己を修練してはじめてよく人を治め得る、とする儒教の政治目的を最もよく組織的に論述した経典。修身・斉家・治国・平天下は真の学問の修得を志す者の熟読玩味すべき哲理である。

594

中庸《ちゆうよう》
宇野哲人全訳注（解説・宇野精一）

人間の本性は天が授けたもので、それを〝誠〟で表し、「誠とは天の道なり、これを誠にするのは人の道なり」という倫理道徳の主眼を、首尾一貫、渾然たる哲学体系にまで高め得た、儒教第一の経典の注釈書。

595

菜根譚《さいこんたん》
洪自誠《こうじせい》著／中村璋八・石川力山訳注

儒仏道の三教を修めた洪自誠の人生指南の書。菜根とは粗末な食事のこと。そういう逆境に耐えてこそこの世を生きぬく真の意味がある。人生の円熟した境地、老獪極まりない処世の極意などを縦横に説く。

742

孫子
浅野裕一著

人間界の洞察の書『孫子』を最古史料で精読。春秋時代末期に書かれ、兵法の書、人間への鋭い洞察の書として名高い『孫子』を新発見の前漢末の竹簡文をもとに解読。組織の統率法や人間心理の綾など詳細に説く。

1283

墨子
浅野裕一著

博愛・非戦を唱え勢力を誇った墨子を読む。中国春秋末、墨子が創始した墨家は、戦国末まで儒家と思想界を二分する。兼愛説を掲げ独自の武装集団も抱えたが秦漢期に絶学、二千年後に脚光を浴びた思想の全容。

1319

《講談社学術文庫　既刊より》

古典

慧立《えりゅう》・彦悰《げんそう》著／長澤和俊訳

玄奘三蔵《げんじょうさんぞう》 西域・インド紀行

天竺の仏法を求めた名僧玄奘の不屈の生涯。七世紀、大唐の時代に中央アジアの砂漠や天に至る山巓を越えて聖地インドを目ざした求法の旅。更に経典翻訳の大事業に生涯をかけた玄奘三蔵の最も信頼すべき伝記。

1334

町田三郎著

呂氏春秋

秦の宰相、呂不韋《りょふい》が作らせた人事教訓の書。始皇帝の宰相、呂不韋と賓客三千人が編集した『呂氏春秋』は天地万物古今の事を備えた大作。天道と自然に従い人間行動を指示した内容は中国の英知を今日に伝える。

1692

近藤光男著

戦国策

前漢末、皇帝の書庫にあった国策、国事等の竹簡を校定し編まれた『戦国策』。陰謀渦巻く一方、壮士・将軍・能臣が活躍、賢后・寵姫が微笑む擾乱の世を、人物編・術策編・弁説編の三編百章にわけて描出。

1709

加地伸行全訳注

孝経

大文字版

この小篇は単に親孝行を説く道徳書ではない。中国人の死生観・世界観が凝縮されている。『女孝経』「法然上人母へのことば」など中国と日本の資料も併せ、精神的紐帯としての家族を重視する人間観を分析する。

1824

三浦國雄訳・注

「朱子語類」抄

儒教・仏教・道教を統合した朱子学は、万物の原理を求め、縦横無尽に哲学を展開する。理とは？　気とは？　宇宙の一部である人間は、いかに善をなしうるのか？　近世以降の東アジアを支配した思想を読む。

1895

竹内弘行著

十八史略

神話伝説の時代から南宋滅亡までの中国の歴史を一冊に集約。韓信、諸葛孔明、関羽ら多彩な人物が躍動し、権謀術数は飛び交い、織りなされる悲喜劇——。簡潔な記述で面白さ抜群、中国理解のための必読書。

1899

《講談社学術文庫　既刊より》

古典

論語 増補版
加地伸行全訳注
人間とは何か。溟濛の時代にあって、人はいかに生くべきか。儒教学の第一人者が『論語』の本質を読み切り、独自の解釈、達意の現代語訳を施す。漢字一字から検索できる「手がかり索引」を増補した決定新版！
1962

倭国伝 中国正史に描かれた日本　全訳注
藤堂明保・竹田　晃・影山輝國訳注
古来、日本は中国からどう見られてきたか。漢委奴国王金印受賜から遣唐使、蒙古襲来、勘合貿易、倭寇、秀吉の朝鮮出兵まで。中国歴代正史に描かれた千五百年余の日本の姿を完訳する、中国から見た日本通史。
2010

荘子 内篇
福永光司著
中国が生んだ鬼才・荘子が遺した、無為自然を基とし人為を拒絶する思想とはなにか？　荘子自身の手によるとされる「内篇」を、老荘思想研究の泰斗が実存主義的に解釈。荘子の思想の精髄に迫った古典的名著。
2058

訳注 **「淮南子」**
池田知久訳注
淮南王劉安が招致した数千の賓客と方術の士に編纂させた思想書『淮南子』は、道家、儒家、法家、兵家、墨家の諸子百家思想と、天文・地理などの知識を網羅した古代中国の百科全書である。その全貌を紹介する。
2121

茶経 全訳注
布目潮渢訳注
中国唐代、「茶聖」陸羽によって著された世界最古の茶書。茶の起源、製茶法から煮たて方や飲み方など、茶のあらゆる知識を科学的に網羅する「茶の百科全書」を豊富な図版を添えて読む、喫茶愛好家必携の一冊。
2135

荘子（上）（下）全訳注
池田知久訳注
「胡蝶の夢」「朝三暮四」「知魚楽」「万物斉同」「庖丁解牛」「無用の用」……。宇宙論、政治哲学、人生哲学まで、森羅万象を説く、深遠なる知恵の泉である。達意の訳文と丁寧な解説で読解・熟読玩味する決定版！
2237・2238

《講談社学術文庫　既刊より》

古典

井波律子訳
三国志演義（一）〜（四）

中国四大奇書の一冊。後漢王朝の崩壊後、群雄割拠の時代から魏、蜀、呉の三つ巴の戦いを活写する。時代背景や思想にも目配りのきいた、最高の訳文で、劉備、関羽、張飛、諸葛亮たちが活躍する物語世界に酔う。

2257〜2260

下定雅弘・松原　朗編
杜甫全詩訳注（一）

国破れて山河在り、城春にして草木深し――。「詩聖」と仰がれ、中国にとどまらず日本や周辺諸国の文化や文芸に大きな影響を与え続ける中国文学史上最高の詩人の全作品が、最新最良の全訳注で甦る！（全四巻）

2333

《講談社学術文庫　既刊より》